국학美來학술총서

한국 현대 페미니즘시 연구

— 고정희 · 최승자 · 김혜순의 시를 중심으로 —

김이듬

국학자료원

분열에서 통합과 환대로

충분히 흔들리자 상한 영혼이여
충분히 흔들리며 고통에게로 가자
— 고정희

대학교 졸업반 시절에 나는 네 명의 친구와 지리산 뱀사골 계곡 근처에 있는 민박집에서 일박하였다. 초겨울이었고 싸락눈 흩어지는 밤이었다. 여대생 다섯이 우연히 풀어놓은 취업 걱정과 가족에 얽힌 얘기는 눈물겨웠다. 여자로 태어나 성별과 나이로 인해 집 안팎에서 겪는 불평등, 수년간 구타를 당하다가 이혼한 어머니 얘기, 딸들보다 남동생을 편애하는 부모의 태도로 괴로워하는 얘기 등이었던 것 같다. 우리는 생물학적으로 타고난 성별에 따라서 그 역할이 뚜렷이 구별되어 있고, 나아가 강요까지 받는 사회에서 살고 있지 않나 하는 의구심이 깊어졌다. 권력의 문제부터 매매춘에 이르기까지 우리가 밤을 새워 두서없이 나눈 논쟁들이 이 글을 쓰게 된 운명의 시발점이 되었다는 것을 나는 최근에야 깨달았다.

문학과 맞닿아있는 여성으로서 나는 굳이 이 저서를 출간하기보다 창작을 통하여 여성이라는 부재不在, 그 텅 빈 구멍을 환기하고 싶었다. 그래서 박사학위논문(2010년)으로 썼던 이 글을 묵혀두었다. 점차 페미니즘이라는 건 시대착오적 이데올로기의 환영幻影으로 보는 시각이 만연하고, 심지어 다수의 남녀 페미니즘 혐오주의자를 만나본 경험이 있는 나로서는 그들이 갖고 있는 편견과 한계를 깨는데 한계를 느꼈다. 그러던 중, 얼마전 우연히 김효은 시인과 문학 행사장에서 동석하게 되었는데, 그녀가 논문 출간을 적극적으로 제안해왔다. 나는 자궁에 말라붙은 태아를 꺼내는 심정으로 늦게나마 이 책의 출간을 서두르게 되었다.

　한국 근대문학 형성기에 이미 여성의 발가벗겨진 육체가 드러났지만, 여성성은 텍스트 속에서 신여성의 조작된 내면으로, 엄숙주의와 식민지 조선 이후의 관념적 계몽, 가족 이데올로기의 논리 등에 밀려 문학의 자장 밖을 서성였다. 여성 억압적인 현실인식과 여성 해방적인 비전 제시가 텍스트에서 구체적으로 발화된 시기는 1970년대 후반으로 볼 수 있다.

1980년대 초에 한국 페미니즘시는 고정희, 최승자, 김혜순의 시를 중심으로 본격적으로 모습을 드러내기 시작하여 한국 시사詩史에서 획기적인 전환점을 마련하고 있는 것을 알 수 있었다. 나는 그 미학적 원리와 문학사적 의의를 규명하고 싶었다. 이전 시기까지의 대다수 여성 시인의 텍스트가 유교적 가부장제이데올로기에 대한 순응성과 수동적이고 감상적인 인생 태도를 보여준 반면, 고정희, 최승자, 김혜순의 시는 여성의 성 정체성을 바탕으로 이성남근중심주의의 억압을 고발하면서 사회 비판적 목소리와 내면의 자의식을 표출하기 시작했다. 이들의 시는 기존 사회에서 주변화되고 타자화되어온 '여성'을 제자리로 회복하고 여성의 언어, 몸으로 글쓰기를 통해 규범화된 시의 영역을 월경越境하고 있다. 이 책에서는 고정희, 최승자, 김혜순이 지닌 시적 혁명성에 주목하여 페미니즘 시학의 방법론으로 이들의 시를 분석하고자 했다.

우선 글의 초점을 선명하게 하고 페미니즘시의 구성 원리를 제시하기 위해 페미니즘의 이론과 유형, 페미니즘비평에서 말하는 '여성적 글쓰기

(écriture féminine)' 등을 개괄적으로 살펴보았다. 2부 이후에서는 고정희, 최승자, 김혜순의 순서로 개별 시인의 전체 시집을 통시적으로 고찰하였다. 각 작품은 유기적인 구조이므로 내용 분석과 형식적 연구를 병행하여 서술하였다. 여기서 더 나아가 세 시인의 시에 관한 심층적 연구를 토대로 한국 페미니즘시가 지닌 보편적 구성 원리와 언술적 기법, 특징 등을 발견하고자 했다. 세 시인은 '여성성' 자체를 남성중심적 사고방식에 대한 도전장으로 삼는 점에서는 동일한 입장을 보이나, 도전 방법과 그 극복의 가능성에 대해서는 조금씩 차이를 보이며 서로 보완될 수 있는 다양한 목소리를 내고 있다. 그들 간의 변별 지점을 투명하게 들여다보고자 했다. 나아가 이들의 시세계가 드러내는 공통점적인 원리를 찾아 크게 세 가지의 층위로 정리하였다. 이들의 시는 페미니즘이라는 사상적 기반을 공유하지만 서구의 페미니즘 양상 이론이나 기존의 담론에 완벽하게 포획되지는 않는 한국적 특성이 있었다.

문학은 특정한 이데올로기나 고정된 형식을 거부한다. 페미니즘 또한 제대로 이해되고 그 너머를 지향하는 과정 중의 형식이 되어야 한다.

이들 세 시인의 페미니즘은 포용의 표현이자 시의 본질로 되돌아가겠다는 여성 시인들의 야생의 호흡이다. 세계와 타협하지 않겠다는 저 도저한 시적 욕망과 불온한 시인의 운명까지 온몸으로 받아들이겠다는 의지를 나는 발견하였다. 이들의 시에 드러나는 혁명적 발언은 기존의 가치를 뒤흔드는 시를 끊임없이 발견하겠다는 시관을 보여준다. 시인이 받아들여야 하는 부정의 정신까지 즐기겠다는 운명적 발현을 시에서 거침없이 감행한다. 단순히 남성과 여성이라는 이분법적 구도 속에서 해방의 기치를 설파하는 것이 아니라 오래도록 핍박받아온 약자의 해방에까지 나아가야 한다. 이들의 페미니즘은 페미니즘 담론으로부터의 해방까지 제기하며 존재에 대한 성찰에까지 다다른다.

이른 나이에 지리산 계곡물에서 영면하지 않고 살아계셨다면, 그 누구보다 기쁘게 읽어주셨을 고 고정희 시인께 존경과 사모를 표현하고 싶다. 병들어 홀로 묘연히 존재하는 최승자 시인과 생의 한복판에서 시련을 환대하는 김혜순 시인께 이 책이 누를 끼치지 않기를 바란다. 언급하지 못한 한국의 여성시인이 섭섭지 마시길…… 당신들이 먼저 계셨고 함께 떨었으므로 나는 시를 쓸 수 있었다. 이 비통한 땅에서 시를 쓰고 읽는, 이것밖에 잘 모르는 지난한 모두에게 감사드린다.

더불어 유재천 · 최용수 · 최현식 교수님과 경상대학교의 여러 교수님, 선후배님들께 표현하지 못했던 감사를 전한다. 또한 국학자료원의 정구형 대표님, 김효은 편집장님, 우정민 책임편집담당자에게 말할 수 없이 고마움을 느낀다. 입속으로 명명하는 이가 많다. 덜 된 내가 쓴 이 글은 내 무능과 무지, 찢어진 영육에 내린 단비 같은 이들이 절반 이상 창조해준 것 같다. 그렇다. 문학은 타자의 무조건적 환대를 통해 인간을 만들 수 있다고 믿는다.

2015년 2월
연희문학창작촌 목련 창가에서
김이듬

목차

III. 한국 페미니즘 시의 시학과 세계 인식

Ⅳ. 한국 페미니즘 시의 '여성적 글쓰기' 전략과 층위

Ⅴ. 결 론

|참고문헌|

I.

서 론

1. 연구 목적 및 방법

　문학은 세계를 보는 방식이다. 세계의 역사를 쓰고 기념비를 세우는 사람들의 우월한 언어가 아니라 그 반대편에서 소외되고 억압받는 이들이 꿈꿀 권리를 말하는 방식이다. 따라서 그 언어는 기존에 우리가 합리적이라고 믿어왔던 이론과 관념, 언어형식을 전복하며 온몸으로 밀고나가는 것이다.

　새로움과 자유에 대한 갈망은 인간의 근본적인 욕구이다. 낡은 질서와 형식은 인간의 자유 의지를 구속하는 벽이다. 이 벽에 대한 자각으로부터 삶에 대한 사랑과 새로움과 자유에 대한 열망, 그리고 적극적인 참여를 통해 그것을 극복하고 새로운 세계, 새로운 형식을 성취하려는 노력이 나타난다. 시인은 본능적으로 새로움을 추구한다는 점에서 선천적인 혁명가이며 영원한 배반자라고 할 수 있다. 그의 관심은 오직 미지에 있고 미지의 세계만이 진정한 세계이다. 그는 미지의 세계를 위해 무단히 현시점을 이탈하지 않으면 안 된다.[1]

　본 연구의 목적은 가부장적 이데올로기[2] 속에서 타자로 존재해온 한국

---

1) 유재천, 「김수영과의 가상 대담」, 『출판저널』 5호, 1999. 2.
2) 가부장제는 독점적인 남성 지배 권력을 제도화함으로써 영속되고 있는 다양한 사회

페미니즘시3)를 연구함으로써, 시 작품에 나타나는 세계인식과 미학을 확장하여 바라보고 그 문학사적 가치를 밝히고자 하는 것이다.

페미니즘시는 근대 미학의 남성 중심성을 극복하고 남성/여성, 이성/감성, 주체/객체, 합리성/비합리성 등의 위계적 이분법의 대립 구도를 해체하며 새로운 미학을 정립하고자 한다. 그것은 남성중심적인 사고로부터 여성적인 것을 해방시키고 남성적 관점의 반사물로서가 아니라 여성의 언어를 찾고 여성 자신의 문학을 만들어가는 것이다. 따라서 페미니즘시의 미학은 전통 미학이 지닌 '미'가 이데올로기임을 인식하고 그 남성 중심성을 거부하며 그것을 해체하려는 시도로 나타난다. 근대미학에서 말하는 객관성 · 보편성 · 합리성 · 리얼리티 등의 개념은 여성

경제 제도를 의미한다. 이소영 · 정정호 공편, 『페미니즘과 포스트모더니즘』, 한신문화사, 1992, p.183.

3) '페미니즘'이 여성주의, 여성해방주의, 여권론 등으로 번역되는 것과 같이, 한국 문학에서 페미니즘 이론의 자장 가운데 놓인 시는 '여성주의 시', '여성시(여성 시)', '페미니즘시' 등의 용어로 지칭되고 있다. 그런데 '여성시'의 경우, '여성의 시'를 지칭하는 경우와 혼용되고 있어, 본고에서는 '페미니즘시'로 사용하고자 한다. 이는 세계를 다시금 보려는 모든 시도를 페미니즘이라고 일컫는 컬러(J · Culler)의 예견적 정의에 바탕을 둔 개념으로 페미니즘 역사를 광범위하게 포괄하고 있다. 이에 남성 주체가 선택하는 여성의 이미지와 여성인식(정영훈, 「최인훈 소설에 나타난 여성 인식」, 『한국근대문학연구』 제7권, 제1호, 한국근대문학회 편, 2006) 등을 배제하고 젠더 정체성을 기반으로 한 여성 주체의 여성주의 시 텍스트를 대상으로 한다.
이때 '시'와 결합된 '페미니즘', '여성주의', '여성'이라는 수사는 어쩌면 불필요한 것인지 모른다. "문학은 자기 앞에 붙는 수사에 늘 의심을 표하며 그 진정성을 꼼꼼히 헤아려 보아야 한다."(최현식, 『신화의 저편』, 소명출판, 2007, p.5). 이런 이유로 '페미니즘'이라는 수사는 더욱 더 고민되고 탐구될 필요가 있다. 그러나 오히려 같은 이유로 본 연구는 '페미니즘시'라는 주제로 탐구를 개진한 것이다. '국민문학', '민족문학' 혹은 '순수시/참여시'의 반성적 논쟁이 그 경계를 무화시켜가는 것과 같은 이치이다. '페미니즘시'는 어떠한 수사도 경계도 없이 온전히 '시'로 제자리 매김 되어야 한다. 그때까지 '여성' 혹은 '페미니즘(feminism)'이라는 용어는 이들 시의 범주와 특징을 규명하기 위해 필요불가결하게 결합된 키워드인 동시에, 도강(渡江) 후 버려야할 뗏목과 같은 역할을 하게 될 것이다.

젠더가 배제된 젠더 불균형의 개념이었다. 플라톤 이래 해체 미학 이전까지 미학은 남성적 담론형식이었으며, 모든 '개념'은 '여성 젠더'[4]로부터 분리되어 정의되어 왔다. 모든 보편화, 객관화 작업에서 '여성적'인 것(경험, 사고)은 자체로 의미를 지니기보다 항상 남성적인 것과 관련해서만 의미를 지닐 수 있었으며, 미학은 남성성과 결합하여 여성적인 것을 배제하고 남성적인 것을 이론화하고 재생산하는 작업이었다.[5]

이와 같이 배제되고 무시되어온 여성 미학을 재발견하고 새로운 여성 정체성을 찾으려는 페미니즘 문학의 기본 원리는 다음 세 가지로 정리할 수 있다. 첫째 문학작품은 이념의 축 또는 이데올로기의 축을 따라 창조되기에 여성작가도 자신의 작품에 여성 특유의 인생관과 가치관을 투영한다는 것, 둘째 한 작가의 작품은 상당한 정도로 성에 의해 결정되거나 제약된다는 것, 셋째 정치·경제·종교·문화 등에서 배제되어 온 여성적인 것의 가치와 의미의 실지 회복을 실천한다는 것 등이다.[6]

한국의 페미니즘시는 1980년대 초반부터 고정희, 최승자, 김혜순을 중심으로 활발하게 창작되기 시작한다.[7] 1975년에 등단한 고정희를

---

4) 젠더(gender)는 여자, 남자로 구분하는 생물학적 성(sex) 분류를 가리키기보다는, 성별화된 의미를 생산하는 차이의 관계들을 포괄적으로 지칭한다. 노승희, 「페미니즘 이론의 실천적 지평」, 『페미니즘 어제와 오늘』, 민음사, 2000, p.389.

5) 김복순, 「페미니즘 미학의 기본 개념과 방법」, 『한국 여성문학 연구의 현황과 전망』, 한국여성문학학회 편, 2008, p.15. 『페미니즘 미학과 보편성의 문제』, 소명출판, 2005, pp.15~25 참조.

6) 김열규, 『페미니즘과 문학』, 문예출판사, 1988, pp.12~13 참조.

7) "한국의 여성주의 시는 1970년대 후반의 잠재기를 거친 후 1980년대 초반부터 과격한 전복의 목소리를 내며 텍스트적 혁명을 실천해왔다고 말할 수 있다." 김승희, 「한국 현대 여성시의 고백시적 경향과 언술 특성」, 『한국 여성문학 연구의 현황과 전망』, 소명출판, 2008, p.269.

이경수는 한국 현대시의 쇄신에 중요한 역할을 담당한 1세대 여성주의 시인을 언급하며 "1980년대에 최승자를 필두로 한국의 현대 여성시는 '여류시'의 딱지를 떼고 여성주의적 문제의식을 지닌 시로 진일보하기 시작한다."고 평가한다. 이경수,

필두로, 1979년에 나란히 등단한 최승자와 김혜순은 확고한 자의식과 방법론적 전략으로 기존 여류시[8]의 흐름을 깨뜨리고 새로운 여성적 미학의 특성을 드러내는 시를 지속적으로 발표한다. 이들은 전통적인 '여성다움'에 포섭되지 않는 "다른 목소리"[9]로 여성의 육체와 의식을 말하고 있다. 이러한 차이로 인해 이들은 "앞선 세대 여성의 시와 주제 면에서, 소재면에서, 목소리, 인식의 면에서 거의 단절이라고 부를만한 큰 전환을 생성"[10]했고, "거침없는 상상력으로 현실인식의 폭을 넓혀주 었다"[11]고 할 수 있다.

고정희, 최승자, 김혜순은 공통적으로 페미니즘[12]적 시각을 바탕으로

「여성적 글쓰기와 대중성의 문제에 대한 시론」, 『대중서사연구』 제13호, 대중서 사학회 편, 2005, p.9.

"한국의 여성시는 1980년대에 이르러 '일종의 지각변동이라고 할 만한 근본적인 변화'를 보여준다." 오세영 · 허영자 · 김정란, 「특별좌담-한국의 여성시」, 『현대 시』, 1992. 2, p.70.

8) 여류시와 페미니즘시(여성시)의 구분은 매우 중요하다. '여류시'는 남성시와의 차 별화와 배제의 논리로부터 만들어져 '여성다움'으로 분류되는 특질을 가지고 있다. 자세한 논의는 Ⅱ-3에서 다루기로 한다.

9) "새로운 여성시와 기존의 여류시가 갈라지는 지점은 바로 이 지점이다. 즉, 거칠고 생경하지만 스스로 발견한 자신만의 목소리로 말하느냐, 아니면 이미 있었던, 여성 에게 허용된 목소리로 말하느냐의 차이가 발생하는 것이다. 여성시의 화자는, 바로 이 '다른 목소리'로 말하는 자들이기 때문이다." 노혜경, 「얼굴이 지워진 여자들- 90년대 여성시의 화자에 관하여」, 『현대시』, 1997. 8, pp.34~41 참조.

10) 김승희, 「한국 현대 여성시의 고백시적 경향과 언술 특성」, 『여성문학연구』 제18 호, 한국여성문학학회 편, 2007, p.235. 여기서 김승희는 알레인 쇼월터의 구분을 빌려, 현대 여성의 시를 두 부류로 구분한다. 60년대의 주류 여성 시인들, 김남조, 홍윤숙, 허영자, 김후란, 문정희, 노향림, 신달자, 유안진 등의 시 텍스트를 여성적 문학(Feminine Literature)으로, 1980년대의 고정희, 최승자, 김혜순, 김정란, 김승희, 박서원, 이연주, 차정미 등의 시를 여성주의적 문학(Feminist Literature)로 규정한다.

11) 허영자 · 한영옥, 『한국 여성시의 이해와 감상』, 문학 아카데미, 1997, pp.15~16.

12) 페미니즘은 여성 젠더에 관한 정체성의 인식과 억압에 대한 관심에서 출발하여 그 타파를 지향하는 것, 여성을 억압하는 객관적 현실을 올바르게 파악하고 그 해결을 모색하는 것 등의 움직임을 함의한다. 메기 험, 심정순 · 염경숙 역, 『페미니즘 이 론 사전』, 삼신각, 1995, pp.316~317 참조.

여성성의 원리를 새로운 언술방식으로 표현함으로써 시의 형식과 내용면에서 근대미학의 원리를 해체하고 있다. 즉, 이들은 '여성적 글쓰기(écriture féminine),'[13] '몸으로 시쓰기(writing of body)[14]'의 방식을 통해 '이성남근중심주의(logosphallocentricism)',[15] 가부장제[16]의 억압을 고발하고 남성 중심적 사회구조와 이성적 언술형식의 이중의 벽을 '해체'[17]하며 여성해방의 지평을 제시한다. 이들은 자신이 속한 시대적

---

13) 이 용어는 프랑스 페미니즘 이론 중에서 가장 발달된 영역 중의 하나로써 바르트와 데리다가 1960년에 쓴 이성중심적 이데올로기를 비판하는 비평에 기원을 두고 있다. 애니 르 클레르가 주장하는 여성 신체를 신성시함, 모니끄 위티의 레즈비언 신체에 대한 해체 및 재구성, 루스 이리가레가 하는 후기 라캉식 분석, 엘렌 식수의 유토피아적 수정이론 등이 여기에 속한다. 식수는 여성이 자신의 몸을 '통하여' 글을 쓴다고 주장하고, 크리스테바는 이 언어는 이국 땅, 다시 말해 '비상징적이고, 유아적인' 신체에서 나올 수 있을 것 같다고 덧붙인다. 메기 험, 심정순 · 염경숙 역, 『페미니즘 이론 사전』, 삼신각, 1995, pp.206~207 참조.
14) '몸으로 글쓰기'라는 것은 기존의 언어가 여성의 체험을 풀어내기에 적합하지 않다는 인식에서 출발하여 새로운 언어를 만들고자 하는 여성들이 해 온, '머리'만도 아니고 '가슴'만으로도 아닌, 온몸을 쓰는 모반행위이다. 또하나의 문화, 「여자로 말하기」, 『또하나의 문화』 제9호, 1992, p.16.
15) 자크 데리다에서 시작된 개념으로 이성에 특권을 주고 있는 이성중심주의(logos centricism)와 '남성'을 기준으로 삼으려는 논리(phallocentricism)를 포괄한다. 이는 서구 철학에서 팔로스와 로고스가 동일하다는 것을 말한다. 데리다에 따르면 서구 철학은 선/악, 이성/광기, 문명/야만, 내부/외부, 남/녀, 자신/타자, 백/흑, 빛/어둠이라는 이분법적 대립항으로 이루어져 왔으며 여기에는 위계질서가 있는데 전자의 것이 항상 우월성에 주어진다. 그것을 데리다는 폭력적 서열제도라고 부르며 그것을 해체하고자 한다. 팸 모리스, 강희원 역, 『문학과 페미니즘』, 1997, pp.321~322 참조. Jacque Derrida, Gayatri Spivak trans. 『Of Grammatology』, Johns Hopkins Univ. Press, 1980, pp.27~50 참조.
16) 가부장제는 남성을 생산주체로 설정하고 여성을 생산의 하부구조에 편입시킴으로써 사회구성에 있어서 불균등한 성별 분업을 체계화한다. 가부장제의 주요 이데올로기 장치인 모성(mothering, motherhood)은 종교적 관행과 다양한 문화기제들을 동원한 이상화와 신비화를 통해 여성의 출산과 양육을 여성의 역할로 세뇌하고 규정한다. 노승희, 「페미니즘 이론의 실천적 지평-젠더와 성 정치」, 『페미니즘, 어제와 오늘』, 민음사, 2000, pp.386~418 참조.
17) (파괴가 아닌) 해체의 운동들은 바깥쪽의 구조들을 요청하지 않는다. 필연적으로

상황, 자기의 정체성을 고민하며 그 억압구조와 충돌하고 대항하는 길항 관계 속에서 독특한 글쓰기의 전략과 층위를 구사하는 것이다. 나아가 이들의 시는 억압적인 현실에서 고통 받는 모든 인간의 해방과 자유를 지향하고 있다. 이때의 자유란 영혼의 선천적인 속성이 아니라, 모든 사람이 정당하게 소유해야 할 상대적이고 물질적인 조건18)이라 할 수 있다.

1980년대의 한국 페미니즘시가 새로운 국면을 열어가는 데는 1970년대 후반부터 활발하였던 반독재 인권운동, 민중운동, 여성해방운동 등의 시대적 담론이 여성 시인들의 텍스트에 영향을 끼쳤던 것도 커다란 요인이라 할 수 있다. 시를 쓰는 주체는 시대적·사회적 이데올로기로부터 완전히 자유로울 수 없고 그 시대의 상징질서 안에 살고 있기 때문이다.

이에 본고는 한국 페미니즘 시를 대표하는 고정희, 최승자, 김혜순의 시 텍스트 전체를 통시적으로 고찰하고 그 차이와 공통적 미학을 논의하고자 한다. 이를 위한 연구 방법으로 페미니즘 비평을 주목하는 한편, 페미니즘의 주요 개념들을 적절히 활용하여 이들 시의 텍스트 미학을 밝히고자 한다. 페미니즘 비평은 남성 작가들의 문학 작품에 나타난 여성에 대한 편견을 예리하게 통찰하는 작업을 통해 남성들이 여성을 억압하는 심리적 기제를 드러내고 '여성'으로서 텍스트를 읽는 방식을 구성하고자 하는 것이다.19)

먼저, 서론에서는 고정희, 최승자, 김혜순 시에 관한 선행 연구를 검토

내부로부터 작동하면서, 또 기존 구조의 전복과 관련된 전략적, 경제적 수단 일체를, 구조적으로, 구조에서 차용하면서, 즉 요소들과 원자들을 고립시키지 않으면서, 해체 시도는 언제나 일정한 방식으로 자체의 작업에 의해 수행된다. 자크 데리다, 김성도 역,『그라마톨로지』, 민음사, 1996, p.52.

18) 프라야 카츠-스토커, 강금숙 역, 「페미니즘 대 형식주의」, 『페미니즘과 문학』, 문예출판사, 1988, p.336.

19) 엘레인 쇼월터, 김열규 역, 「황무지에 있는 페미니스트 비평」, 『페미니즘과 문학』, 문예출판사, 1988, pp.20~22 참조.

하고 그 가운데 페미니즘의 관점에서 논의된 연구를 중점적으로 살펴보고자 한다. Ⅱ장에서는 첫 번째로 '페미니즘의 이론과 유형'을 살펴볼 것이다. 여기서 서구 페미니즘의 역사를 포괄적으로 점검하는 것은 페미니즘이 고정희, 최승자, 김혜순의 현실 인식방법과 작품의 창작 원리로 작용하고 있기 때문이다. 이들이 개별적으로 어떤 유형의 페미니즘 의식구조를 가졌으며 그것이 어떤 방식으로 구체적 언어의 발화 양상으로 나타나는가를 알아볼 것이다. 두 번째로 페미니즘 문학비평과 '여성적 글쓰기'의 개괄적 맥락을 짚어보고자 한다. 페미니즘비평의 '여성적 글쓰기'는 여성이 자아 정체성을 구성하고 고유한 특성을 인식하는 언술 행위이다. 페미니즘비평은 고정희, 최승자, 김혜순의 시를 연구하는 이론적 배경이며 이들 시의 언어적 전략과 층위를 설명하는 데 유효하다고 볼 수 있다. 또한 한국문학의 시사적 맥락 속에서 여성 시인들이 보여준 시세계의 흐름을 개략적으로 살펴보고 이를 통해 페미니즘시의 태동과 성장을 짚어내고자 한다. 동시에 '여류시'와 '페미니즘시'와의 차이를 규명하고 '여성성'이라는 다의적 개념을 탐구하고자 한다. '여성성'에 대한 새로운 입장은 고정희, 최승자, 김혜순에게 있어 시적 사유의 중심으로 작용하는 기제로써, 이 여성성의 특질을 토대로 '여성적 글쓰기'가 가능해진다. 여성성과 모성성에 대한 정의와 가치는 페미니즘의 중요한 쟁점을 제공한다.

Ⅲ장에서는 고정희, 최승자, 김혜순의 순으로 개별 시인들의 작품 전체를 통시적으로 분석하고자 한다. 이들 시 세계의 변모를 통해 각각의 시인이 지닌 세계인식의 흐름을 파악하고 이들 텍스트가 지향하는 미학적 지평을 밝히는 데 연구의 초점을 맞출 것이다. 구조를 이루고 있는 형식은 그 내용과 불가분한 것이기에 여성적 글쓰기 전략·언술방식을 분석함과 동시에 시학과 세계 인식을 살펴보는 방법이 유기적으로 결합

되어 사용될 것이다. 본고는 이러한 접근을 통해 작품을 낳는 기본적 원리와 그 구체적 기법을 병행적으로 밝히고자 한다.[20] 이것은 여성성에 대한 새로운 논의와 더불어 여성성 자체가 어떻게 여성의 창조적 표현으로 드러나는가 하는 문제에 대해 시학적으로 접근하는 방식이 될 것이다.

Ⅳ장에서는 고정희, 최승자, 김혜순의 시에 드러난 '여성적 글쓰기의 전략과 층위'를 살펴볼 것이다. 이들의 시에 나타난 육체에 대한 인식, 언술적 특성, 사유체계 등을 비교 분석하고 이를 '육체의 층위, 언어의 층위, 현실의 층위' 세 가지로 나누어 그 각각의 면면을 고찰하고자 한다.[21] 이것은 세 시인이 지닌 의식 구조가 어떠한 형식으로 의미화 되는지 살펴보는 작업이 될 것이다. 나아가 앞선 장에서 이루어진 개별 시인의 시세계에 나타난 공통적인 면들을 추출하여 한국 페미니즘시의 보편적이고 일반적인 원리를 찾아보고 이와 함께 상호간에 발생하는 구체적인 차이도 점검해 볼 것이다.

본고는 이상과 같은 방법으로 한국 페미니즘시의 궁극적인 지향점과 적극적인 방법론을 고찰함으로써 서구 페미니즘 담론을 포월한 한국 페미니즘 시의 미학과 지평이 무엇인지를 도출하고자 한다.

---

20) "전체로서의 예술적 효과는 텍스트와 일련의 복잡한 존재론적, 이데올로기적, 미적 관념들과의 비교를 통하여 발생한다. 텍스트를 언어적 표현에 도달한 구조적, 위계적 관계들의 총합으로 간주하면서 텍스트 내적 구조 뿐 아니라, 텍스트 외적 요소 또한 연구 대상으로 삼지 않을 수 없게 된다." 유재천·어건주, 「로뜨만 기호계의 분석적 수용」, 『세계문학비교연구』 19호, 세계문학비교학회 편, 2007, p.182.
21) 엘레인 쇼월터의 구분 모델(models of difference)을 참조하였다. 엘레인 쇼월터는 페미니즘문학의 분석 방법으로 생물학적, 언어학적, 심리분석적, 그리고 문화적인 네 가지의 구분모델을 이용한다. 줄리아 크리스테바 외, 김열규 역, 『페미니즘과 문학』, 문예출판사, 1988, p.29 참조.

2. 선행 연구 검토

　한국 문학사에서 여성문학에 대한 비판적 자의식을 가지고 장르로서의 페미니즘 비평[22]이 활기를 띤 것은 1980년대 말경이다.[23] 이 시기부터 많은 문학잡지에서 페미니즘 문학을 특집으로 다루기 시작했고 한국여성문학에 관한 단행본도 집중적으로 발간된다.[24] 또한 서구의 페미니즘

---

22) '페미니즘 비평'은 다음의 세 가지로 분류할 수 있다.
　　① 주제가 무엇이든 여성이 쓴 비평
　　② 남성이 쓴 저서에 대하여 정치적 혹은 페미니스트 관점에서 쓴 비평
　　③ 여성의 작품이나 일반적으로 여류 작가에 대하여 여성이 쓴 비평
　　안네트 콜로드니는 ② 와 ③ 의 경우가 남녀차별주의자들의 편견 및 정형화된 여성의 역할이 문학 작품 속에 어떤 식으로 규범화되어 있는가 하는 것을 드러낸다고 보았다. 특히 ③ 에 해당하는 연구는 '여성적 양식(feminine mode)'이나 여성의 독특한 '정신'을 표현하는 '여성 문체(feminine style)'를 규정하거나 뿌리 깊은 근원을 밝혀내려고 했다고 언급한다. 그러나 이 연구들은 종종 근원이 무엇인가를 정확히 규정하는 데 실패했다고 지적한다. 안네트 콜로드니, 서승옥 역, 「페미니스트 문학비평의 몇 가지 방향들」, 『페미니즘과 문학』, 문예출판사, 1988, pp.56~57 참조.
23) 송지현은 1980년대 이후 페미니즘 문학이 활발하게 된 동력을 두 가지로 파악한다. 첫 번째로는 1970년대부터 거세게 일기 시작한 미국의 여성해방운동의 도입과 서적 소개에 힘입은 점으로 본다. 두 번째는 1980년대 이후 활발해진 국내 여러 여성운동 단체들의 결성과 활동에 정신적으로 빚지고 있음을 지적한다. 송지현, 『다시 쓰는 여성과 문학』, 평민사, 1995, pp.141~144 참조.
24) 정영자, 『한국현대여성문학론』, 지평, 1988.

이론에 대한 소개와 번역이 활발해져[25] 엘렌 식수, 이리가레, 크리스테바, 해러웨이 등의 '여성적 글쓰기'에 관한 논의가 빠르게 확산되는 계기를

송명희, 『여성해방과 문학』, 지평, 1988.
정순진, 『한국문학과 여성주의 비평』, 국학자료원, 1992.
송명희, 『문학과 성의 이데올로기』, 새미, 1994.
김경수 외, 『페미니즘과 문학비평』, 고려원, 1994.
송지현, 『다시 쓰는 여성과 문학』, 평민사, 1995.
한국여성소설연구회, 『페미니즘과 소설비평』, 한길사, 1995.
김미현, 『한국여성소설과 페미니즘』, 신구문화사, 1996.
정영자, 『한국여성시인연구』, 평민사, 1996.
신촌여성문학회, 『한국 페미니즘의 시학』, 동화서적, 1996.
김경수 외, 『페미니즘 문학비평』, 프레스21, 2000.
권명아, 『맞장 뜨는 여자들』, 소명출판, 2001.
김정란, 『한국현대여성시인』, 나남출판, 2001.
김혜순, 『여성이 글을 쓴다는 것은』, 문학동네, 2002.
최성실, 『육체, 비평의 주사위』, 문학과지성사, 2003.
신수정, 『푸줏간에 걸린 고기』, 문학동네, 2003.
심진경, 『여성, 문학을 가로지르다』, 문학과지성사, 2005.
김혜영, 『메두사의 거울』, 부산대학교출판부, 2005.
한국여성문학학회 편, 『한국 여성문학 연구의 현황과 전망』, 소명출판, 2008.
25) 번역된 순서로 단행본을 정리해보면 다음과 같다.
줄리아 크리스테바 외, 김열규 외 공역, 『페미니즘과 문학』, 문예출판사, 1988.
헬레나 미키, 김경수 역, 『페미니스트 시학』, 고려원, 1992.
조세핀 도노반, 김익두·이월영 역, 『페미니즘 이론』, 문예출판사, 1993.
시몬느 드 보봐르, 조홍식 역, 『제2의 성』, 을유문화사, 1994.
크리스 위든, 이화영미문학회 역, 『포스트구조주의와 페미니즘비평』, 한신문화사, 1994.
아드리엔느 리치, 김인성 역, 『더 이상 어머니는 없다』, 평민사, 1995.
메기 험, 심정순·염경숙 역, 『페미니즘 이론 사전』, 삼신각, 1995.
데보라 카메론, 이기우 역, 『페미니즘과 언어이론』, 한국문화사, 1995.
미셸 푸코, 황정미 역, 『미셸 푸코, 섹슈얼리티의 정치와 페미니즘』, 새물결, 1995.
팸 모리스, 강희원 역, 『문학과 페미니즘』, 문예출판사, 1997.
마리아 미스·반다나 시바, 『에코페미니즘』, 창작과비평사, 2000.
주디스 버틀러, 조현준 역, 『젠더 트러블』, 문학동네, 2000.
메리 울스톤크래프트 외, 한국영미문학페미니즘학회 역, 『페미니즘』, 민음사, 2000.
엘렌 식수, 박혜영 역, 『메두사의 웃음 출구』, 동문선, 2004.
줄리아 크리스테바, 김인환 역, 『검은 태양』, 동문선, 2004.

마련한다. 그 중에서도 엘렌 식수의『메두사의 웃음』은 여성적 글쓰기의 선언문으로 간주되었다. '몸으로 글쓰기'로 종종 이해되는 엘렌 식수의 글쓰기는 '말 중심주의'와 '남근중심주의'에 대한 대안적 글쓰기라 할 수 있다.[26]

한국의 페미니즘시는 고정희, 최승자, 김혜순 등에 의해 폭넓게 창작되었으며, 이는 "우리로 하여금 여성적인 것에 대한 문제의식을 불러일으키게"[27] 하고, 문학 전반에 페미니즘 논의가 본격화되는 중요한 동력으로 작용하였다. 이들이 선보인 페미니즘시가 과감하게 드러내는 남근중심주의에 대한 저항과 '여성적 글쓰기(écriture féminine)'의 방식은 시에 관한 일반화된 규범들을 해체한다. 이들의 시에 나타난 독특한 언어와 시세계는 페미니즘비평을 통해 효과적으로 통찰되고 있기는 하지만, 향후의 페미니즘비평은 기존의 페미니즘 논의에 대한 비판적 성찰[28]을 통해 텍스트 외적 요소와 내적 구조까지 병행적으로 모색하는 연구로 전환되고 활성화되어야 할 것이다.

고정희, 최승자, 김혜순의 작품에 대한 선행 연구는 시집 서평과 문학잡지에 발표된 단평 수준에 머물렀으나 2000년대에 들어 소논문과 학위논문 등을 통해 심도 있는 접근이 이루어지고 있다. 본고는 세 시인에

---

26) 이봉지,「엘렌 식수와 여성적 글쓰기」,『세계의 문학』, 2001년 겨울호, pp.237~241.
27) 김준오,「현대시와 페미니즘의 인식」,『문학과 비평』, 1991년 겨울호, pp.181~182.
28) 유순하는 기존의 페미니즘 논의에 대한 8가지로 나누어 비판하고 있다.
　　① 천박한 대중의 속성과 야합하는 대중영합주의, ② 부분을 전체로 간주하는 맹목적 국부치중, ③ 남녀관계를 대립구조로 놓고 증오를 거침없이 드러내는 독선적 태도, ④ 인간의 고민을 여성의 고민으로 과장하는, 인간의 본질과 속성에 대한 통찰의 결여, ⑤ 구체적 대안이 없는 관념적인 구호의 남발, ⑥ 표나게 내세우는 자신들의 충정, ⑦ 실천집단간의 대화가 거의 없는 분파성, ⑧ 서구 이론 의존성 등이다.
　　유순하,『한 몽상가의 여자론』, 문예출판사, 1994. 김미현,『한국여성소설과 페미니즘』, 신구문화사, 1996, p.42에서 재인용.

대한 기존의 연구 가운데 페미니즘 자장 안에서 분석된 논의를 중심으로 선행 연구를 살펴보고자 한다.

먼저 고정희 시에 대한 선행연구를 살펴보면, 시인의 세계관에 집중하여 작품이 함의한 내용에 주목하는 논의가 주를 이룬다. 김혜순이 고정희의 유고시집에서 언급하고 있듯이 "고정희는 짧은 삶과 격렬한 시를 통하여 여성해방적 · 민중적 · 기독교적 시각을 표출해왔고, 이 세 가지 시각이 어우러진 세계를 향해 가는 노력을 일생을 걸쳐 해왔"29)기 때문일 것이다.

고정희의 시에 대해 주제론적으로 접근한 연구는 기독교적 세계관에 입각한 현실 참여경향의 작품들에 중점을 둔 것과 여권운동의 일환으로서의 여성해방을 부르짖는 운동성에 초점을 맞춘 논의가 대표적이다. 기독교적 세계관에 중심을 둔 경우는 고정희 시의 근원을 "기독교 정신의 표출로서 현실의 문제점을 지적하고 고발하며"30) "성서적 상상력과 하느님에 대한 절대적 사랑"31)으로 파악한다. 유성호는 고정희의 시세계를 '종교의식'과 '현실 인식'이 형상적으로 결합된 것으로 보고, 그 특징을 '자유 의지와 실존적 고통의 승인' '메시아니즘과 시적 앙가주망' '내면 회귀의 성찰과 남은 자의 그리움'의 세 단계로 나누어 고찰한다. 이를 통해 진정한 기독교인의 자세를 실천하는 고정희의 시적 여정을 살피고 있다.32) 이러한 논의들은 고정희가 지닌 해방신학이 어떻게 민중 해방으로 나아가는가를 깊이 이해하고자하는 시도로 볼 수 있다.

---

29) 김혜순, 「표4」, 고정희, 『모든 사라지는 것들은 뒤에 여백을 남긴다』, 창작과비평사, 1992.

30) 김주연, 「고정희의 의지와 사랑」, 『현대시학』, 1991. 8, p.24.

31) 박유미, 「고정희 시의 화자 연구」, 전남대학교 대학원 석사학위논문, 2003.

32) 유성호, 「고정희 시에 나타난 종교의식과 현실인식」, 『한국문예비평연구』 창간호, 한국현대문예비평학회 편, 1997, p.91.

김경희는 그의 시를 기독교적 세계관을 바탕으로 한 일련의 시들, 현실 참여적 시들, 해성해방을 말하는 문학 등으로 분류하여 고찰하고,[33] 김 정환은 고정희의 시를 고통과 일상성의 변증법으로 본다. 초기시가 '기 독교주의' '고통주의' '고독주의'적 성향을 지닌 반면에『초혼제』에서는 구체적인 고향정신을 획득하고 있다고 본다.[34]

정효구는 고정희를 '기독교 주의'에서 나아가 "1980년대 페미니즘문 학운동의 선두주자였으며 중심인물의 하나로 활동한"[35] 페미니스트로 평가하고 있다. 정영자도 고정희의 시에 나타난 페미니즘적 성향을 살 피면서 "고정희는 속칭 여성시를 깨뜨리면서 보다 넓게 역사와 역사 속 의 잘못된 것을 고치고자 자신의 문학으로 노력하던 시인"으로 규정하 고 있다. 정과리는 고정희의 시가 여성 해방이라는 현대 사회의 보편적 주제를 역사와 연결시켜 최후의 피압박계급인 여자의 삶을 통해 세상의 모순을 꿰뚫고 있다고 보았다.[36] 이러한 현실 인식의 문제는 "남성적 투 쟁의 의도성에 지나치게 갇혀 있음으로써 시적 깊이의 형성을 제한한 다"[37]는 견해를 가져오기도 한다. 또한 강용애는 고정희의 시를 1기시 와 2기시로 나누고, 2기의 페미니즘적 시에 나타난 폭력성과 고발성 여 부를 집중적으로 분석하고 있다. 그 결과 "고정희 시가 지나치게 폭로와 고발적 색채를 띠고 있어 시적 형식미가 떨어진다"[38]고 보고 있다.

정복임은 고정희 작품의 목적이 여성해방과 제국주의 · 식민주의로

---

33) 김경희, 「고정희, 그 이름의 高聖愛」, 『현대시학』, 1991. 8, p.41.
34) 김정환, 「고통과 일상성의 변증법」, 고정희, 『초혼제』, 문학과지성사, 1983, p.167.
35) 정효구, 「고정희론―살림의 시, 불의 상상력」, 『현대시학』, 1991, 10, pp.217~234.
36) 정과리, 「자신을 부르는 소리」, 고정희, 『여성해방출사표』, 동광출판사, 1990, p.142.
37) 성민엽, 「갈망하는 자의 슬픔과 기쁨」, 고정희, 『지리산의 봄』, 문학과지성사, 1987, pp.135~146.
38) 강용애, 「고정희 시 연구」, 숙명여자대학교 대학원 석사논문, 2001.

부터의 해방에 있다고 분석한다. "고정희의 시는 우리 시단에서 탈식민
주의 세계관과 탈식민주의 페미니즘을 가장 예각적으로 성취한 사례"
라고 결론적으로 말하는 것은 시의 정치성에 문학적 비중을 실은 연구
자의 입장이라고 볼 수 있다.[39] 나희덕은 고정희 시에 나타난 '기독교,
민중, 여성'을 키워드로 포괄하여 통합 · 변화되어가는 과정을 논의하고
있다.[40] 이는 고정희의 세계 인식을 총체적으로 파악하는 데 효과적인
방법이라 할 수 있다.

고정희 시에 나타난 형식적 측면의 연구는 주제적 측면의 연구에 비
해 상대적으로 빈약하며 마당굿을 차용한 시의 형식적 · 구조적 특징에
대한 연구가 대다수이다. 송명희는 고정희의 장시 형태에 주목하고 시
에 나타나는 씻김굿의 사설조 가락과 시어, 서간체의 도입 등을 여성미
학으로 파악하고 있다.[41] 또한 고정희가 차용한 마당굿의 형식은 바흐
친의 카니발 개념으로 분석되고[42] 사설적 형식으로 고찰되기도 한
다.[43] 이와는 달리, 윤향[44]은 고정희의 초기시에 나타나는 형식적 특징
을 민속 문학의 패러디로 파악하고 이를 민중의 집단의식과 식민체제의
붕괴의식으로 연결 지어 해석하고 있다. 그 외에도 "고정희의 페미니즘
시에는 그 주제의식에 못지않게 형식적인 면에서도 실험정신이 담겨있
다"[45]는 결론을 도출하는 시도와 여성의 상품화와 노동의 문제를 언술과

39) 정복임, 「고정희 시의 탈식민주의적 연구」」, 단국대학교 대학원 박사논문, 2008.
40) 나희덕, 「시대의 염의(殮衣)를 마름질하는 손」, 『창작과 비평』 112호, 창작과비평
  사, 2001.
41) 송명희, 「고정희와 페미니즘 시」, 『비평문학』 제9호, 1995.
42) 이숭이, 「고정희 페미니즘시 연구」, 목원대학교 대학원 석사논문, 1997.
43) 김명순, 「고정희의 페미니즘 시 연구─형식적 특성을 중심으로」, 동국대학교 예술
  대학원 석사논문, 2000.
44) 윤향, 「고정희 페미니즘 시 연구」, 성균관대 교육대학원 석사논문, 2003.
45) 이세옥, 「고정희 시에 나타난 페미니즘 양상 연구」, 경기대 교육대학원 석사논문, 2004.

결합하여 서술하는 연구46)도 나타나고 있다. 이는 고정희 시의 기독교 정신, 여성해방과 그 대안을 제시하려는 데 집중되었던 기존의 연구에서 진보한 자세라고 할 수 있다. 고정희의 작품 연구가 그의 현실비판 의식에 과잉될 경우, 작품의 구조적 미학을 놓칠 수 있기 때문이다.

최승자 시에 대한 선행 연구는 매우 부진한 편이다. 그간의 연구들을 분류해보면 크게 '내면의 죽음의식과 사랑'에 관한 논의와 '페미니즘과 여성성'을 중심으로 한 논의로 나뉜다. 이승훈은 최승자의 시가 사회성보다는 내면성을 추구하고 지워진 세계의 탐구한다고 본다.47) 최승자 시를 '사랑과 죽음'의 노래로 파악한 논의로는 정과리, 김예림, 김용희, 김수이 등을 들 수 있다.48) 최승자가 "현실의 비극적 상황을 제재로 하여 시를 쓴다."49)고 파악하고 "사랑과 죽음의 전문가"50)로 지칭하는 논의도 나타난다. 정효구는 "이러한 타나토스적 욕구는 죽음에의 본능이지만 동시에 최승자의 삶과 시를 견인하는 힘"으로 파악하고 있다.51) 이러한 논의들은 최승자 시에 드러나는 비극성의 근원을 찾고 자아와 세계와의 관계를 이해하려는 의미 있는 연구로 볼 수 있다.

다음으로는 페미니즘 관점으로 접근한 논의이다. 여기에는 최승자 시의 '부정성'을 중요하게 본 김현, 성민엽, 이광호 등의 논의와 '여성의식과

---

46) 이은선, 「고정희 시 세계 연구－여성주의적 관점으로」, 한남대 교육대학원 석사논문, 2006.
47) 이승훈, 「공포의 산책과 그로테스크의 미학」, 『해체시론』, 새미, 1998, p.168~178.
48) 정과리, 「방법적 비극, 그리고」, 최승자, 『즐거운 일기』, 문학과지성사, 1984, pp.105~125.
  김예림, 「지극한 고통과 지독한 사랑의 노래」, 『원우론집』 22권, 연세대학교대학원, 1995.
  김용희, 「죽음에 대한 시적 승리에 관하여」, 『평택대학논문집』 12집, 1999, pp.107~108.
  김수이, 「최승자론－사랑과 죽음」, 『풍경 속의 빈 곳』, 문학동네, 2002, pp.147~166.
49) 정영자, 『한국시인연구』, 평민사, 1996, p.343.
50) 이상희, 「사랑과 죽음의 전문가」, 『현대시세계』, 1991. 10, pp.91~109.
51) 정효구, 「최승자론－죽음과 상처의 시」, 『현대시학』, 1991. 5, pp.232~249.

여성성의 특징'을 분석한 장석주, 전수련, 장은하, 엄경희의 글을 들 수 있다. 김현은 "최승자 시의 중요한 세계가 모든 헛된 믿음에 대한 부정에 있다"고 밝힌다.[52] 최승자 시의 시적 서정은 부정의 거울을 통해 다시 그 현실을 부정하는 낭만주의적 충동의 내면 풍경까지도 반성한다는 것이다. 상징체계와 이데올로기에 대한 부정과 저항성이 최승자 시의 특징으로 나타나고 있다는 것을 지적한 논의로 볼 수 있다. "최승자 시의 부정은 모든 헛된 믿음에 기초한 율법에 대한 위반을 의미한다."[53]는 글은 병든 세계에 대한 부정을 밀고 나가는 최승자의 시적 전략을 반증하고 있다.

성민엽은 최승자의 시의 현실 부정정신에 초점을 맞춰 그의 언어 미학과 내용적 특질을 분석하고 있다. 그는 "최승자의 부정정신으로 가득한 시편들은 진정한 사랑과 행복에 도달하고자하는 그의 열망이 이루어낸 역설적 표현이며, 현실을 부정하고 해체하는 실험정신, 과격한 욕설과 비판적 언어가 만드는 강렬한 이미지로 전혀 새로운 시의 지점을 발견하게 만든 문제 시인"[54]이며 이성복, 황지우 등의 시에 나타난 형태적 파격성과 내용적 파격성을 함께 지닌다고 보았다.

장석주는 최승자가 부딪히고 있는 가부장제의 문제를 분석하고 있다.[55] 그는 최승자의 작품들에서 아버지와 연관되는 시들을 모아 논의를 진행하면서 "최승자의 시에 나타난 아버지를 가부장적 권력을 가진 자로서 여성인 시적 자아의 삶을 짓밟는 공포와 억압의 대상"으로 파악하고, 아버지로 대변되는 가부장제의 지배질서에 저항하려는 시인의 욕망이

---

52) 김현, 「세 개의 변주」, 『젊은 시인들의 상상 세계』, 문학과지성사, 1999, pp.163~175.
53) 이광호, 「세기말의 비망록」, 최승자, 『내 무덤, 푸르고』, 문학과지성사, 2003, pp.71~84.
54) 성민엽 편, 『오늘의 문제 시인 시선』, 학원사, 1987, p.229.
55) 장석주, 「죽음·아버지·자궁, 그리고 글쓰기—최승자」, 『문학과사회』 제 25호, 1994. 2, pp.437~453.

"아주 인상적이며 파격한 시적 충격의 방법"으로 나타난다고 강조한다.

전수련은 최승자 시에 나타난 '새로운 몸'에 주목하여 여성성의 실현을 논의하고 있다.56) 즉, 최승자가 실행한 몸의 과감한 해체와 죽음은 몸의 재탄생을 의미하고, 그것은 새로운 세계에 대한 회구이자 부정적 현실에 대한 반전이라고 본다. 장은하의 경우는 최승자가 부정적 현실을 극복해나가는 방법은 철저히 '여성성의 실현'이라고 본다.57) 이 과정을 여성적 글쓰기의 양상으로 파악하고 감금의 언어, 독백적 언어, 광기의 언어, 수다의 언어 등으로 나누어 최승자 시의 특성을 고찰하고 있다. 엄경희는 최승자가 대상과 자아와의 치열하고도 적극적인 관계, 강렬한 시어의 선택 등을 통해 "기존 여성시의 결함으로 보여지는 감정의 피상성이나 언어의 상투성에서 벗어난다"고 평가한다.58)

김혜순 시에 대한 선행연구는 다음의 세 가지 맥락으로 정리할 수 있다. 첫 번째는 '시적 육체'에 관한 논의이고 두 번째는 '여성성'에 관련한 논의이다. 마지막으로 '방법적 특성'에 관한 논의가 있다. 이러한 논의는 대부분 페미니즘의 '여성적 글쓰기'에 관한 담론과 결부되어 있다. 김혜순의 경우는 자신의 시와 시론을 스스로 밝히는 저서를 출간한 바 있고 거기서 "여성의 시 언어는 남성의 시 언어와 다르다"고 말한다.59) 그는 이 책에서 여성이 지닌 '위반의 언어'와 '여성이 몸으로 글을 쓰는 방식' 등에 대해 전반적이고 구체적으로 논의하고 있다. 이는 김혜순 시를 포함하여 한국 문학에서의 '여성적 글쓰기'에 대한 논의를 촉발하게

---

56) 전수련, 「한국 여성시에 나타난 몸 이미지 분석—김정란, 김혜순, 최승자의 시를 중심으로」, 동국대학교 문화예술대학원 석사논문, 1999.
57) 장은하, 「1980년대 페미니즘 시 연구—최승자, 고정희를 중심으로」, 건국대학교 대학원 석사논문, 2001.
58) 엄경희, 「여성시에 대한 기대지평의 전환」, 『이화어문논집』 13권, 1994, p.589.
59) 김혜순, 『여성이 글을 쓴다는 것은』, 문학동네, 2002.

한 요인 중 하나로 작용한다.

'시적 육체'에 관한 연구로는, 김혜순 시에 나타나는 몸의 현상학을 죽음과 성애의 차원과 관련지어 논의한 황현산의 비평[60]과 육체의 공간적 구조에 주목한 오생근의 논의가 있다. 오생근은 김혜순의 시에 나타난 육체의 공감화가 지향하는 것을 "자아의 개방성 혹은 삶과 세계를 긍정적으로 수용하려는 시인의 열린 세계관의 발현"[61]으로 파악한다.

이광호는 김혜순의 '시적 육체'에 관해 보다 다양한 논의를 개진하고 있다.[62] 그는 김혜순의 시에 나타나는 몸의 상상력의 독특함은 생태학적 논리에 기대지 않은 채, 경험 세계의 구체적인 시간과 공간 안에서 몸의 현실을 묘사하는 데 있다고 본다. 또한 김혜순 시에 나타난 시적 자아의 몸이 세상의 몸이자 우주의 몸이라는 측면에서 그의 시를 "만다라적인 몸의 상상력"과 연관 지어 파악하고, 그 몸은 "죽었으나 죽지 않고, 썩었으나 썩지 않은 물. 당신 몸에 스미는 내 몸"이라고 말한다. 그 외에도 김혜순 시에 나타난 '몸 이미지'를 고찰한 논문[63]과 '몸에 대한 상상력'과 '몸의 언어화'에 주목하여 몸과 언어적 기법의 연관선상에서 작품을 고찰한 논의[64]가 있다.

---

60) 황현산, 「딸의 사막과 어머니의 서울」, 『말과 시간의 깊이』, 문학과지성사, 2002, pp.97~116.
61) 오생근, 「육체의 시대와 육체의 시학」, 『동서문학』, 1997년 여름호, p.278.
62) 이광호, 「몸살의 시, 배설의 생태학─우리 시대, 몸의 시학」, 『환멸의 신화』, 민음사, 1995, p.123.
　　　, 「소용돌이치는 만다라─김혜순·이광호 대담」, 『문학과사회』, 1997년 여름호, p.749.
　　이광호, 「나, 그녀, 당신, 그리고 첫」, 김혜순, 『당신의 첫』, 문학과지성사, 2008, pp.154~176.
63) 이주영, 「김혜순 시의 몸 이미지에 대한 고찰」, 중앙대학교 대학원 문예창작학과 석사논문, 2000.
64) 이재복, 「몸과 프랙탈의 언어─김혜순론」, 『현대시학』, 2001. 1, p.225.

다음으로 김혜순 시에 나타난 '여성성'의 문제는 김현, 김정란, 김영옥, 이인성, 최현식 등에 의해 비중 있게 다루어진다. 김현은 김혜순의 시세계를 '행복한 여성성'의 세계로, '순환하는 딸들의 조화롭고 아름다운 세계'로 파악한다.[65] 김정란과 김영옥은 페미니즘적 입장에서 김혜순 시에 나타난 여성성을 고찰하며[66] 시에 대한 꼼꼼한 분석보다는 거기서 도출되는 여성성의 일반적인 의미 규정에 주목하는 경향을 보이고 있다.

이인성은 김혜순의 첫 시집 『또 다른 별에서』(1981)에서부터 『한 잔의 붉은 거울』(2004)에 이르기 까지 시인이 보여준 시의 역사를 색깔이 제시하는 이미지로 분류한다. 이 글에서 이인성은 김혜순 시의 흐름을 푸른색과 검은색, 흰색, 붉은색 등으로 나누고 붉은색이 보여주는 상상력이 일출에서 일몰로 시간의 원을 그리는 자연적 순환 속에 존재하는 것에 비유하는 순환적 세계관에 주목하고 있다. 그는 "초승달에서 만월로 차오르고 다시 하현달로 기우는 달의 순환은 여성의 몸이 잉태의 능력을 가졌다가 비우는 과정과 맞물려, '나'의 육체적 상상력을 남성적인 것과 구별 짓게 만든다."고 분석한다.[67]

최현식은 김혜순 시에 드러나는 '여성성'을 '에로티즘'의 생산자인 '불쌍한 사랑기계'라는 물질성으로 파악하고, 존재의 괴물성과 악마성을 현현하는 '추醜'의 미학으로 접근한다. 그러나 김혜순에게 '추'는 목적 대상으로 존재하지 않고 자기동일성을 해체하고 자아와 세계의 무수한

---

65) 김현, 「행복한 여성성: 순환하는 딸-김혜순의 시세계」, 『김현 문학전집 ⑥』, 문학과지성사, 1996.
66) 김정란, 「하염없이 터져 흐르는……」, 『현대시』, 1996. 9.
   김영옥, 「여성시 숲으로의 여행-김혜순 시읽기」, 현대시, 1996. 7.
67) 이인성, 「'그녀, 요나'의 붉은 상상」, 김혜순, 『한 잔의 붉은 거울』, 문학과지성사, 2004, pp.129~170.

이본들을 파생시키기 위한 미학적 전략에 더 가까운 것으로 파악한다.[68]

　마지막으로 김혜순 시의 '방법적 특성'에 대한 논의는 남진우, 박혜경, 권오만 등의 글에서 찾을 수 있다. 남진우는 김혜순 시에 나타난 극적 기법을 '요염한 연극성'으로 언급한 바 있고[69], 또 다른 지면[70]에서는 김혜순 시의 방법적 특징과 1980년대 초반의 전위적 해체시의 방법론을 비교해서 분석한다. 당시의 전위적 해체시들이 현실에 대한 쓰디쓴 고뇌를 '날것'으로 드러내는 반면 김혜순의 경우에는 패러디나 알레고리를 통해 일그러뜨려 제시한다는 것이다. 박혜경은 김혜순 시의 기법적 특성인 '속도감 있고 그로테스크한 언어적 활기'는 '즉물화된 감각적 상상력'과 관련되어 있다고 본다.[71] 권오만은 김혜순의 시에 나타난 기법적 특징을 '비서정의 시', '연극 기법과 영화 기법', '프랙탈 기법', '몸의 시와 죽음과의 유희', '몽타주 기법'의 다섯 항목으로 나누어 살펴보고 있다.[72]

　앞서 살펴본 바와 같이 고정희, 최승자, 김혜순의 시에 관한 연구는 다양한 방법론으로 이루어지고 있다. 그중에서 '여성의식'과 '여성성'에 주안점을 둔 주제 탐구와 형식상의 실험에 대한 접근이 활발하게 진행되는 것을 알 수 있다. 페미니즘시에 대한 연구의 역사가 길지 않은 국내의 상황에서 고정희, 최승자, 김혜순의 작품에 대한 그간의 논의는 여성문제에 대한 인식 전환 뿐 아니라 여성적 글쓰기, 여성의 미학적 재현

---

68) 최현식, 「추보(醜甫)씨의 비가 혹은 연가」, 『신생』, 2009년 봄호, pp.148~168.
69) 남진우, 「무서운 유희-김혜순의 시세계」, 김혜순, 『우리들의 음화』, 문학과지성사, 1995, p.125.
70) 남진우, 「마녀와 고양이」, 『문학과사회』, 1988년 가을호, p.129.
71) 박혜경, 「식인의 현실과 그 언어적 대응-김혜순의 시세계」, 『상처와 응시』, 문학과지성사, 1997, pp.143~144.
72) 권오만, 「김혜순 시의 기법 읽기」, 『전농어문연구』 제10집, 1998, p.3.

원리에 대한 연구 등의 소중한 성과를 나타낸다. 그러나 그 연구는 양적으로 매우 부족할 뿐만 아니라 대다수의 연구가 각 시인이 발표한 특정 시기의 작품이나 일부 시집에 집중되어 있어 전반적인 시세계에 대한 본격적인 고찰이 필요한 실정이다.

　본고는 기존 연구에서 도출된 이와 같은 문제점을 염두에 두고, 고정희, 최승자, 김혜순 시에 대한 총체적인 탐구를 통해 남성 중심적 전통 미학을 극복한 새로운 미학을 발견하고 나아가 한국 페미니즘시에 대한 문학사적 공백을 메워나가는 과제를 수행하려고 한다.

II.

페미니즘시의 지평

1. 페미니즘의 이론과 유형

페미니즘 이론은 사회에 대한 실천적 대안을 제시하고 '전위적 저작을 통해 아카데미의 세계에 충격을 주는 일'을 한다.[1] 페미니즘시는 페미니즘과 시의 접합적 언어구조물로써 여성들의 실제 삶에 대한 의식을 토대로 하고 있다. 페미니즘의 이론과 유형을 살피는 것은 본고에서 주로 논의하려는 세 여성 시인이 보여주는 페미니즘의 유형과 그 '차이'를 비교·분석하여 한국 페미니즘 시의 미학이론을 찾고자하는 문제의식에서 출발하였다.

'페미니즘feminism'[2]에 대한 정의는 논자에 따라 다르기는 하지만 '여

---

1) 정혜경, 「쥘리아 크리스테바의 페미니즘 이론」, 『현상과 인식』, 1988년 겨울호, p.44.
2) 전통적 사회의 인습적 여성관으로부터 벗어나 여성 자신의 정체성을 깨닫고 스스로를 억압받고 차별받는다고 느끼는 여성들의 공통된 관심사를 체계적으로 이해하려는 노력이나 남성 특유의 사회적 경험과 지각 방식을 보편적인 것으로 표준화하려는 태도를 근절시키려는 시도를 의미하기에 여성적인 것의 특수성이나 정당한 차이를 정립하고자 하는 것이다. 다시 말해 페미니즘은 남성 중심 사회에서 타자화된 '여성'과 여성 문제를 제기함으로써 내밀하게 체계화된 모든 불평등한 질서에 변화를 촉발하고 올바른 전망을 제시하려는 일련의 움직임을 지칭한다.
페미니즘은 여성주의, 여성해방주의 등으로 번역되며, 구체적인 개념보다는 포괄적인 의미를 지니고 있다. 페미니즘은 여성시각에서 세상을 바라보고, 가부장제하의 여성의 예속을 종식시키고자 하는 이념과 운동을 포괄한다. 이를 목표로 진지하게

성억압의 원인과 상태를 기술하고 여성해방을 궁극적 목표로 하는 운동이나 그 이론'을 지칭하는 것이 일반적이다. 페미니즘은 일반적으로 '여성주의' 혹은 '여성해방론'으로 불리는 사회이론이며 동시에 세계변혁을 향한 투쟁에 참여하는 정치적 실천이다. 즉, 여성으로서 받는 억압과 사회적 불평등, 성차별적인 이데올로기와 사회구조를 비판적으로 인식하고 개혁하려는 이론 및 정치적, 사회적, 문화적인 운동을 페미니즘의 개념으로 규정할 수 있다.

17세기부터 20세기에 이르기까지 각 시대마다 페미니스트들은 그들이 살아야 했던 삶의 맥락에서 여성을 억압하는 제도를 비판하는 동시에 대안을 모색해왔다. 그러한 노력이 집적되어 19세기에서 20세기 초까지 참정권 운동이 전개되었다. 1960년대에 이르러 페미니즘은 성 계급의 폐지와 여성의 사회적 권익 신장을 목표로 한 평등권 운동과 여성해방운동으로 확대되었다. 이러한 여성운동의 출발은 여성의 삶을 좀더 좋은 방향으로 변화시키려는 소박한 의도에서 비롯되었다. 당시 페미니스트들은 여성 모두가 남성에 의해 억압받는 사람들로서 공통된 이해를 가지고 있다는 사실에 근거하여 '우리'로써 여성이라는 말을 사용했다.[3] 남성과 사회로부터 받는 여러 형태의 억압을 공유하고 있다는 것을 발견한 여성들 사이에는 연대감과 자매애가 형성되었다. 그들은 모순된 현실의 경험들을 폭로하고 오랫동안 지속되어온 지배, 차별, 착취로부터의 해방을 갈망했다.

1970년대 미국에서는 급진적인 페미니즘 운동이 전개되었고 유럽에서

참여하는 사람이면 여성이든 남성이든 페미니스트라고 정의한다. 캐롤린 라마자 · 노글루, 김정선 역, 『페미니즘, 무엇이 문제인가』, 문예출판사, 1997, p.20.

3) 캐롤린 라마자노글루, 김정선 역, 『페미니즘, 무엇이 문제인가』, 문예출판사, 1997, p.10.

마르크스 페미니즘이 강하게 일어났다. 그들은 강간을 비롯한 여러 유형의 남성폭력을 사회적으로 이슈화하며 여성들의 모든 삶의 영역에 걸쳐 나타나는 가부장적 억압에 주목하였다. 그들은 여성을 남성에 의해 소유되고, 통제되고, 육체적으로 지배되는 보편적인 피억압자로 인식하였다.

1980년대에 자유주의 페미니즘은 여성들이 사회적 성차 때문에 차별받고 있다고 인식하지만, 양성의 관계를 특수한 권력관계로 규정하지 않는다. 이성애주의를 가부장제와 연결시켜 파악하는 레즈비언 페미니즘과 환경 운동과 연계된 에코 페미니즘, 흑인 페미니즘이 확산되는 것도 이 시기이다.

1990년대 주된 페미니즘 담론은 '후기 자본주의사회의 현상들에 대한 문화 예술적 대응의 방식인 포스트모더니즘'[4], 포스트구조주의와 결합한다. 이에 따라 페미니즘 속에서도 본질주의에 대한 비판적 시각이 일게 되었다. 그와 더불어 초기 페미니즘 이론의 축을 형성했던 젠더 중심적인 정체성의 정치학 대신 성적 주체성의 재정의에 더 많은 관심이 실리고 성 정치의 관심들이 강화되었다.[5] 이러한 분위기 속에서 버지니아 울프의 『자기만의 방』(1925), 시몬느 드 보봐르의 『제2의 성』(1949)이 페미니즘의 선구적 저술로써 재인식되었고, 케이트 밀레트의 『성의 정치학』(1970)이 커다란 주목을 받으면서 페미니즘의 확산과 변혁을 초래할 수 있었다.

최근에 와서 페미니즘 이론은 사회와 문화 각 분야에 접목, 확산되고 있다. 특히 계급, 성, 인종, 생태, 재현의 문제 등 사회 문화 전반에서

---

4) 조동구, 「한국 현대시와 아방가르드」, 『배달말 23』, 배달말학회 편, 1998, p.151.
5) 조세핀 도노번, 김익두·이월영 역, 『페미니즘 이론』, 문예출판사, 1993, p.43.

억압적인 경계를 허물면서 페미니즘 이론이 새로운 문화 공간 창출의 원동력임을 보여준다. 과거의 페미니즘이 여성의 권익을 옹호하기 위한 정치운동에 치중된 반면, 현재의 페미니즘은 부계 사회의 구조를 검증하고 해체하는 문화 활동으로서 문학, 미술, 연극, 영화 등 각 방면에서 하나의 해방적 담론으로 제시되고 있다.

페미니즘 이론은 계몽적 페미니즘, 문화적 페미니즘, 페미니즘과 마르크시즘, 페미니즘과 프로이트주의, 페미니즘과 실존주의, 래디컬 페미니즘, 포스트모더니즘과 페미니즘 등의 방식으로 다른 문예이론과 결부되어 연구되기도 하고 페미니스트 이성주의, 페미니스트 반이성주의, 그리고 페미니스트 포스트이성주의라는 세 가지 정책적인 형태로 파악6)되기도 하는 등 수많은 연구자들이 제시한 각양의 분류법에 따라 달리 정의되기도 한다.7)

페미니즘은 다양한 방법론 속에 공통된 특징들8)을 가지고 있지만, 엄밀

---

6) 크리스틴 디 스테파노, 정광숙 역, 「차이의 딜레마들－페미니즘, 모더니티, 그리고 포스트모더니즘」, 『페미니즘과 포스트모더니즘』, 한신문화사, 1992, p.377.

7) 엘레인 쇼월터는 생물학적 페미니즘, 언어학적 페미니즘, 심리 분석적 페미니즘, 문화적 페미니즘으로 나눈다. 엘레인 쇼월터, 박경혜 역, 『페미니즘과 문학』, 문예출판사, 1988.
   루스벤은 사회학, 기호론, 마르크스주의, 레즈비언, 흑인 페미니즘 등으로 분류한다. K. K. 루스벤, 김경수 역, 『페미니스트 문학비평』, 문학과비평사, 1989.
   그 외에도 1960년 시발점부터 현재까지를 뉴웨이브 페미니즘이라고 칭하는 연구자도 있고, 그것을 제 1의 물결, 제 2의 물결, 제 3의 물결로 나누는 학자도 있다.

8) 첫째, 페미니즘은 여성이 남성에게 종속된 관계가 바람직하지 못하며 변화되어야 한다고 주장한다. 둘째, 페미니즘은 한 사회의 모순적이고 권위적이며 지배적인 이데올로기를 의심하고 그에 도전한다. 셋째, 페미니즘은 남녀노소, 피억압자, 소수자 등 모든 인간이 자신의 잠재성을 실현할 기회를 보다 많이 가질 수 있게 하는 것이다. 넷째, 페미니즘은 여성의 삶에 대한 통제권을 여성에게 줌으로써 양성관계와 사회적 정치적 관계에서의 평등을 지향한다. 주디스 버틀러, 김윤상 역, 『의미를 체현하는 육체』, 인간사랑, 2003. 줄리아 크리스테바, 김열규 역, 『페미니즘과 문학』, 문예출판사, 1990 참조.

하게는 사전적으로 정의하기에 무리가 따르는 말이다. 그것은 필연적으로 일치된 의미나 내용을 가질 수 없는 다중적인 개념이다. 페미니즘은 여성 억압의 본질을 보여주는 보편적 이론이자 여성해방을 달성하기 위한 범세계적인 정치적 실천으로 발전해온 반면, 특정한 역사시기의 문화적 산물로서 다양한 입장의 페미니즘으로 분화, 변화되어 왔다. 여성의 해방이나 평등에 관한 해석이 다르며, 투쟁 목적과 방법도 다르다. 최소한 여성 억압이 무엇을 의미하는지, 여성해방이 어떻게 이루어질 수 있는가에 대한 입장과 전망도 천차만별이다. 즉, 각각의 사회가 지리적인, 역사적인 차이를 가진 것과 마찬가지로 페미니즘에 대한 논의도 다양한 것이다.

앞서 대략적으로 살펴본 페미니즘의 유형을 정리하면 다음과 같다. 일반적으로 여성 억압의 성격과 근본 요인, 타개 방안과 대안 등에 대한 시각의 차이에 따라 페미니즘 이론은 ① 자유주의 페미니즘, ② 마르크스주의 페미니즘, ③ 급진적 페미니즘, ④ 사회주의 페미니즘, ⑤ 정신분석학적 페미니즘, ⑥ 실존주의 페미니즘, ⑦ 포스트모던 페미니즘, ⑧ 에코 페미니즘, ⑨ 탈식민주의 페미니즘 등으로 분류된다. 그런데 이들 각각의 유형은 다른 입장 중에서 타당해 보이는 부분을 수용하는 과정에서 어느 정도 수렴현상을 보이기 때문에 서로 중복되기도 한다.9)

먼저 ① 자유주의 페미니즘은 페미니즘 정치 사회 이론의 주류이며, 가장 긴 역사를 지니고 있다. 현대의 자유주의 페미니즘은 여성 억압의

---

9) 김미현, 『한국여성소설과 페미니즘』, 신구문화사, 1996, p.13.
각각의 페미니즘의 특징은 김미현의 앞의 책과 레나 린트호프의 『페미니즘 문학 이론』, 인간사랑, 1998. 조세핀 도노반의 『페미니즘 이론』, 문예출판사, 1993. 이소영 · 정정호 공편, 『페미니즘과 포스트모더니즘』, 한신문화사, 1992. 마리아 미스 · 반다나 시바의 『에코페미니즘』, 창비, 2000. 메기 험의 『페미니즘 이론 사전』, 삼신각, 1995 등을 참조.

뿌리가 단순히 여성에게 평등한 시민권과 교육기회를 누릴 기회를 줌으로써 시정될 수 있다고 주장하며, 기존의 사회 체계와 정치 체계를 급격히 바꾸지 않으면서 완전한 기회의 평등을 보장하거나 여성들을 가정 밖의 공적 영역에 완전히 통합시키는 것을 목적으로 한다. 즉, 체제 안에서 여성의 지위를 향상시키려고 모색하지만 근본적으로 그 체제의 운영이나 위법성에 맞서려고 하지는 않는다. 그러나 자유주의 페미니즘은 성 차별을 부분적인 제도나 관행상의 결함으로 파악할 뿐 그것을 구조적인 시각에서 총체적으로 파악하는 데 실패했다.

② 마르크스주의 페미니즘은 가부장제를 남성에 의한 여성의 생산노동 및 재생산노동의 전유로 이해하면서 성 지배에 나타난 물질적 기초를 핵심적인 개념으로 삼는다. 따라서 여성을 생산영역으로 끌어들이면서도 다른 한편으로는 가사담당자로 규정함으로써 이중 이득을 보는 것이 바로 자본주의의 맹점이라고 파악하고 가사노동의 사회화, 여성의 생산노동 참여와 그 내부에서의 평등성 확보, 경제적 단위로서의 일부일처제 폐지를 지향한다. 이를 통해 궁극적으로 사적 소유와 계급 제도의 철폐를 주장한다. 이러한 인식을 통해 마르크스주의 페미니즘은 일부 여성의 해방이 아니라 여성이라는 계급 전체의 해방을 목표로 한다. 그러나 마르크스 페미니즘은 여성 산업 노동자의 문제에만 지나치게 집중한다든가 사회주의 혁명 후에도 나타나는 여성문제를 이데올로기적 잔해 정도로 폄하하는 것, 부르주아 이데올로기의 침윤으로 손쉽게 처리해버리는 것 등의 문제점을 지니고 있다.

③ 급진적 페미니즘은 무엇보다도 여성 억압이 모든 억압의 뿌리이며 근본적이고 독자적인 체계를 이룬다고 보는 이론이다. '개인적인 것이 정치적이다'는 구호 아래 여성의 사적인 세계를 정치적인 분석의 영역

으로 확대시킨다. 또한 후기로 갈수록 '여성은 남성과 근본적으로 다르고, 여성의 문화적인 행동, 체험, 가치 체계 또한 지배적인 가부장제 문화와는 조화를 이룰 수 없다'는 문화적 분리주의를 고집하면서 '레즈비언주의(Lesbianism)'[10]를 내세운다. 그리고 '가부장제'라는 용어를 일반화하면서 여성 대중의 광범위한 의식화를 이루려했고 이론적으로도 여성 억압 체계에 대한 분석을 자극하는 역할을 했다. 그러나 급진적 페미니즘은 이론적인 일관성이 부족했고 남성과의 협력을 무조건 거부하려는 태도로 인해 오히려 여성을 주변적인 존재로 전락시키거나 남성에 대한 경쟁을 약화시킨다는 데서 문제점을 드러낸다.

④ 사회주의 페미니즘은 자본주의·남성지배·인종차별·제국주의 등을 분리할 수 없는 문제라고 파악하고 자본주의 체제와 남성지배에 대한 총체적 이해를 위하여 이들 사이의 긴밀한 관계에 주목할 것을 요구한다. 가부장제만을 여성 억압의 체계로 보는 급진주의적 입장이나 여성 억압을 낳는 근본을 자본주의제로 보는 마르크스주의적 입장과는 달리 여성문제 자체가 가부장제와 자본주의제의 결합에서 복합적으로 발생한다고 보는 것이다. 그래서 이들에게는 성 행위와 출산 또한 물적 토대의 일부에 해당하므로 자유로운 생산노동 이외에도 자유로운 성적 표현이나 임신, 양육 등을 통한 잠재력의 실현이 궁극적인 목표가 된다.

사회주의 페미니즘은 기존의 계급운동이나 사회운동과 연대를 도모하면서도 다른 한편으로는 모든 계급의 여성을 망라하는 여성들만의

---

10) 앤 퍼거슨은 레즈비언주의를 세 가지 측면에서 구분 짓는다. 즉 임상학적 용어로, 또한 레즈비언 문화에 대한 사회 정치적 자아 정의로, 그리고 레즈비언 여성을 연결시키는 초역사적 전통으로 나눈다. 레즈비언 페미니즘은 가부장제의 중심으로서의 이성애 제도와 이데올로기 모두를 공격한다. Bunch. C, 『Lesbian and the Woman's Movement』, Daiana Press, 1975.

독자적인 조직 또한 인정한다. 그러나 급진적 페미니즘이나 마르크스주의 페미니즘의 주장을 크게 벗어나지 못했으며, 기존 계급운동과의 제휴가 어려워지는 과정 속에서 비정치화 되면서 큰 영향력을 행사하지 못하게 되었다.

사회주의 페미니즘은 급진적 페미니즘과 함께 '제2의 물결(Second wave)'11)을 대표하며 과격한 변혁 안을 내놓고 여성화된 세상을 창출할 것을 목표로 삼는다.

지금까지 살펴본 4가지 페미니즘이 있기까지 '제 1의 물결(First wave)'이 산파 역할을 했다고 볼 수 있다. 마찬가지로 앞선 4가지 페미니즘 이론의 흐름에 대한 수용과 반동으로 정신분석학적 페미니즘과 실존주의 페미니즘이 대두된다. 그리고 마지막으로 살펴볼 포스트모던 페미니즘 또한 이 두 페미니즘의 영향으로부터 자유롭지 않다. 이는 페미니즘 이론의 역사가 다른 이론과의 상호관계 속에서 그것을 흡수하고 발전시켜 발생한 것이라고 점을 보여주고 있다.

⑤ 정신분석학적 페미니즘은 프로이트의 여성 심리에 대한 해석에서 중요한 자극을 받았다. 남근 선망(penis-envy)의 개념이나 오이디푸스 콤플렉스에 대한 프로이트의 분석이 갖는 생물학적 결정론과 같은 이론적

---

11) '제1의 물결'은 '구물결'이란 용어로도 쓰이고, 1890년대에서 1920년대 사이에 미국과 영국에서 있었던 여성참정권 운동을 위한 동원을 지칭한다. 가족법과 경제적 기회에 대한 법 개정, 1848년 미국에서 열린 제네바 추계 정기 여성회합으로 상징되는 국제적인 연합을 강조하면서 조직된 페미니즘을 대변한다. '제2의 물결'은 마샤 웨이난 리어가 만든 용어로 1960년대 말에 미국, 영국 및 독일에서 결성된 여성 해방 단체를 언급한 것이다. 이는 1890년대부터 미국과 영국에서 있었던 여성참정권 운동을 칭하던 '제1의 물결'이 이미 1920년대에 종식되었음을 의미한다. 현대적인 페미니즘의 기원은 '제2의 물결'이 정치적 기반을 구축하는 1970년대 초기로 거슬러 올라간다. '제2의 물결'은 과격한 변혁안이며 여성화된 세상을 창출할 것을 목표로 삼는다. 메기 험, 심정순·염경숙 역, 『페미니즘 이론 사전』, 삼신각, 1995, pp.278~279.

틀에는 반대하지만 정신분석학적 접근 그 자체는 유용한 방법론으로 수용한다. 전통적인 프로이트 이론은 페니스를 여성들에게 결핍된 권력의 상징이라기보다는 욕망의 대상으로 간주하는 남성중심적인 해석을 하고 있다. 이를 극복하기 위해 페미니스트들은 지나치게 논의된 오이디푸스 콤플렉스 시기에 대해 별로 관심을 기울이지 않고 오히려 아버지와 자식 사이의 관계가 가장 밀접한 오이디푸스 이전 시기를 문제 삼는다. 또한 프로이트가 말한 '불안정성'을 여성의 심리적 성욕에 대한 긍정적 특성으로 받아들인다. 그러나 이러한 정신분석학적 접근은 정신의 내적인 역동성에 지나치게 초점을 맞추기에 외적 조건을 도외시하고, 여성 억압의 주된 원천으로 작용하는 사회 변화에는 충분한 관심을 기울이지 못한다.

⑥ 실존주의 페미니즘은 시몬 드 보봐르의 『제2의 성』(Paris, Gallimard, 1949)을 적극 수용하여 남자와 여자 사이의 차이점들은 자연적인 것이 아니라 사회 · 문화적인 차원이므로 변화될 수 있고, 변화될 것이라고 본다. 그들은 여성의 '타자성'에 주목하는데, 즉 남성은 '자아'이기에 자신의 존재를 스스로 정의내릴 수 있는 자유롭고 능동적인 존재이나 여성은 비본질적인 '타자'로 취급되고 스스로들은 그것을 내면화하기에 자기 자신으로 존재하는 것이 아니라 남자가 정의한 대로 인식한다는 것이다. 때문에 여성은 여성으로 태어나는 것이 아니라 여성으로 길러진다는 결론에 도달한다. 그리고 남성은 여성에 관한 신화를 통해 여성을 효과적으로 통제하려고 한다. 여성을 자연처럼 변덕스러운 카멜레온으로 파악하거나 그 반대로 자기희생적인 여성을 이상화 혹은 우상화함으로써 여성의 본성을 애매모호한 것으로 파악하는 것이 그 예이다. 이에 대해 보봐르는 '여자에게는 이미 정해져있는 본질이 없기 때문에

자신의 자아를 스스로 창조할 수 있는 능력이 있다'고 말한다.

이처럼 실존주의 페미니즘은 여성들 속에 보편적으로 내재해 있는 제한점을 초월하도록 요청한다. 그 초월을 위해 자신의 일을 통해 자신의 내적 자주성에 도달하고 경제적 예속에서 벗어나며 사회에 참여하라고 충고한다. 이러한 제시는 여성들이 여성의 세계를 탈구축하거나 재구축하기 위해 필요한 의식의 고양을 강력히 주장한다는 점에서 그 의의가 있으나 그것이 제시하는 초월의 범주 자체가 지극히 남성적이라는 공격을 받고 있다.

제2의 물결 이후 괄목할만한 이론적 움직임은 여성과 남성의 동등함을 주장하는 것에 그치지 않고 여성과 남성의 '차이(difference)'를 중시할 뿐만 아니라 다양한 관계들 속에서 드러나는 여성들 사이의 '차이'에 대해서도 진지한 논의들이 교류되기 시작한 점이다. 또한 같은 시기에 포스트구조주의와 포스트모더니즘이 일반적인 인식 지평과 문화 지형도에 확산됨에 따라 초기 페미니즘 이론의 축이 젠더 중심적인 정체성의 정치학이었던 데 반해 페미니즘 속에서도 중심 혹은 본질주의(essentialism)에 대한 비판적 시각이 일게 되었다.

이러한 맥락에서 ⑦ 포스트모던 페미니즘은 이성, 지식, 혹은 자아에 대한 고정관념을 해체할 뿐만 아니라 '성의 정체성', '주체'와 같은 본질주의를 비판하고 있다. 그것은 '여자', '여성적 성의 정체성' 같은 일원론적 개념들을 복잡하게 구성된 복수적인 사회정체성의 관념들로 대치하고 계층, 종족, 나이, 성적 편향 등에도 유념하면서 그 요소 중에서도 성(젠더)을 관련된 하나의 적절한 요소로 취급하는 것이다. 페미니즘과 포스트모더니즘의 결합이 가능했던 지점은 포스트모더니즘이 명백한 진리나 이성주의 이론, 지배적 사상과 문화의 형식들을 해체하고자 하는 점과 페미니즘이 권력 구조를 비판하고 가부장적이며 지배적인 담론들을 폭로하고 그 가치를 떨어뜨리려는 점이 부합하기 때문이다. 두 이론 모두가 남성성/여성성, 예술/삶, 고급문화/대중문화, 중심/주변의 경계를 무너뜨리려는 이론적 토대를 가지고 있는 것이다.

따라서 포스트모던 페미니즘은 탈중심주의나 다양성, 차이의 강조를 통해 과거 여성 억압의 원칙론을 극복하게 해주었다는 데서 의의를 찾을 수 있다. 동시에 이 이론은 여성 억압의 본질을 찾으려는 노력 자체를 무용한 것으로 보는 무분별한 상대주의나 다원주의, 해체론적 회의주의에 빠져 강력하게 정치적인 입장을 표명해야 할 페미니즘을 제대로 대변해주지 못한다는 비판의 여지를 남겨두고 있다.

현재 제3의 여성해방운동이라고 지칭되고 있는 ⑧ 에코 페미니즘은 생태학과 페미니즘이 결합한 것으로 여성과 자연을 동일선상에 놓고 여성에 대한 억압은 자연에 대한 억압과 직접적으로 연결된다고 주장한다. 생태학은 '가이아Gaia이론'에 기초를 두고 있으며, 그 가이아가 여성임을 강조한다. 가이아는 그리스 신화에 나오는 대지의 여신으로, 지구가 자기 조절능력을 가진 초유기체임을 나타내는 상징적 단어이다. 때문에 병든 가이아는 병든 여성의 현실과 동일한 것이고, 자연이 회복되는 것은 여성이 치유되는 것과 동일선상에 있게 된다. 그들은 '부드러움'이나 '돌봄'이라는 여성적 특성을 배양함으로써 죽음을 불러오는 가부장제를 버리자고 제안한다.

이런 맥락에서 에코 페미니스트들은 서구 문명의 폐해를 지적하고 그로부터 벗어나려는 목적에서 동양이나 원시문화를 부각시킨다. 이들은 권리보다는 책임을, 폭력보다는 비폭력을, 기술지상주의보다는 생태학적 기술을 내세운다. 또한 인간뿐만 아니라 동물과 식물도 형제자매로 포괄한다. 여성과 남성, 남과 북, 서양과 동양을 모두 포괄할 뿐 아니라 이론과 실천, 정치와 과학까지 아우름으로써 어느 페미니즘 이론보다 거창한 전지구적인 문제를 제기하지만[12], 자연/문명을 단순한 대립구도로 파악하여 현대판 기계파괴운동을 통해 자연으로 돌아가자는 복고주의적 경향을 보이기도 한다.

⑨ 탈식민주의 페미니즘은 1990년대 들어 탈식민주의의 영향을 받아 제기되기 시작한 이론이다. 이는 남성중심사회에서 타자로 인식되어온 여성, 나아가 서구 여성이 아닌 제3세계나 유색 인종의 여성 등 주변화된 여성의 문제를 다루고 있다. 이는 억압적 지배 속에서 주변화 되어온 타자들을 복원하는 것을 목표로 삼는다.

탈식민주의는 유색 인종이나 소수인종, 식민주의의 지배를 받은 민족을 중심으로 인종 억압이나 식민주의에 대한 비판적 시각을 통해 과거 피식민지의 역사나 문학을 재조명해보는 이론이다. 이 담론이 기존의 '서양/동양'이라는 이항 대립적 질서 아래 동양이 타자의 자리에 놓여온 것에 의문을 제기함으로써 시작되었던 반면, 페미니즘 담론은 '남성/여성'이라는 이항 대립적 질서에서 여성이 늘 타자의 자리에 위치 지어온 것을 문제 삼아왔다. 따라서 이 두 담론은 억압과 불평등에 대한 문제 제기와 그것을 이론적으로 설명하고 이해하려는 시도 그리고 지배 집단에 의한 주변화 된 집단의 권리와 지위를 되찾으려는 시도 등에서 공통점을 가진다.[13)]

---

12) "우리가 이해하는 바 에코페미니스트들은 여성이나 환경에 국한하지 않고 지역적 · 전지구적으로 정치 · 경제 · 문화와 관련된 성(gender)관계들에 관심을 갖는다. 그러므로 에코페미니즘은 남녀모두에게 관심을 쏟는다." —마리아 미스가 한국의 독자들에게 보내온 이메일 메시지 중에서. 마리아 미스 · 반다나 시바, 손덕수 · 이난아 역, 『에코페미니즘』, 창작과비평사, 2000, p.6.

13) 박경화, 「탈식민주의와 페미니즘」, 『탈식민주의 이론과 쟁점』, 문학과지성사, 2005,

탈식민주의 페미니즘은 남성이 자신의 이념과 문화를 표준 규범과 절대적 진리로 만들어 여성을 은유적 의미에서 식민지화된 타자로 만들기 때문에 여성은 억압과 압제에 시달린다는 점에서, 그리고 자신들의 경험을 억압자의 언어로 표현해야 한다는 점에서 식민지인들과 같다는 인식한다. 이러한 탈식민주의 페미니즘은 '여성성'을 물질적 삶의 맥락에서 실현할 수 있는 범주로 탐구하는 것이다. 물질적 삶의 맥락이란 성·문화·계급·민족 등 다양한 차원의 물질적 문제들이 교차되는 세계를 말한다.14)

앞서 유형화한 9가지 페미니즘 이론 외에도 '흑인 페미니즘' 등이 있다. 흑인 페미니스트들은 1970년대 초반부터 백인 인종 차별, 경제적 지배, 흑인과 백인의 성차별에 대항하는 다양한 전선에서 투쟁하고 있다. 그들은 점차적으로 제3세계 여성들과 동일시하고 자신들을 모든 '유색 여성들—아프리카—미국, 아시아—미국, 라틴, 그리고 토착 미국(인디언)여성, 전 세계의 저개발국의 토착민들을 포함하는 광범위한 그룹'—과 연계시키고 있다.15)

p.147.

14) 나병철, 「식민지 시대의 사회주의 서사와 여성 담론」, 『탈식민주의와 근대문학』, 문예출판사, 2004, p.311.

15) 제3세계 페미니즘에 전념하고 있는 흑인 페미니즘은 백인 중산층 중심의 유럽 및 미국 여성운동에 비판적이다. 급진적인 흑인 시인이며 제3세계 여성주의자로서 팻 파커는 분노에 차서 말한다. "너무 오랫동안 나는 백인 중산층이 여성운동에서 나의 지도자로 제시됨을 보아왔다. 나는 가끔 여성운동이 백인 중산계급 운동이라는 말을 들었다. 나는 페미니스트이다. 나는 백인도 아니고 중산층도 아니다……"(Pat Parker, 「Revolution : It's Not Near or Pretty or Quick」, 1983) 빈센트 라이치, 정정호 역, 「페미니스트 비평」, 『페미니즘과 포스트모더니즘』, 한신문화사, 1992, pp.468~479 참조.

2. 페미니즘 문학비평과 '여성적 글쓰기(écriture féminine)'

페미니즘 비평은 1960년대 미국 여성해방운동의 영향 하에서 출발하여 다양한 방법론의 모색과 더불어 발전하였다. 페미니즘이 여성 억압과 불평등에 대한 인식이자 여성의 지위향상을 꾀하는 정치적인 운동으로 확산된 데 반해, 페미니즘 비평의 첫 단계는 작품의 독해를 통해 텍스트에 드러나는 여성의 이미지를 분석하는 것이었다. 그 결과 문학작품 속에 나타난 여성은 자아를 가진 인간으로 그려지는 것이 아니라 남성 중심적 시각에 의해 미화되거나 평가 절하된 채 존재하는 것을 알게 된다. 이를 토대로 하여 페미니즘 비평가들은 홍밋거리로 윤색된 여성의 모습이 아니라 삶을 살아가는 여성의 진정한 경험을 작품화할 것을 요구하였다.

앞서 살펴본 바와 같이 페미니즘을 바라보는 시각과 입장에 차이가 있었던 것처럼, 페미니즘 비평에서도 시각의 편차가 나타난다. 한 예로 쇼월터(E. Showalter)에 의하면 영국 페미니즘은 압제(oppression)를, 미국 페미니즘은 텍스트를 중심으로 한 표현(expressin)을, 프랑스 페미니즘은 정신적 억압(repressin)을 강조한다는 것이다. 그래서 영국과 미국의 페미니즘에서는 남성 작가에 의해 이상화되거나 비하됨으로써 왜곡되어 있는 여성상을 바로잡는 여성 이미지 비평이나 여성 작가의 텍스트에 나타난 여성 경험 자체에 권위를 부여하고 여성문학 고유의 영역을 확립하려는 비평이 일반적인데 비해, 프랑스의 페미니즘에서는 포스트모더니즘의 이론을 도입하여 서구의 이성중심주의, 남근중심주의를 해체하려는 비평이 보다 일반적이라고 구분한다.16)

흔히 최초의 페미니스트, 페미니즘의 어머니로 영국의 메리 울스톤크래프트(1757~1797)를 꼽는다.17) 메리 울스톤크래프트는 당대 계몽주의와 프랑스 대혁명의 강력한 영향 아래서『여성 권리의 옹호』(1792)라는 책을 내놓는다. 페미니즘 이론의 고전이 된 이 텍스트에서 울스톤크래프트는 여성 억압의 근본 원인을 교육 기회의 불균등, 관습, 법, 제도상의 상차별에서 찾는다. 줄리엣 밋첼은 울스톤크래프트가 여성해방을 평등사상과 연결시킴으로써 자유주의에서 급진적 인본주의로 변모하고 있다고 지적한다. 1980년대 윌슨은「천국으로 가는 중도에서」(1980)를 통해 국가, 가족 및 방송매체에 나타난 가부장적 이데올로기와 제도를 분석하고 '여성성'의 다양한 담론들을 점검한다.

이와 같이 영국에서는 여성해방의식과 페미니즘이라는 표기가 일찍이 사용되었으나18), 1990년대까지 영국페미니즘의 역사는 제국주의

---

16) Adel King, 『*French Woman novelist*』, 1989. 김미현, 『한국여성소설과 페미니즘』, 신구문화사, 1996, pp.12~13에서 재인용.

17) 이와 다른 입장에서는 "울스톤크래프트보다도 거의 1세기 앞서서, 메리 에스텔(1666~1731)은 핵가족 제도가 대두하기 시작하던 16세기 말~17세기 초 영국에서 여성해방을 주장하였다. 1694년부터 에스텔은 여성 교육과 결혼제도 대해 제기했던 비판과 제안은 18세기 영국의 주요 사상가들 혹은 작가들에 의해 계속 담론화 되어 메리 울스톤크래프트의『여성 권리의 옹호』(1792)로 이어졌다"고 말한다. 메리 울스톤크래프트 외, 한국영미문학 페미니즘학회, 『페미니즘, 어제와 오늘』, 민음사, 2000, p.400.

18) 영국에서 여성해방을 의미하는 페미니즘(Feminism)이라는 단어는 1896년『여성해방리뷰』에서 프랑스어 표기로 처음 등장했다. 라마자노글루, 캐롤린, 김정선 역,

역사와 서로 분리된 채 고립적으로 연구되어 왔고 페미니즘 비평의 역사는 길지 않다. 남성의 영역으로 지정되어 온 제국주의에 대한 페미니즘 비평이 1990년대부터 시작되었다. 페미니스트 오리엔탈리즘 연구자들은 제국주의와 젠더와의 복잡하고 복합적인 상호관계를 파헤치기 시작했다.[19]

　미국의 급진주의 페미니즘 비평가들은 여성작가의 작품을 연구하고 남성 작가와 비교하여 그들의 저술이 지닌 차이점을 규명하고자 했다.[20] 그것은 두 개의 비평 양식으로 구분된다. 첫 번째는 이념적인 여성해방비평이다. 비평의 초점을 여성 독자에 맞추고, 독자로서 문학작품 속에서의 여성이미지와 유형들, 비평에서의 여성에 대한 논의의 소홀함과 왜곡된 생각을 다룬다. 그러나 이 비평 방법은 이론적 일관성을 갖기 어려웠고 텍스트의 해석과 재해석에 만족해야 하는 한계가 드러낸다. 따라서 여성작가에 초점을 맞춘 여성비평이 요구되었다. 이러한 두 번째의 비평 양식은 작가로서의 여성연구로 요약되는데, 연구 대상은 여성의 저술에 대한 역사, 스타일, 주제, 장르, 구조, 여성 창조력의 정신역학, 개인이나 집단적인 여성 경력의 제도 및 여성문학 전통의 진화와 법칙들이다.

　1970년대까지는 프랑스 페미니즘 문학 비평도 미국의 이론과 큰 차이를 보이지 않았으나 점차 그들은 기존의 페미니즘 이론이 기존 질서 속에서 권력을 획득하려는 부정적인 운동 성향을 띤다고 인식하고, 문학작품에 나타난 왜곡된 여성 이미지나 여성 고유의 경험을 탐구하는

『페미니즘, 무엇이 문제인가』, 문예출판사, 1997, p.20.
19) 이성숙, 「영국 페미니즘과 제국주의」, 『여성과 역사』창간호, 한국여성사학회 편, 2004, p.189.
20) 엘레인 쇼월터, 김열규 외 공역, 『페미니즘과 문학』, 문예출판사, 1988, p.64.

대신 언어와 철학, 정신분석학에 관심을 기울인다. 그들은 자율적이고 안정된 자기정체성을 지닌 '주체' 개념을 가부장제의 이데올로기적 구성물로 보면서 이것을 해체하려고 한다. 즉, 서구 형이상학의 전통이 그동안 자기동일성을 지닌 보편적인 개인이라는 개념을 확보하기 위하여 비합리성, 감수성, 성욕, 무의식 등 합리적인 의식으로 설명되지 않는 것을 열등한 것으로, '여성적인 것'으로 배제시켜왔다고 전제한다. 이러한 이론은 포스트구조주의자인 데리다와 라캉의 철학으로부터 유입된 것으로 보인다.

자크 데리다의 해체이론은 이분법적 세계의 부정으로 출발한다. 그는 플라톤과 아리스토텔레스 이후의 서구사상의 근본구도로 자리잡아온 이분법적 체제와 이분법적 사고의 틀을 흔들어놓는다. 형식과 내용, 기표와 기의, 정신과 물질, 진리와 비진리, 여성과 남성, 안과 밖, 중심적인 것과 주변적인 것, 진지한 것과 기생적인 것 등의 두 대립 항은 사실은 상호 보존적 관계에 있기 때문에, 둘 사이의 경계와 서열이 해체되어야 한다는 것이다. 그의 '글쓰기'는 '의미 산포(dissemination)'[21]와 해체, '차연(differance)'[22] 등의 형식으로 나타난다. 이것은 이성남근중심주의에 대한 전복이자 해체이다. 데리다의 이론은 식수, 이리가레, 크리스테바에게 많은 영향을 끼친다. 특히 크리스테바는 데리다가 정체성을 거부하는 점과 생각을 같이 하고 그의 해체 철학을 여성의 성 정체성을

---

21) "의미 산포는 탈개념, 의미 및 씨앗의 흐트러뜨림이다." 존 레웰린, 서우석·김세중 역, 『데리다의 해체주의』, 문학과지성사, 1988, p.116.
22) "공간과 시간에 있어서의 차이를 뜻하는 말이다. 프랑스어의 'diférer'가 'to defer(연기하다)'와 'to differ(다르다)'의 뜻을 갖고 있는 데에 착안한 데리다의 조어." 존 레웰린, 위의 책, p.22.
  difference는 차이들의 체계적인 유희이고 차이의 흔적들의 유희이며, 개개의 요소들을 다른 요소들과 관계 지어 주는 공간화의 유희이다. 자크 데리다, 김웅권 역, 『그라마톨로지에 대하여』, 동문선, 2004, pp.311~328 참조.

주장하는 페미니즘 문제를 비판하는데 이용한다.[23]

라캉의 심리분석이론은 프로이트의 이론으로부터 출발하여 그것을 재해석한다. 그는 경직된 이성과 질서 위에 세워진 남근[24]중심주의 사회를 변화시키는 힘에 관해 말한다. 그것은 그 사회에 저항하는 여성적 에너지를 가진 예술이며, 그 예술이야말로 가부장적 관습을 타파할 수 있는 유일한 길이라고 말한다.[25]

이렇게 데리다의 해체론과 라캉의 정신분석학에 바탕을 둔 프랑스의 페미니즘 문학 비평은 언어와 철학, 정신분석학, 제반의 사회적 실천, 가부장적 문화의 진로 등을 해체하는 것을 중요시한다. 또한 여성문학의 차이와 변별력을 찾으려는 시도로서 '여성적 글쓰기'의 특성을 밝혀내고자 한다. '여성적 글쓰기'는 "지금까지 내려온 이성이나 남근 중심의 사회·문화적 구조를 변화시키는 사고의 출발점이자 변화 가능성을 나타내는 개념"[26]으로 "여성 고유의 특성이나 잠재력의 영역을 탐구하는 것이 목적"[27]이다. 즉, 상징적인 것에 의해 자신의 주체성을 찾아내려고 하는 동시에 주체성의 개념과 그 개념 앞에 놓여있는 상징적인 것,

---

23) 신경원,『니체, 데리다, 이리가레의 여성』, 소나무, 2004, p.16.
24) 라캉은 프로이트의 '남근 선망' 개념을 전복하여, 남근을 생물학적 기관이 아닌 하나의 기표로 설정함으로써 남성과 여성의 관계를 단순히 남성 성기의 소유/비소유의 대립구조로 환원할 수 없다고 한다. 즉, 프로이트가 사용한 '남근(penis)'을 '팔루스(phallus)'라고 쓰며 팔루스는 남녀 모두에게 결핍된 욕망의 기표라고 설명한다. 자크 라캉, 권택영 역,『욕망 이론』, 문예출판사, 1994. 김해수,『알기 쉬운 자크 라깡』, 백의, 1994 등을 참조.
25) 라캉은 분석자가 '존재보다는 존재의 결여로부터' 예술의 형세를 파악하는 것이 좋다고 덧붙인다. 브루스 핑크, 김서영 역,『에크리 읽기』, 비, 2007, p.38.
26) 김성례,「여성의 자기진술의 양식과 문체의 발견을 위하여」,『또하나의 문화』제9호, 1992, p.166.
27) 박일형,「함께 읽고 새로 써본 식수의 '메두사의 웃음'」,『또하나의 문화』제9호, 1992, p.357.

이 두 가지에 대해 동시에 문제 제기해야만 하는 여성들의 자기 독해 및 자기 글쓰기의 시도로서 이해될 수 있다.[28]

　'여성적 글쓰기'(écriture féminine)가 하나의 개념어로 자리 잡은 것은 1970년대 이후 프랑스 페미니스트들에 의해서이다. 그들은 모든 상징체계가 남근중심주의에 입각해있고 이러한 상징체계 중에서 가장 기본적인 요소인 언어를 매개로 하는 글쓰기는 남근중심주의를 전파함으로써 이를 강화하는 첨병노릇을 해왔다고 본다.[29] 프랑스 페미니즘은 기존 언어의 전복, 새로운 주체 형성에 관심을 집중하고 '여성적 글쓰기'를 강조하고 있다. 특히, 식수H.Cixous, 이리가레L.Irigaray, 크리스테바J.Kristeva 등은 기존의 가부장적 이데올로기에 균열을 일으키는 힘으로 작용하는 '여성의 언어'를 강조한다.

　엘렌 식수는 1967년에 발표된 처녀작 『신의 이름』이래, 『내부』 등의 소설에서 여성 주체성 문제를 계속해서 탐구해왔고 이러한 탐구의 논리적 연장선상에서 여성적 글쓰기 이론을 발전시킨다.[30] 그는 데리다의 '차연(差延, differance)으로서의 글쓰기'와 밀접한 관련을 맺으며[31] 포스트모던 철학자들과 비슷한 방법으로 남성주체에게 주어진 특권적 위치에 대해 비판하고, 그 주체의 대립항으로만 존재하던 개체로서의 여성상,

---

28) 레나 린트호프, 이란표 역, 『페미니즘 문학이론』, 인간사랑, 1998, p.390.

29) 이봉지, 「엘렌 식수와 여성적 글쓰기」, 『세계의 문학』, 1999년 겨울호, pp.245~246.

30) 이봉지, 「엘렌 식수와 여성주체성의 문제」, 『한국프랑스학논집』 제47집, 2004, pp. 235~234.

31) 여성의 언어는 하나의 의미가 계속해서 또 다른 의미를 낳아 끝없는 산종(散種, dissemination)을 만들면서 의미가 성립되는 순간 다시 해체되는 것과 유사하다는 것이다. 식수에 의하면 여성적 글쓰기는 이처럼 차이를 두려워하는 방향으로 나아가면서 지배적인 남근 중심적 논리를 해체시키려고 투쟁하기 때문에 '열려진 텍스트'를 지향하게 된다. 김혜숙, 『포스트모더니즘과 철학』, 이화여자대학교 출판부, 1994. p.254.

즉 남성 및 남성 중심 사고에 의해 규정된 여성의 정체성을 거부한다. 식수는 프로이드의 해부학, 라캉의 초월적 기표로서의 팔루스 개념 등을 꼬집고 그 허점을 지적했다. 그는 여성이 자신의 욕망, 즉 무의식을 드러낼 수 있는 새로운 언어를 창조해야한다고 말하며, 그러한 언어를 여성적 글쓰기라고 명명했다. 이는 여성의 성적 특질에 충실한 글쓰기이고 타자를 수용하는 글쓰기이다.

여기서 가장 직접적인 타자는 내가 아닌 자이지만, 잠재적인 나이기도 하다. 즉, 이 무의식은 여성의 리비도를 반영한다. 식수에게 있어 글쓰기란 타자, 내게 알고자 하는 욕망을 불러일으키는 타자가 내 안에 들어옴, 거주함이다. "여성 안에는 언제나 최소한 약간의 좋은 모유가 늘 남아 있다. 여성은 흰 잉크로 글을 쓴다."[32]는 말이 가리키듯 '나이자 내가 아닌 타자'를 포함하는 글쓰기는 흘러넘침, 유희적인 잉여, 여성 육체가 갖는 물질성으로 구체화된다. 엘렌 식수는 '글쓰기'가 잠재적으로 여성을 가장 자유롭게 하고 항상 멀리 '나아가게'하는 행위임을 인식하고 『메두사의 웃음』을 통해 '여성적 글쓰기'에 관해 구체적으로 선언한다.[33] 그런데 식수는 '여성적 글쓰기'가 본질적으로 '정의'나 '이론화'가 불가능하다고 말한다. 왜냐하면 "여성적인 글쓰기란 내가 아닌 그러나

---

32) 엘렌 식수, 박혜경 역,『메두사의 웃음』, 동문선, 2004. p.21.
33) "남성의 성욕은 페니스 주위로 몰리면서, (정치해부학적으로 말하자면) 신체의 각 부위를 독재로 다스리는 중앙집권적인 육체를 야기한다. 반면 여성의 경우에는 이러한 (신체의) 지역분할이, 즉 머리/생식기의 한 쌍에 봉사하며 일정한 한계 내에서만 이루어지는 지역분할이 초래되는 것이 아니다. 여성의 무의식이 세계적인 만큼, 그녀의 리비도는 우주적이다." 식수는 여기서 여성의 분산적인 성욕을 여성의 언어와 연결 지어 설명한다. "여성의 글쓰기는 테두리를 설정하거나 분간하지 않으며 오로지 계속해서 나아갈 수 있을 뿐이다…… 여성은 또 다른 언어, 감금과 죽음을 모르는 천 개의 혀를 가진 언어로 하여금 말하게 한다…… 여성의 언어는 무엇인가를 담기보다는 실어 나른다…… 그것은 억제보다는 가능케 한다." 엘렌 식수, 박혜경 역,『메두사의 웃음』, 동문선, 2004 참조.

잠재적인 모든 나의 가능성을 실현하면서 수많은 변화를 가져오는 중식적인 도정"[34] 이기 때문이다. 또한 식수는 여성적 글쓰기의 혁명성을 강조한다. 다시 말해 이성남근중심의 그 어떤 권위에도 지배당하지 않고, 이분법의 차원을 넘어선다. 그것이 한계 짓는 경계선을 항상 넘어섬으로써 경계선을 넓히면서 그 안으로 그 너머 미지의 것의 생명력을 도입하여 스스로 새롭게 탄생하는 능력이 여성적 글쓰기에 있는 것이다.

크리스테바는 식수와 달리, '여성'이란 어떤 생물학적이거나 사회학적인 실제를 가르는 말이라기보다는 어떤 특성을 지칭하는 말로 본다. 그는 "여성이라고 할 때 나는 표현 불가능한 것, 말로 할 수 없는 것, 모든 명칭과 이데올로기를 초월하는 것을 의미한다."며 남성들 역시 남근중심주의에 반대하는 '열락'을 맛볼 수 있다고 말한다.[35] 이 열락(悅樂, jouissance)[36]은 아무 목적이 없는 것으로 쾌락원칙을 넘어서는 쾌락이다.

---

34) 박혜영, 「엘렌 씩수의 『출구』에 나타난 프로이드 뒤집어 읽기 Ⅱ」, 『한국프랑스학 논집』 제26집, 1999, pp.195~208.
35) 앤 로잘린드 존스, 김효 역, 「몸으로 글쓰기」, 『여성해방문학의 논리』, 창비, 1990, pp.171~196.
36) 주이상스는 열락, 향락 등으로 번역되며 대가를 치러야 한다는 두려움 없이 탐닉함, 오르가즘의 체험을 뜻하기도 한다. 여성의 열락에는 넘침과 분산, 지속과 같은 것들이 수반된다. 즉, 종식이나 갇힘과는 무관한 기쁨의 베풂, 소비, 시혜인 것이다. 여성에게 귀속되는 이 쾌감은 흔히 자본가의 수익과 이윤 동기의 용어로 묘사되는 '남성 리비도 경제'에서 표상되는 쾌감과는 다른 질서로 간주한다. 롤랑 바르트의 경우, 텍스트가 주이상스의 원천이 된다. 브루스 핑크, 김서영 역, 『에크리 읽기』, 비, 2007, p.68. 글로윈스킨, 김종주 역, 『라캉 정신분석의 핵심용어』, 하나출판사, 2003, p.132 등을 참조.
라캉에 따르면 "남성의 주이상스는 모두 팔루스적 주이상스이고 여성의 주이상스는 전체가 팔루스적 주이상스는 아니다." Ragland-Sullivan, Ellie, 『The Logic of Sexuation』, State Univ of New York Pr, 2004, p.105.
아도르노는 "영혼과 육체 모두가 건강한 개인이 요구하는 리비도적 활동이란 가장 깊은 심층부에서 일어나는 불구화, 즉 내면화된 거세를 통해서만 무엇"으로 본다. 테오도르 아도르노, 김유동 역, 『미니마 모랄리아』, 길, 2005, p.85.

즉, 크리스테바는 여성문제의 연원을 리비도보다 사회에서 찾는 입장을 취한다. 많은 여성학자의 연구가 상징적 남근적 질서에 의해 억압되어 온 여성의 특질을 규명하고 그것을 표출시키는 언어를 다양하게 모색하는 반면, 그는 여성적인 것을 기호적인 코라로 설명한다.[37]

크리스테바는 자신의 독특한 기호적 질서를 설명하기 위해서 플라톤의 글에 나오는 '코라chora'라는 개념을 도입한다. 이것은 라캉의 심리학 이론에서 전오이디프스 단계, 즉 어린 아이가 언어를 배우기 이전에 어린 아이의 표현적 담화를 가능하게 하는—오이디프스 콤플렉스가 주체 형성의 발전 과정을 설명하기 위한 하나의 가설인 것과 마찬가지로—가설적 공간이다. 그리스어에서 온 이 말은 '자궁, 밀폐된 공간'을 의미하는 것으로서 우리 신체의 에너지가 집결되는, 그러나 해부학상이나 개념적으로나 결코 개념화될 수도 파악될 수도 없는 공간이다. 코라는 요구 내지 충동들과 그 울혈로 형성되는 비표현적 총체로서 일종의 리듬적 박동, 분출이고 시간성과 공간성 이전의 것이다. 즉, 코라는 새로운 언어가 아니라 일종의 리듬적인 박동으로서 기존언어에 대해 이질적이고 전복적인 언어의 차원을 구성하는 것이다.[38]

크리스테바에 의하면 언어적 실천은 동일적인 주체의 동일적인 표현 과정이 아니라 이질적인 것, 즉 자체 내의 여러 차원의 모순들을 동시에 지니고 있는 주체에 의한 이질적인 과정의 발현이다. 이것을 그는 '시적 언어'라고 지칭하는데 그것은 러시아 형식주의나 구조주의 언어학에서 이야기하는 일상 언어와 대비되는 언어의 특수한 조직으로서의 시어를

---

37) 정혜경, 「줄리아 크리스테바의 페미니즘 이론」, 『현상과 인식』, 1989, pp.135~150.
38) 이 코라가 세미오틱(질서화된 언어 이전의 육동의 상태)에 이어지고, 다음에 상블릭(언어적으로 구조화된 상태)이 이루어진다. 쥘리아 크리스테바, 김인환 역, 『시적 언어의 혁명』, 동문선, 2000, pp.22~45 참조.

이야기하는 것이 아니다. 오히려 그는 바흐친의 카니발의 언어[39]에 영향을 받았고, 라캉의 상상계와 상징계의 개념, 언어의 분열성이라는 이론적 틀을 이용하여 페미니스트 언어이론을 구축하고 있다.

크리스테바가 말하는 '시적 언어'는 실제 언어가 아닌 기존 사회와 언어체계 속에서 결코 표현된 적이 없고 또한 표현될 수 없는 성적 희열이나 전복, 변형, 혁명의 의지, 정신병자의 언어, 여성적 경험 등을 총괄하는 말이다.[40]

루스 이리가레는 엘렌 식수와 크리스테바와 함께 여성의 글쓰기에 대한 심도 깊은 발언을 했다. 그러나 이들과의 변별점은 여성의 생물학적 차이와 그 특수성을 연구의 출발점으로 삼는다는 것이다. 그는 여성의 문체를 '촉각'과 '액체성'과의 친밀한 관계에 의해 정의 내린다. 따라서 초기의 이리가레의 이론은 남성 정신 분석가들은 물론이며 성차를 문화적인 결과물로 해석하는 다른 페미니스트 비평가들의 적대감을 불러일으키기도 했다.[41]

프로이트가 시각에 강조점을 두면서 남근이 있고 없음을 중요시한 반면, 이리가레는 여성의 성욕을 시각이 아닌 촉각에 둔다. 여성의 언어는 만지고 접촉하는 데서 느끼는 희열을 통한 촉각이 중심이 되기 때문에

---

39) 바흐친은 '아버지의 언어(word of father)'로 명명되는 공식적이고 권위적인 언어의 절대성을 거부하면서 비공식적인 카니발의 언어나 형식을 중시할 때, 그리고 삶과 문학 사이의 긴밀한 접촉을 중시할 때 여성의 언어가 의미있게 다가온다는 것이다. 바흐친에 의하면 여성들은 공식적인 문학으로부터 가장 멀리 떨어져 있었거나 소설의 일차적인 자료가 되는 접촉의 친밀한 영역에 존재했기 때문에 비공식적인 저항의 언어에 보다 익숙하다고 할 수 있다. 여홍상 편, 『바흐친과 문화이론』, 문학과지성사, 1995. 미하일 바흐친, 전승희 역, 『장편소설과 민중언어』, 창작과비평사, 1998 등을 참조.
40) 줄리아 크리스테바, 김인환 역, 『시적 언어의 혁명』, 동문선, 2000, pp.22~45.
    김인환, 『줄리아 크리스테바의 문학 탐색』, 이화여자대학교출판부, 2003, p.52.
41) 엘렌 밀라드, 신범순 역, 「프랑스 페미니즘」, 『현대시사상』, 고려원, 1991, p.104.

확고하게 굳어진 모든 기존의 형식이나 비유, 관념들을 파괴할 수 있다. 또한 이리가레는 여성적 특질을 '액체의 논리'로 정의내리면서 이성과 동일성을 추구하는 남성적 논리인 '고체의 논리'와 대비시킨다.

이처럼 여성성의 변별성과 독자성을 강조해온 이리가레는 남성 중심적인 기존의 언어로 여성의 고유한 경험을 표현하는 것은 불가능하다고 지속적으로 주장하고 있다. 이리가레는 '아버지의 율법'에 의해 억압당하고 있으나 말살당하지 않는 유년기의 신체적 쾌감을 다시 체험하는 방식으로 이 도전과 대항이 이루어져야 한다고 생각한다.

따라서 그는 여성을 진정으로 표현하기 위해서는 기존의 고정된 형식, 개념, 관점에서 벗어나 이를 해체해야 한다고 주장한다.[42] 그는 '여성의 말'이라고 부르는 말과 글쓰기 양식의 여성해방적 글쓰기를 옹호하고, 여성의 언어는 고정적이지 않고 탈중심적이며 비합리적이며 직선적이지 않은 남성들이 이해할 수 없다고 말한다.[43] 또한 이리가레는 여성이 남근중심적인 억압을 깨닫고 그것을 가장 심층적인 수준에서 전복시키려면, 반드시 여성 자신의 '열락'을 깨닫고 또 과감히 주장해야만 한다고 말한다.

지금까지 살펴본 바와 같이 서구의 페미니즘 문학비평은 이성중심주의,

---

42) 데보라 카메론, 이기우 역, 『페미니즘과 언어이론』, 한국문화사, 1995, p.196.
43) 최영, 「서구 페미니스트 문학비평과 한국의 여성문학」, 『21세기 문예이론』, 문학사상사, 2007, pp. 97~99.
   여성 언어의 다의성, 모호성, 비논리성에 대해 우선 이리가레는 생리학적으로 설명하고 있다. 즉, 생식기의 구조와 연관하여 남성은 한 개의 페니스에서 단일성, 명료성, 고유성을 갖지만 두 개의 음순이 서로 감싸고 있는 여성의 경우는 복수성, 모호성, 다의성을 갖는다고 본다. 그리고 남성 문화가 단일, 질서, 고유성, 창조, 형식, 가시성 등을 통해 유일하게 가치있는 것으로 지금껏 인정받은 반면, 여성 문화는 부정적인 것, 낯선 것으로 무시되어 왔다는 것이다. 김미현, 『한국여성소설과 페미니즘』, 신구문화사, 1996, pp.58~59.

남근중심사상에 입각한 글쓰기를 통렬하게 비판하고 '여성적 글쓰기'의 흐름을 발전시켜 나간다. 엘렌 식수와 크리스테바, 이리가레 등은 여성의 신체적 무의식, 여성의 경험에 내재한 본성을 일깨우고 체제적인 억압에 대항하는 글쓰기의 방식을 말하고 있다. 그것은 남성 중심적인 문학사와 문학 비평이 배제해왔던 여성들의 감정, 주체성의 의미와 가치를 새롭게 쓰고 새롭게 독해하는 다양한 시도로 나타난다.

3. 한국 페미니즘시의 전개

한국현대문학사에서 페미니즘시는 최근 여러 연구자들에 의해 논의되면서 점진적으로 다양한 연구 성과를 보여주고 있다. 개별적인 작품과 작가에 대한 연구와 통시적인 시각에서 페미니즘시사의 계보를 정리해보려는 논의가 병행되고 있다.[44] 이러한 연구들은 지금까지의 문학사에서 부재하거나 폄하되었던 페미니즘시를 논의의 중심에 놓고 여성의 시각을 전경화하고 특징적 미학과 가치를 제기하여 문학사의 자장 안으로 끌어들이는 의미 있는 작업이기도 하다. 또한 "여성시인의 광기를 선구자적 여성지식인의 몸짓으로 읽어내고, 그녀들의 넋두리를 여성적 글쓰기와 여성 언술로 밝혀내며, 여성시에 나타난 욕망과 모성을 자기정체성을 찾기 위한 여성들의 몸부림으로 읽어낼 수 있게

---

44) 페미니즘시사에 대해 통시적인 시각으로 연구한 대표적인 논문은 다음과 같다.
　김정란, 「Stabat Mater, 서 있는 성모들」, 『문학정신』, 1991. 9.
　김준오, 「현대시와 페미니즘」, 『문학과 비평』, 1991년 겨울호.
　김현자, 「페미니즘적 관점에서 본 한국현대시 연구」, 『한국시의 감각과 미적 거리』, 문학과지성사, 1992.
　정효구, 「해방 후 50년의 한국 여성시」, 『시와 시학』, 1995년 봄호.
　고정희, 「한국여성문학의 흐름」, 『또 하나의 문화』 제2호, 1996.
　정끝별, 「여성주의시의 흐름과 쟁점」, 『문학사상』, 1996. 6.

되었다"는 점을 연구 성과로 평가한다.

이와 같이 새롭게 대두된 '페미니즘시' 혹은 '여성시'의 논의는 "남성과 구별되는 '차이성'을 일관된 체계로 정의해보려는 이론작업"[45]인 동시에 기존의 '여류시[46]'와의 '차이성'이 논의되는 과정이 수반되어야할

---

45) 여성문학을 거론할 때마다 기존의 연구자들이 여성시에 대해 언급해온 '역사의식의 부재'라는 상투적인 지적에 대해 여성시는 역사적 상황과의 긴밀한 맥락 속에서 성장해온 여성 의식의 근대성, 첨예한 현실 인식, 여성시학적 특성 등 값진 시각으로 대응하고 있음 또한 주목할 만하다고 언급한다. 김현자·이은정, 「한국현대여성문학사」, 『한국시학연구』 제5호, 2001, pp.66~67.

46) '여류'에 대한 지금까지의 논의를 정리하면 아래와 같다.

① "여류시인이니 여류작가니 여류 ○○이니 하는 명칭은 인간의 보편화된 휴머니즘에 참여하는 작가정신을 암시하기보다는 매우 특정한 신분집단(다분히 귀족적)을 지칭하는 프레미엄으로 통용되기도 하였으며 평범한 여성들에게 여류명사 신화를 조장하기도 하였다." 고정희, 「한국 여성문학의 흐름」, 『또 하나의 문화』 제2호, 1986, pp.119~120.

② "여성은 남성의 남성스러움을 정립하는 데 이바지하고 있는 한도 안에서 그 여성스러움이 살려지고, 이와는 달리 여성의 여성스러움은 남성에 기대어 이루어진다." 줄리아 크리스테바 외, 김열규 외 공역, 『페미니즘과 문학』, 문예출판사, 1988, p.6.

③ 박정애는 '작가'의 타자로서 '여류'가 존재한다고 본다. '여류'를 규정하며, 대개가 남성인, 수사가 필요 없는 그 '작가'들이 잘 쓰지 못하거나 쓰지 않는 작품, 다시 말해 "여자다운 작품"이나 "여자로만 쓸 수 있는 작품"을 쓰는 것이 자신의 본령(本領)이라는 암묵적 전제하에서 동질적으로 범주화된 것으로 본다. 박정애, 「창조된 '여류'와 그들의 '이원적 착란'」, 『한국문학의 연구』, 2003, p.91 참조.

④ 심진경은 '여류문학'은 남성중심적 평가기존에 의해 하향 서열화, 위계화 될 수밖에 없었다고 본다. 이에 의해 '여류문학'의 평가 기준을 크게 두 가지로 본다. 하나는 문학 외적인 평가기준의 적용으로 여류문학을 '비문학적인 것'으로 가르는 것이다. 두 번째는 '여류문학'의 문학성을 평가하더라도 대개 '남성성'을 표준 혹은 기준점으로 삼아 그것과의 관계 속에서 부차적인 것으로 주변화하는 것이다. 따라서 여류문학은 배제와 차별화의 논리에 의해 여성작가의 작품은 문학 아닌 것으로 규정되어 온 것으로 파악한다. 심진경, 「문단의 '여류'와 '여류문단'—식민지 시대 여성작가의 형성과정」, 『한국 여성문학연구의 현황과 전망』, 소명출판, 2008, pp.313~324 참조.

⑤ '여류'라는 명칭은 한국 문단의 풍토에서 여성을 보편성을 가진 인류의 절반으로 대우하기 보다는 다수자와 대비되는 소수자라는 관점으로 바라보려는 의도를

것이다. 버지니아 울프가 "여성의 글은 항상 여성적이다. 그것은 여성적
이지 않을 수 없다. 유일한 어려움은 여성적이라는 말이 의미하는 바를
정의하는 데 있다"[47]고 말한 것과 같이 여류시와 페미니즘시는 본질적
으로 '여성(여성성, 여성다움 등)에 대한 사고'에서 차이를 지닌다. 나아
가 시 텍스트 "그 자체의 주제, 그 자체의 체계, 그 자체의 이론, 그 자체
의 목소리"[48]에서도 다르게 나타난다. 페미니즘시를 '페미니즘 문학의
기본원리'[49]로 정리할 때 여류시의 범주와 차별화된다. 다시 페미니즘
시를 '가부장적 이데올로기에 대한 성찰과 여성의 억압에 대한 비판적
자의식이 드러나 있으며 여성 특유의 화법과 목소리로 노래하는 시'로
보았을 때 여성성의 개념은 가부장제가 규정한 여성(다움)의 의미를 전
복한다. 여성성은 여성이 갖는 생물학적 본성에 기초하는 것이지만 동
시에 사회적 · 역사적으로 구성된 것이기 때문이다.

한국 문단에서 페미니즘시의 발아는 최초의 여성시인이 등장한 1920
년대로 거슬러 올라간다. 이 시기에 김명순, 김일엽, 나혜석 등은 남성
적 원리가 지배하는 남성 중심 사회에서 여성의 몸과 욕망, 억압의 양상
을 형상화한다. 논리정연하게 상징화된 언어가 아니라 무의식과 내면의

포함하고 있다. 여류라는 이름에 수반되는 이미지는 감상성이나 수동성이다. 주류
적 사고를 이탈하지 않으면서도 넘치는 감상성으로 순응적 독자를 감동시키는 문학
적 특성을 여성적이라 규정한 것이다. 김한식, 「여류 문인 모윤숙과 왜곡된 모성」,
『겨레어문학』, 2008, pp.285~286.

47) 줄리아 크리스테바, 김열규 역, 『페미니즘과 문학』, 문예출판사, 1988, pp.25~26.
48) 줄리아 크리스테바, 위의 책, p.25.
49) 윌리엄 모건은 페미니즘문학의 기본원리를 세 가지로 정리한다. 첫째, 문학작품은
이념의 축 또는 이데올로기의 축을 따라 창조되기에 여성작가도 자신의 작품에 여
성 특유의 인생관과 가치관을 투영해야한다는 것. 둘째 한 작가의 작품은 상당한
정도로 성에 의해 결정되거나 제약된다는 것, 셋째 정치 · 경제 · 문화 등에서 배제
되어 온 여성적인 것의 가치와 의미의 실지 회복을 실천한다는 것 등이다. 줄리아
크리스테바, 위의 책, pp.12~13 참조.

심경을 분출하는 방식의 글쓰기로 신교육에의 참여, 자유연애와 결혼,50) 도덕적 관습의 철폐를 부르짖는다.

이들은 "개인의 자유로운 삶을 억압하는 모든 도덕관념과 인습으로부터의 해방을 부르짖으면서 자신의 그러한 사상을 실제 삶에서 실천하고자 노력했고",51) "당대 억압적인 남성중심 사회에서 여성의 권리에 대한 선각자적인 의식과 대담하고 주체적인 실천은 한국 페미니즘 역사를 본격적으로 열어가는 행보"52)를 보여준다. 그러나 이들은 '작품 없는 벙어리 작가',53) '여류문사'라는 평가를 받으면서 남성중심 이데올로기라는 거센 반발에 부딪혀 좌절한다.

1920년대 김명순, 나혜석에 의해 행해진 '여성적 글쓰기'를 고찰한 논문에서는 이들의 글쓰기가 "남성적 글쓰기를 대체하는 위력을 지니기보다는 남성적 글쓰기에 의문을 제기하는 대안적인 글쓰기"로 파악하고 대안적 글쓰기의 가능성에 대한 새로운 시도와 방법의 모색이라는 점에서 그 의의를 찾는다.54) 반면에 이들의 창작에 대해 "문제가 될 만한 작품은 거의 남기지 못했"고 "유치한 작문을 넘어서지 못했다"고 보거나55) "'여류'라는 접두어가 붙으면, 습작이라도 남성 독자들의 호기심을 자극하자는 계산으로 단행본으로 출간되었다"56)는 평가를 받는다.

---

50) 나혜석은 여성의 주체적 삶을 가로막는 봉건적 가족 제도 속에서의 신여성은 어떠해야 하는가, 결혼은 반드시 해야만 하는가 등의 문제를 제기하며 근대적 자의식을 가지게 된 여성에게 가장 절박하게 다가온 여성문제를 제기하였다. 이상경, 「여성작가 소설에 나타난 여성성의 탐구」, 『한국문학연구』, 1997, pp.75~76 참조.

51) 박정애, 「'여류'의 기원과 정체성-1950~1960년대 여성문학을 중심으로」, 인하대 박사논문, 2003, p.31.

52) 서진영, 「페미니즘과 여성적 글쓰기」, 『20세기 한국시의 사적 조명』, 한국현대시학회, 태학사, 2003, p.479.

53) 홍구, 「1933년의 여류작가의 군상」, 『삼천리』, 1933. 2.

54) 안혜련, 「1920년대 '여성적 글쓰기'의 모색」, 『한국언어문학』, 2003, pp.321~324.

55) 조연현, 『한국현대문학사』, 성우각, 1982, p.457.

56) 조동일, 『한국문학통사 5』, 지식산업사, 1994, p.99.

심지어 최근의 논의에서는 "한국현대시의 태동기라 할 수 있는 1910~1920년대의 시인 중에는 주목할 만한 업적을 이룬 여성시인이 없었다."[57]는 평가도 있다.

이들이 활동하던 1920년대의 사회적 상황은 여성에 대해 매우 폐쇄적 성향을 띠고 있었기 때문에 당시 문학계에서 여성문학이 올바로 성숙하고 평가받을 수 없었음은 당연한 사실이다.[58] 따라서 한국문학사는 앞으로 1920년대 여성 시인의 시에 관한 심층적인 연구 과제를 안고 있다고 하겠다. 1920년대에 활동한 여성시인들의 작품은 한국문단에서 여성이 처음으로 시를 쓰기 시작하면서 무엇보다 여성정체성을 탐구하고 기존 이데올로기에 저항하며 자유를 향해 나아갔다는 점에서 큰 의미가 있는 것으로 보인다.

1930년대 이후에는 문명文名을 날리는 여성 작가의 숫자가 두 자리를 넘기게 된다. 김윤식은 1930년대 데뷔한 여성 작가들이 어느 정도 성숙한 의식을 보일 수 있었던 것에는 "李光洙, 金東煥 등의 사랑과 건실한 지도에 힘입은 바 큰 것으로 보아야 할 것이다"라고 언급하고 있다.[59] 이 시기에 접어들면서부터 쓰이기 시작한 '여류'라는 말은, 30년대 중반을 넘어서면서 일종의 문단 유행어가 된다.[60] 이들 대다수의 시는 그리움, 이별의 정한 등 개인적 서정의 형상화에 주력한다. 나아가 가부장제에 순응하는 여성관을 나타내고 시의 덕목을 사회적 이데올로기에 부합하며 가부장제에 순응하는 '여성적인'[61] 것에 둔다. 이런 점을 지적한

---

57) 김종태, 「노천명 시에 나타난 여성성의 발현」, 『한국현대문예비평연구』, 2009, pp. 63~64.
58) 김영덕, 「여류문단 40년」, 『한국여류문화논총』, 이화여대출판부, 1958, p.70.
59) 김윤식, 「여성과 문학」, 『아세아여성 연구』 제7집, 1968, p.121.
60) 박정애, 「창조된 '여류'와 그들의 '이원적 착란'」, 『한국문학의 연구』, 2003, p.77.
61) 안회남은 계급주의 성격을 띠는 박화성을 '여성모독의 작가'로 평가하며, "여성작가의 의무요 또한 권리는 이쁘고 싹은싹은하며 고요하고 깨끗한 모든 여성적인 좋

심진경은 "1930년대 후반의 여류문단은 제국주의적 모성 담론의 생산자이자 소비자였고, 당시 조선문단과 다른 논리로 형성되고 작동되는 고립의 섬이라기보다는 오히려 주류 문단의 가부장적 논리에 의해 침윤된 조선문단의 일부"[62]로 평가한다. 이와 같이 당시의 여성 시인들은 '여류시인'으로 범주화되며 가정과 국가에 순응하는 여성 주체로 나타나고 있다.

1950년대는 전후의 혼란스러운 문학적 이념이나 강압적인 사회 분위기 속에서 문인들이 '폐쇄적 개방성'[63]을 체험하는 시기이다. "가부장적 이데올로기와 자유민주주의 이데올로기가 여성의 삶을 위협하는 상황에서 1950년대 여류시(김남조, 박영숙, 김숙자 등의 시)는 다양한 주체를 통해 시대적 상황을 극복하고자 했다. 그러나 이들의 작품세계는 당대 여성주체의 현실을 발견하는 데서 나아가 현실의 모순 해결을 위해 필요한 구체적 대안을 제시하지 못했다."[64] 당시까지도 '소수小數'로 존재한 여류시인'[65]에게 '여류'는 여전히 '과대한 포장',[66]이며 '묵어운 멍에'[67]로 작용하여 자신들의 시적 감수성을 마음껏 펼치지 못했을

은 점을 소설에서 좀 더 잘 표현하고 보다 옳게 탐구하는 것"으로 규정한다. 안회남, 「소설가 박화성론」, 『여성』, 1938. 2.
　이무영은 프로문학적 경향을 띤 작가를 '남성적'이라 비판하며 "여성다운 작가가 나왔으면"이라고 소견을 밝힌다. 이무영, 「여류작가개평」, 『신가정』, 1934. 2.
62) 심진경, 「문단의 '여류'와 '여류문단'―식민지 시대 여성작가의 형성과정」, 『한국여성문학연구의 현황과 전망』, 소명출판, 2008, p.339.
63) 김현, 「테러리즘의 문학」, 『문학과 지성』, 1971년 여름호.
64) 신기훈, 「1950년대 후반 여류시에서 '여성주체'의 문제―김남조 · 박영숙 · 김숙자를 중심으로」, 『문학과언어』 제26집, 2004, pp.336~337.
65) 1950년대 중반에 이르기까지 각종 데뷔의 과정을 거쳐 문단에 등장하는 여성은 고작 전체 문인의 5퍼센트를 넘지 못하는 수준이었다. 태혜숙, 『탈식민주의 페미니즘』, 여이연, 2001, p.35.
66) 안광함, 「문예시평―두 가지 문제를 가지고」, 『비판』, 1933. 1, p.123.
67) 박화성, 「여류작가가 되기까지의 고심담」, 『신여성』, 1935. 12.

것으로 추측할 수 있다.

"해방 이후 1960년대 말까지 한恨, 고독, 기다림, 사랑 등으로 요약되는 동양적 서정의 여류시 계열(모윤숙·김남조)과 새롭게 등장한 여류시 계열(노천명·김하림) 등이 있었으나 이들은 과거 지향적이며 단조로운 방법으로 전통적인 여성적 심리를 묘사하고 있거나 정서적 긴장감 또는 탐구 정신을 결여하고 있다"[68]는 지적을 받아왔다. 전통적 여성성과 감성의 결정화는 김남조와 허영자, 이영도의 시에서 특징적으로 나타난다. 감상적 그리움과 희구, 사랑과 부끄러움의 염결성, 기도와 구원의 독백 등은 이전 시대에 비해 세련되어지면서 여성시의 중요한 주제로 이어졌다.[69] 이 시기에 발표된 신달자와 문정희의 시는 도전적 발상과 대담한 어조 등을 통해 여성의 섹슈얼리티와 실존의 고뇌를 감각적으로 표현하고 있다.

1970년대에 발표된 강은교, 김승희의 시에는 현실의 부조리와 여성의 고통, 역사 인식이 포괄적으로 반영된다. 강은교의 시는 "초기시에서 보여진 허무의식과 죽음 이미지가 『빈자일기』에 이르러 감소되면서 하찮은 존재와 공동체 문제에 주목하고 민중의 고통, 막막한 삶을 구체적 현실이나 역사에 대한 인식으로서 접근하고 보다 존재론적 탐구로 접근"[70]하고 있다. "여성시에 대한 우리의 고정적 인식이 변화하기 시작한 것은 강은교로부터"[71]라는 지적이 말해주듯이, 그는 여류시의 한계를 극복하고 1970년대 한국 시단에서 독특한 시세계를 구축해왔다.[72]

---

68) 김우창·김현·김주연, 『한국여류문학전집 6』, 삼성출판사, 1967.
69) 김현자·이은정, 「한국현대여성문학사」, 『한국시학연구』 제5호, 2001, p.73.
70) 이선영, 「꿈과 현실의 변증법」, 강은교, 『벽 속의 편지』, 창작과비평사, 1992.
71) 엄경희, 「여성시에 대한 기대지평의 전환」, 『이화어문논집』 제13호, 1994.
72) 김은희, 「강은교, 김승희 시의 여성 신화적 이미지 연구」, 이화여자대학교 대학원 석사논문, 2007.

강은교는 현실의 문지방을 넘어 원초적인 공간을 창출하는 시를 보여준다. 그 가운데 바리데기 서사를 바탕으로 창작된 시편에 나타나는 세계인식은 이후의 김혜순의 시에 나타나는 모성성과 맞닿아 있으며, 최근의 여성 시인에게 '치유와 구원의 여성성'으로 계승되고 있는 것으로 보인다.

김승희의 시는 "이국적 면모가 단순히 이질적인 것으로 끝나지 않고 독특한 언어와 결합하여 한국시에 새로운 충격을 주었고"73) "아픔과 슬픔이 뒤범벅된 미학과 시학을 보여준다."74) 나아가 그의 시는 일상에 대한 성찰과 억압구조에 대한 도전의식을 부각시키고 있으며 "능동적이고 주체적인 삶을 강조하는 여성의식이 강하게 드러나 있다."75) 김승희는 고정희, 최승자, 김혜순과 더불어 한국 페미니즘시의 단초를 마련하고 본격화한 시인으로서 "매우 주목되는 시적 성과"76)를 보여준 것으로 평가할 수 있다. 본고는 그의 시세계에 대한 연구를 앞으로의 과제로 남겨둔다.

앞서 살펴본 바와 같이 한국 여성 시인의 시는 많은 변화와 질곡 속에서 한국 시문학사의 방계 영역으로 인식되거나 소외된 영역으로 존재해왔다. 근대 여성문학 초창기의 나혜석77)의 경우와 노천명, 모윤숙

---

73) 이태동, 「예술의 집과 스무 여덟 번의 여름」, 김승희, 『태양미사』, 고려원, 1979.
74) 김열규, 「태양의 羊水 속에 타오르는 疼痛의 신명」, 김승희, 『왼손을 위한 협주곡』, 문학사상사, 1983.
75) 구명숙, 「김승희 시에 나타난 여성 의식」, 『아세아여성연구』 제36호, 숙명여자대학교 아세아여성연구소 편, 1997, pp.37~38.
76) "1980년을 전후로 등단한 여성 시인으로는 고정희, 최승자, 김혜순, 김승희 등이 있다. 이들의 성과는 매우 주목되는 것이었는데, 이 시인들은 폭력적이고 파행적인 현실을 정체된 문법의 언어로는 드러낼 수 없다는 한계인식에 다달아 파편적인 언어와 분열된 목소리를 통해서만 폭력과 광기의 현실을 방법적으로 드러낼 수 있다는 새로운 인식과 시적 문법을 보여준 것이다." 김현자 · 이은정, 「한국현대여성문학사」, 『한국시학연구』 제5호, 2001, p.76.
77) 나혜석을 한국 근대여성문학의 출발로 보는 경우 (이상경, 「여성작가 소설에 나타난 여성성의 탐구」, 『한국문학연구』, 1997, pp.75~76)와 처음으로 여성의 개체문

등을 지나 70년대 후반의 강은교에 이르는 반세기 남짓한 시간 공간에서, 여성의 시는 완만하게나마 여성의 자의식을 반영하였다. 그러나 텍스트에 내재된 비판정신과 글쓰기 방식은 여전히 전통답보적인 한계를 지니고 있다.

1980년대의 고정희와 최승자, 김혜순 등에 이르러 여성의 젠더적 자의식은 한국 현대시의 전위에서 전통적 가부장제와 억압적 현실을 전복하고 육체 내부의 불온한 다성성을 폭발시키며 새로운 징후를 보여주기 시작한다. 이들의 텍스트는 남성이데올로기와 전면적으로 부딪혀서 가족담론에 문제를 제기하고 여성의 관점에서 이에 대한 새로운 해석을 시도하고 있다. 특히 억압되고 버려진 타자화된 '어머니'를 복원하여, 어머니의 위상과 의미를 다시금 확립시키고자 한다. 이때의 어머니의 몸은 전오이디푸스적 영역에 한정되지 않고 상징계의 경계를 가로지르며 상징질서를 위협하는 공포의 힘으로 존재한다.

다시 말해 고정희와 최승자, 김혜순의 경우에는 아버지의 법을 전복하는 부친 살해의 패러다임을 겪으며 '어머니-되기'의 소명을 몸으로 실천하고 있는 것이다. 이때의 '어머니'는 가부장제가 구축한 '모성이데올로기'에 의해 작동되는 어머니가 아니다. 고정희에게는 민중 해방의 주체인 어머니로, 최승자의 경우에는 자신의 몸을 만물의 원천이자 원리로 인식하는 대우주적 여성적 주체로 현현한다. 김혜순의 텍스트에 여성은 현실의 시공간을 포월하여 죽음의 땅을 넘나드는 신화적 어머니로 나타난다.

그들의 시는 제도의 폭력성을 고발하고 세계의 비의를 파헤치며 비참

제를 진지하게 제기한 시인으로 보는 경우(김경수, 『여성, 남성의 거울』, 문학과지성사, 2002, p.56) 등이 있다.

하고 억울하게 죽어가는 모든 여성의 울음이라 할 수 있다. 그러나 그 울음은 인고와 회한의 눈물이 아니라 비명과 절규를 동반한 열락의 방식이라 할 수 있다. 그들이 보여주는 시는 분만하는 어머니, 두들겨 맞는 어머니의 목소리, 어머니를 부르는 딸의 목소리 등이 혼재되어 있는 '여성적 글쓰기'의 방법을 보여준다.

이러한 '몸으로 쓰는 시'를 통해 고정희는 민중과 여성들 속으로 밀고 나아간다. 그는 자신의 평생을 그들의 자유와 해방을 도모하는 글쓰기에 바치며 어머니라는 하느님을 찾는 소명에 헌신한다.

최승자의 경우는 위기와 죽음에 처한 자아의 내면을 향해 나아간다. 외부 세계의 부조리한 현실이 주는 죽음 의식 속에서 자신의 고독과 슬픔, 광기, 절망의 글쓰기를 진행한다. 그는 지난한 자아탐색을 거쳐 자기 몸이 지닌 생명력을 감지하고 모든 생명체의 모태로서의 자신을 내어놓는다.

김혜순의 시는 현실의 모순된 제도와 이데올로기, 반인간적인 사회에 현실적으로 저항한다. 그는 '여성적 글쓰기'에 대한 메타적 창작을 병행하고 여성적 글쓰기 방식을 창작 방법론으로 견지함으로써 가부장제와 남근중심주의에 문제를 제기고 있다.

본고는 이러한 점을 염두에 두고 한국 현대 문학사에서 '페미니즘시'의 진정한 출발을 1980년대의 고정희, 최승자, 김혜순으로 파악하고 이들의 현실인식체계와 언술구조에서 동시에 일어나는 시적 혁명성을 주목해보려고 한다.

Ⅲ.

한국 페미니즘시의 시학과 세계 인식

고정희와 최승자, 김혜순은 남성우월주의의 사회에서 여성 정체성을 기반으로 창작을 하고 있다. 그것들은 버려진 여자의 울음, '벌거벗은 생명',[1] '아브젝시옹(abjection)으로서의 어머니'[2]에서 태어난 텍스트이다. 이들은 온몸으로 흘리는 피와 눈물, 분비물로써 시를 쓴다. 딱딱하게 규범화된 '고체적 언어'가 아니라 '액체적 언어'로서 막힌 곳으로부터 벗어나 경계를 이탈하고 퍼져나가는 양상을 보여준다. 그들의 시는 온몸으로

---

1) 아감벤은 '벌거벗은 생명'을 국가주권의 공간에서 배제되는 사람, 즉 비시민권자로 설정했지만 사실상 이 벌거벗은 생명의 원형은 개인의 권리 개념과 시민 정체성의 범주로 재현되지 않는 모든 영역으로 확장되게 된다. 조주현, 「생명 정치, 벌거벗은 생명, 페미니스트 윤리」, 『한국여성학』 제24권, 한국여성학회 편, 2008, p.37.
아감벤의 정치철학은 좌·우, 적·동지라는 전통적인 대당을 넘어 '더 이상 벌거벗은 생명의 예외화에 기반하지 않은 정치'의 실현을 추구한다. 조르조 아감벤, 박진우 역, 『호모 사케르』, 새물결, 2008, p.50.

2) 아브젝시옹은 오물, 쓰레기 등의 버려진 것들을 가리키는 단어이다. 크리스테바는 아브젝시옹을 불러 일으키는 것은 청결하거나 건강하지 못한 것이 아니라 (기존의) 정체성과 체계, 질서를 혼란스럽게 하는 것이라고 한다. 노엘 맥아피, 이부순 역, 『경계에 선 줄리아 크리스테바』, 앨피, 2007, p.47. 줄리아 크리스테바, 서인원 역, 『공포의 권력』, 동문선, 2001, pp.4~31 등을 참조.
본고는 고정희, 최승자, 김혜순의 시에 나타나는 남성중심사회에서 버려진 여성, 죽어가는 어머니를 '아브젝시옹'과 '벌거벗은 생명'으로 파악한다.

부르짖는 비명과 사랑의 카오스적 언어이다. 따라서 이들이 보여주는 시적 언어는 이성남근중심사회에서 부적합하고 비논리적이며 더럽고 역겨운 것으로 치부될 수 있다. 그들의 시는 기존의 시가 고수한 시적 권위와 상식을 뒤흔들고 있기 때문이다.

즉, 이들은 페미니즘적 사유와 '여성적 글쓰기'라는 몸으로 쓰는 텍스트를 통해 만물의 근원이자 모태인 '어머니'를 호명하고 스스로 '어머니-되기'를 실천하고 있다. 어머니를 복원하여 그 생명성을 마음껏 발현하려고 한다. 여기서 말하는 '어머니' 혹은 '모성'은 가부장제 이데올로기가 강요하는 '모성 담론'3)의 순종과 희생의 논리를 떠나 있고 인습적인

---

3) 모성은 모성애와 동의어가 되었으며, 모성애는 이후 서구 시민 사회 핵가족에서 오늘날까지 유효한 문화적 규범으로 자리잡았다. 18세기 모성 담론의 대부라고 해야 할 루소는 모성애에 도덕적인 가치와 사회적인 임무를 부여하였으며 어머니에게 유아 교육이라는 중차대한 임무를 맡긴다. 『에밀』이 예시하듯이 18세기 모성 담론은 어머니를 핵가족의 중심인물로 만든다. 박희경, 「모성 담론에 부재하는 어머니」, 『페미니즘 연구』, 동녘, 2006, p.224.
프로이트의 정신분석은 어머니의 위치가 비어있는 모성 담론을 이론화하며 때로는 공고화시킨다. 어머니로부터의 분리는 여성의 자아 정체성 형성을 위한 결정적이며 돌이킬 수 없는 걸음으로 평가되는데 이는 역사적 모성 담론 속 어머니의 부재에 상응하는 정신분석 담론의 성장 모델로서 파악된다. 다른 한편 페미니즘적 관점에 선 정신분석은 전통적 정신분석이 담론화한 모성을 비판하며 여성의 정체성 형성과 모성의 관계를 새롭게 조망한다. 벤자민, 로데 다흐저, 크리스테바, 이리가레, 식수, 루이자 무라로 등은 18세기 이래 지속되어온 서구 시민 사회의 모성 담론의 구조와 법칙을 해체하면서 다른 질서를 모색한다. 프로이트, 김정일 역, 『성욕에 관한 세 편의 에세이』, 열린책들, 1998, pp.9~24, pp.195~223. 프로이트, 임홍빈·홍혜경 역, 『새로운 정신분석 강의』, 열린책들, 1997, pp.159~192 등을 참조.
한국의 경우, '전통적' 모성의 역사적 전통은 조선시대 유교적 규범에서 찾을 수 있다. 이때 모성은 자식과 남편을 위해 헌신하고 자신을 무화(無化)하는 어머니로 이해되며 가부장제에 순응하는 희생적이고 순종적인 이미지로 한정된다. 신경아, 「1990년대 모성의 변화: 희생의 화신에서 욕구를 가진 인간으로」, 『모성의 담론과 현실, 어머니의 삶, 정체성』, 나남출판, 2000, pp.389~412.
본고는 고정희, 최승자, 김혜순을 텍스트에서 그들이 쓰는 '여성'과 '딸' 그리고 여성이 자아 정체성을 형성하는 과정에서 '어머니'의 상징적 의미에 대해 재고찰하고자

여성성과도 다른 것이다.

고정희, 최승자, 김혜순은 '모성은 예찬되고 어머니는 사라지는, 아버지의 법이 지배하는 이 세계'에서 좌절하고 죽임을 당했음에도 불구하고, 창작을 통해, 여성적 글쓰기를 통해 배제되고 소수화된 이들이 되살아나 소통하는 새로운 세계를 창조하고 있다. 즉, 고정희의 경우는 저항을 통한 여성해방의 세계로, 최승자는 부정성을 바탕으로 한 네거티브 원동력으로 가이아적 세계로 귀환한다. 그리고 김혜순의 경우는 죽음을 넘어선 제의적 공간으로 나아간다. 그는 여성으로서의 자신은 태어나는 순간, 내버려진 바리데기와 같은 운명임을 깨닫고 죽음의 땅으로 탈주하고 있다. 그래서 그가 보여주는 시세계는 죽음과 삶의 경계를 허물고 월경越境하는 주술성을 띤다.

이들은 억압공간인 집─육체를 포함한─을 떠나 저항하고 해체하며 이산되는 방식으로 세계와 강렬하게 접촉하고 싸운다. 더 나아가 타자와의 만남과 사랑을 통해 여성성이 실현되는 새로운 지점을 찾아 헤매고 있다. 바로 그곳은 '문학의 공간'이다. 이들은 '시적 혁명'이 추악한 세계에 남은 유일한 구원의 방법이라고 믿기 때문일 것이다.

한다. 이는 모성을 가부장제 억압 기제로 파악하는 페미니즘적 문제 제기와 접근 방식을 통해 여성으로서 언어의 주체가 되는 어머니를 탐색하는 것과 다르지 않다.

1. 사랑의 실천과 여성 해방의 시학 —고정희

고정희는 1948년 전남 해남에서 5남 3녀 중 장녀로 출생했다. 본명은 고성애高聖愛이고 모친이 기독교 신자였다. 그는 1974년에는 광주 YWCA 간사를 지냈고 1975년 박남수 시인의 추천으로 『현대시학』을 통해 등단했다. 1979년에 한국신학대학을 졸업하면서 허형만, 김준태, 장효문, 송수권 등과 '목요시' 동인으로 활동했다.

첫 시집 『누가 홀로 술틀을 밟고 있는가』를 간행할 즈음엔 대구에 거주하며 김춘수 시인의 강의를 청강했다. 1984년 『또하나의 문화』 창간 동인4)으로 활동했고 1986년 한국가정법률상담소 편집부장으로 일했으며 1988년 ≪여성신문≫ 초대 편집주간을 역임했다. 1990년에는 마닐라에서 열린 '탈식민지 시와 음악 워크숍'에 참여했으나 이듬해 6월, 43세의 독신으로 그가 사랑한 지리산 뱀사골에서 죽음을 맞는다.

고정희는 『모든 사라지는 것들은 뒤에 여백을 남긴다』는 유고시집을 포함하여 모두 11권의 시집5)을 남겼다. 그는 기독교 해방신학에 인식의

---

4) 조(한)혜정, 조은, 조옥라, 장필화 등 사회학 · 여성학 학자들이 주축이 된 모임이다.
5) 고정희의 시집을 발간 연대순으로 정리하면 다음과 같다.
　고정희, 『누가 홀로 술틀을 밟고 있는가』, 평민사, 1979.

뿌리를 두고 민중 구원과 해방, 억압받는 여성의 문제에 지대한 관심을 표명했다. 따라서 그의 시는 그러한 생각과 의도가 반영된 경우가 대다수이다. 특히『초혼제』는 5·18 광주민주화항쟁을 계기로 남도 가락과 씻김굿 형식을 빌어서 민중의 아픔을 위로한 장시집長詩集이고 후기시로 갈수록 여성 문제를 적극적으로 드러내고 여성해방을 위한 비전을 제시하는 페미니즘 시의 경향을 보여준다. 이러한 시들에 나타난 목적 지향적 생경한 목소리가 비록 수사학적 차원에서 문제를 제기 받을 수 있겠지만, 그것은 그의 이력이 말해주듯, 민중적 삶에서 발로한 자연스러운 육성이라 하겠다. 그는 "삶을 소재로 시를 쓰는 것보다 삶 자체를 시로 변화시키는 것이 더 바람직한 것"[6]으로 생각한 시인으로 볼 수 있다. 무엇보다 그의 시가 이룬 업적은 새롭게 평가되고 인정되어야 한다. 한국 시문학사에서 여성시인으로 일평생 사회여성운동에 참여하며 여성의 문제를 본격적으로 다룬 시인은 없기 때문이다.

_____,『실락원 기행』, 인문당, 1981.
_____,『초혼제』, 창작과비평사, 1983.
_____,『이 시대의 아벨』, 문학과지성사, 1983.
_____,『눈물꽃』, 실천문학사, 1986.
_____,『지리산의 봄』, 문학과지성사, 1987.
_____,『저 무덤 위에 푸른 잔디』, 창작과비평사, 1989.
_____,『광주의 눈물비』, 동아, 1990.
_____,『여성해방 출사표』, 동광출판사, 1990.
_____,『아름다운 사람 하나』, 푸른숲, 1991.
_____,『모든 사라지는 것들은 뒤에 여백을 남긴다』, 창작과비평사, 1992.
6) 옥타비오 파스, 김홍근·김은중 역,『활과 리라』, 솔, 1998, p.5.

1) 기독교 신앙과 제자직 수행

고정희의 초기시에 두드러진 시정신은 기독교 정신이다. 그의 등단작인 「연가」, 「부활과 그 이후」에서부터 전 시집을 관통하는 정조는 사랑에서 발현되며, 그것은 기독교적 사랑과 민중에 대한 사랑을 고백하는 신앙고백과 흡사하다. 그러나 그의 신앙은 기독교의 전통적인 구원 방식에서 벗어나 해방신앙에 바탕을 둔다. 해방신학은 "억압받는 사람들, 가지지 못한 사람들을 경제적인 착취, 정치적인 탄압, 문화적인 제국주의, 계급, 성차별 등으로부터 해방시키는 것이 그리스도인의 참된 임무"[7]라고 본다.

고정희는 일제강점기 역사적 수난기와 6·25의 분단 상황, 4·19와 5·16의 정치적 변혁기를 거쳐 광주민주항쟁에 이르기까지 부패한 권력과 힘의 탄압에 놓인 민중들을 역사적 수난자로 인식한다. 그래서 그들을 억압상황으로부터 해방시키는 것이 자신이 해야 할 일이라고 생각한다. "네 이웃을 내 몸과 같이 사랑하라. 그리하면 너희가 구원을 받을 것이다."라고 하는 예수의 말을 실천하기 위하여 가난한 민중 속으로 들어가는 것을 마다하지 않았다. 그러므로 그가 가는 문학의 길은 기독교 사상을 바탕으로 한 사랑의 실천이며 '제자직 수행'이라 할 수 있다.

> 지극한 아픔으로 크고 있는 역사
> 역사의 의젓한 한 모퉁이에서
> 불타는 갈증으로 찾고 있는 내 神, 내 신을 달라
> 어두운 그늘과 추운 거리를 배회하며

---

7) 황필호, 『이데올로기, 해방신학, 의식화 교육』, 종로서적, 1985, p.47.

보리떡 다섯 개 물고기 두 마리로
충만한 배부름을 나누던 그 흰 손은
어디로 갔느냐.
닭의 홰치는 소리가 들릴 때까지
海岸의 깊은 골짜기를 서성이는
유랑의 무리들은 바다에 모조리
목 졸린 꿈을 쏟아버리고
기름 다한 램프불을 꺼 내렸다.

– 「부활, 그 以後」부분8)

위의 시에서 화자는 '역사의 한 모퉁이'에서 '불타는 갈증으로' 무엇을 간구하는가? 그것은 '신'을 찾고 있다. 그는 누구의 신도 아닌 유일한 '내 신'인 예수 그리스도를 찾고 있다. 그는 '보리떡 다섯 개 물고기 두 마리로' 광야를 헤매던 사람들에게 '충만한 배부름'의 기적을 보여주었다. 그러나 지금 여기에 신은 없다. 현실을 '어두운 그늘'과 '추운 거리'의 암흑의 시대로 인식하는 화자에게 갈급한 신의 모습은 보이지 않는다. '신'조차도 외면한 상황에서 그는 '유랑의 무리들은 바다에 목 졸린 꿈을 쏟아버리고/ 기름 다한 램프불을 꺼 내렸다.'고 말한다.

여기서의 '유랑의 무리들'은 신을 믿고 찾는 사람들이다. 그들은 '닭의 홰치는 소리가 들릴' 새벽과 아침의 광명을 기다리며 기도하는 사람이자 '해안의 깊은 골짜기를 서성이'며 고뇌하고 방황하는 제자들의 무리이다. 그러나 이제 그들 또한 지쳐 짓눌려 사그라지는 '꿈'과 희망을 버린다.

기름도 없이 심지에 남은 기름으로 불 밝혔던 마음의 불도 완전히 꺼

---

8) 고정희, 『누가 홀로 술틀을 밟고 있는가』, 평민사, 1979, p.7.

버린다. 이제 어디에도 일말의 빛이 없는 상황이 될 것이다. 신도 인간도 없는 이곳은 어디일까? 이런 비극적 공간은 바로 지금 여기의 '죽은' 사회를 말하는 것이라고 할 수 있다.

하느님 나라의 실현의 일차적 관심은 모든 인간이 참된 인간성을 회복하는 것으로부터 비롯된다. 인간이 인간을 지배하고, 인간이 인간을 학대하며, 인간이 인간을 억누르는 곳에서 참된 인간성은 체험될 수 없다. 기만과 폭력과 권위주의가 난무하는 곳에 제자직의 수행은 불가능하며, 불의한 것이 정의로운 곳으로 통과되는 것에 맹렬한 질문과 항거가 없는 사회란 죽은 사회이다.[9] 고정희는 이와 같은 현실을 '죽은 사회'로 인식하고 거기에 대한 나름의 '맹렬한 질문과 항거'를 시의 형식으로 개진한다.

> 아버지 호적에 그어진 붉은 줄
> 30년 잠에서 내가 깨어났을 때
> 나는 이미 붉은 줄 무덤 안에 있었다
> 가엾게도 공허한 아버지의 눈,
> 삼십 지층마다 눈물을 뿌리며
> 반항의 이빨로 붉은 줄 물어뜯으며
> 무덤 밖을 날고 싶은 나의 영혼은
> 캄캄한 벽안에 촉수를 박고
> 단절의 실꾸리를 친친 감았다
>
> 살아남기 위하여
> 맹렬한 싸움은 시작되었다
> 단 한번 극복을 알기 위하여

---

9) 고정희, 「민중과 시」, 『기독교와 문학』, 종로서적, 1992, pp.446~447.

삭발의 앙심으로 푸른 살 곧추세워
무덤 안, 잡풀들의 뿌리를 찍었다

– 「카타콤베 –6·25에게」 부분10)

위의 시는 중첩된 두 개의 층위로 읽을 수 있다. 하나는 개인사적인 고백의 시로, 또 하나는 역사적 문제의식의 표출이라는 점이다.

이는 첫째 행과 둘째 행의 '아버지 호적에 그어진 붉은 줄/ 내가 30년 잠에서 깨어났을 때'를 어떻게 해석하느냐의 문제에서 출발한다. 첫 번째로 개인적 신변에 대한 고백으로 읽는다면, 자신은 아버지의 호적에서 지워진 사람이다. 그리하여 죽은 자가 묻히는 지하묘지인 '카타콤베'에 있다. '반항의 이빨로 붉은 줄 물어뜯으며' '무덤 밖을 날고 싶은 나의 영혼'의 열망에도 불구하고 자신이 애를 쓰면 쓸수록 '단절의 실꾸리'가 '친친 감'기기만 한다. 아버지가 만든 법에 의해 자신은 구속되었고 출구 없는 삶을 강요받는 상황이다.

그러나 2연으로 오면서 화자의 심리적 상황은 급변한다. 1연과 2연 사이의 작은 여백은 거대한 차이를 불러일으키고 있는 것이다. 무덤 속 시체와 같이 죽어있던 자신은 '맹렬한 싸움'을 선언한다. 죽은 바와 다름 없는 삶에서부터 '푸른 살 곧추세워'서 자신을 옭아매는 것들의 '뿌리'를 끊고 '무덤 밖으로' 나온다. '삭발의 앙심'이라는 구절은 '삭발에 대한 앙심'으로 읽히는 효과를 통해 아버지에 의해 머리칼을 잘리고 지하묘지와 같은 방에 유폐된 개인적 상황을 상상하게끔 만든다.

두 번째로는 이 시의 흐름을 역사적 상황에 대한 수사적 표현으로 읽을 수 있다는 것이다. 시의 부제인 '6·25에게'가 이를 뒷받침해준다. 즉, '아버지 호적에 그어진 붉은 줄/ 내가 30년 잠에서 깨어났을 때'의

---

10) 고정희, 『실락원 기행』, 인문당, 1981, pp.38~39.

경우는 38선의 붉은 줄이 그어진 조국을 의미하는 것이다. '30년의 잠'은 분단 이후 현재까지의 시간을, "나"와 '공허한 아버지의 눈'은 희망없이 사는 국민들의 '단절' 상황을 나타낸다. 모든 사람들이 '카타콤베' 속과 같은 암흑의 현실을 무기력하게 지속하고 있다.

고정희는 자신이 처한 현실이 '카타콤베'와 다를 바 없다고 인식하기 때문에, '단 한번 극복을 알기 위하여', 또한 '살아남기 위하여' 맹렬한 싸움을 시작하려 한다. 그것은 스스로가 처한 개인적, 역사적 공간이 동일하게 '카타콤베'이기 때문이다. 그는 '싸움'을 통해 개인의 실존은 물론이고 민족의 해방을 이루겠다는 의지를 표명한 것이다. 이는 곧 낙원을 회복하려는 기독교적 염원과도 상통한다.

이처럼 고정희의 시는 초기작부터 자유와 해방에 대해 말하고 있다. 나아가 그는 민족, 민중 그리고 여성에 관한 지대하고 지속적인 관심을 보이는 시를 발표한다.

> 오 아벨은 어디로 갔는가
> 너의 안락한 처마 밑에서
> 함께 살기 원하던 우리들의 아벨,
>
> 너의 식탁과 아벨을 바꿨느냐
> 너의 침상과 아벨을 바꿨느냐
> 너의 교회당과 아벨을 바꿨느냐
> 회칠한 무덤들, 이 독사의 무리들아
> 너의 아벨은 어디에 있느냐
>
> — 「이 시대의 아벨」 부분11)

---

11) 고정희, 『이 시대의 아벨』, 문학과지성사, 1983, pp.31~36.

이 시대를 죽은 사회, 어둠의 시대로 인식한 바와 같이 지금은 '아벨'이 사라진 시대이다. 화자는 '너'에게 묻는다. '아벨은 어디로 갔느냐' 네가 너의 '식탁'과 '침상' 그리고 '교회당'으로 바꿔버리고 대체한 그 아벨은 어디로 갔느냐 하고 재차 묻고 있다. 아벨은 카인에 의해 죽임을 당한 자이다. 신령과 진정으로 예배드리는 자, 형제를 사랑하고 의를 행한 자이다. 믿음으로 아벨은 자신보다 더 나은 제사를 하나님께 드리는 의로운 자[12]이다.

이 시의 화자는 이 시대의 카인들을 향해 묻고 있다. 자기의 식탁과 침상을 마련하기 위해, 교회당을 짓기 위해 무고하게 의로운 형제를 죽이기를 서슴지 않는 사회를 질타하며 질문을 쏟아내고 있다. 시인은 아벨을 찾는 하나님의 목소리를 빌려 자신과 사회를 향해 묻는 것이다. 기존의 사회가 말하는 여성성이 '복종'과 '베풂', '보살핌'[13] 등이었던 반면, 위 시의 여성 화자는 성별의 문턱을 넘어 '정의'와 '지배능력'으로 대변되는 남성적 권력을 획득하고 있다.

고정희는 참혹한 시대에 절망하지만 다시 용기와 희망을 갖고 '살아남고자' 한다. 그는 다시 형제를 찾아 나선다. 우리의 "안락한 처마 밑에서/ 함께 살기 원하던 우리들의" 핍박받는 이웃을 향해 제자의 사명을 다하기 위해 창작의 끈을 놓지 않는다. 위에서 살펴본 시「이 시대의 아벨」은 고정희의 네 번째 시집『이 시대의 아벨』(1983)의 표제작이다. 첫 시집 이후로 이 시기까지 고정희에게 있어서 시쓰기는 '기독교적 세계관'과 '역사의식' 속에서 자신의 실존을 확인해가는 작업이었다. 그의

---

12) 히브리서 11장 4절.
13) 길리간은 여성성과 남성성을 비교하며 상호의존성, 베풂(giving), 보살핌 등을 들고 있다. 캐롤 길리간, 허란주 역,『심리이론과 여성의 발달』, 철학과현실사, 1994, pp.49~114.

창작 작업은 기독교인으로서의 제자직 수행이자 '부름에의 응답'이었다. 그것은 첫 시집의 후기 첫머리에서 고정희가 자신에게 시쓰기가 의미하는 바를 스스로 피력한 내용과 일맥상통하게 재현되는 세계이다.

> "시를 쓴다는 것은 내게 있어서 비로소 나를 성취해가는 실존의 획득 외에 아무 것도 아니다. 내가 믿는 것을 실현하는 장이며 내가 보는 것을 밝히는 방이며 내가 바라는 것을 일구는 땅이다.
> 그러므로 시를 쓴다는 것은 내게 있어 가리고 선택하는 문제를 넘어선 내 실존 자체의 가장 고귀한 모습이다. 따라서 내가 존재를 포기하지 않는 한 이 작업은 내 삶을 휘어잡는 핵일 수밖에 없다.
> 그것은 일종의 멍에이며 고통이며 눈물겨운 황홀이다.
> 나의 최선이며 부름에의 응답이다."
> ─『누가 홀로 술틀을 밟고 있는가』부분14)

> 신도보다 잘사는 목회자를 용서하시고
> 사회보다 잘사는 교회를 용서하시고
> 제자보다 잘사는 학자를 용서하시고
> 독자보다 배부른 시인을 용서하시고
> 백성보다 살쪄 있는 지배자를 용서하소서
> ─「야훼전상서」부분15)

위의 시는 기독교적 사랑에 기반을 둔 기도문의 형식을 취하지만 그 내용은 탐욕스러운 '목회자'와 '교회'를 질책하고 있다. 표면적으로는 이 시대의 '잘사는 학자'와 '배부른 시인' 등을 용서해 달라고 신에게 기원하는 어투를 취하지만 심층적으로는 그들을 신랄하게 비판하고 있는 것이다. 거기에는 '시인'인 스스로에게 퍼붓는 자기비판도 들어있는 것이다.

---

14) 고정희, 『누가 홀로 술틀을 밟고 있는가』, 평민사, 1979, p.79.
15) 고정희, 『초혼제』, 창작과비평사, 1983, p.62.

그가 반복적으로 말하는 '용서하시고'라는 기원 속에는 모순되고 부패한 사회에 대한 날카로운 응징을 촉구하는 패러독스가 숨겨져 있다. 복음을 전파하고 민중을 구원해야할 교회는 부패했고 지식인들은 잘살아가는 현실에 대해 절망하지만 동시에 그것을 극복하기 위한 대안적 모색을 담고 있는 시라고 볼 수 있다.

상한 갈대라도 하늘 아래선
한 계절 넉넉히 흔들리거니
뿌리 깊으면야
밑둥 잘리어도 새순은 돋거니
충분히 흔들리자 상한 영혼이여
충분히 흔들리며 고통에게로 가자

뿌리 없이 흔들리는 부평초 잎이라도
물 고이면 꽃은 피거니
이 세상 어디에나 개울은 흐르고
이 세상 어디에나 등불은 켜지듯
가자 고통이여 살 맞대고 가자
외롭기로 작정하면 어딘들 못 가랴
가기로 목숨 걸면 지는 해가 문제랴

고통과 설움의 땅 훨훨 지나서
뿌리 깊은 벌판에 서자
두 팔로 막아도 바람은 불듯
영원한 눈물이란 없느니라
캄캄한 하늘 아래선
마주잡을 손 하나 오고 있거니
　　　　　　　　　　　　　 —「상한 영혼을 위하여」[16]

---

16) 고정희, 『이 시대의 아벨』, 문학과지성사, 1983, pp.8~10.

위의 시는 고정희 시의 출발 지점과 지향점을 고스란히 드러내주는 작품이다. 그는 '고통과 설움의 땅'에서 '상한 영혼'으로 존재하는 자이다. 그는 '고통과 살 맞대고' 다시 '고통에게로 가자'고 말하고 있다. 이때 '고통'이란 고통 받는 민중, 버려진 자이며 '벌거벗은 생명'을 가리킨다. 그런데 '외롭기로 작정'하고 '가기로 목숨 걸'고 가는 곳은 '벌판'이자 '캄캄한 하늘 아래'이다. 그곳은 이미 만들어진 낙원이 아니다. 그곳에는 지금 아무것도 없다할지라도, 그는 거기로 '마주잡을 손 하나 오고 있거니' 하고 믿는다. 그곳은 저절로 있는 것이 아니라 함께 만나 만들어가야 하는 곳이다. 그리하여 거기 '꽃은 피'고 '개울은 흐르고' '등불은 켜'질 것이다. 고통과 설움, 외로움에 뼈저린 사람들과 함께 목숨 걸고 가는 곳에서 그들은 '상한 영혼'을 서로 치유하며 사랑과 자유가 넘쳐나는 경험을 할 것이다. 고정희는 이러한 만남과 창조가 실현되기 위해서는 자발적 '운동성'이 선결되어야 한다고 말하는 것이다. '나'는 주체적으로 '가고', '너'는 '오고 있'어야 한다.

이 시에 나타나는 시적 화자는 '충분히 흔들리고', '넉넉히 흔들린다'. 그리고 반복적으로 '가고' 있다. 이 과정을 통해 '자신' 혹은 '주체'라는 고정된 의미를 벗어나 '타자'와의 상호 흡수가 가능하게 된다. 또한 '가자', '서자' '오고' '흔들리자', '흐르고' 등의 어휘를 통해 이 시는 운동성과 유동적 이미지를 획득한다. 이러한 '흘러내리는 것', '탈중심화하기', '고정된 의미를 의문시하기' 등은 '여성의 근원'[17]이라 할 수 있다.

고정희는 다섯 번째 시집으로 들어서면서 시세계의 전환을 보여준다.

---

17) 이리가레는 여성의 근원―탈중심화하기, 모든 고정된 의미를 의미를 의문시하기― 으로부터 시작되는 그녀의 글쓰기를 설명하기 위해 흘러내리는 길을 에워싸는 유동성(fluidity)의 비유를 사용한다. 엘렌 밀라드, 「프랑스 페미니즘」, 『현대시사상』, 1991년 봄호. 김미현, 『한국여성소설과 페미니즘』, 신구문화사, 1996, p.221 재인용.

'민중구원'을 부르짖던 목소리는 잦아들며 '어머니'의 슬픔과 고통, 그리고 모성의 위대함 등을 많은 시편들로써 표출한다. 그의 시적 대상과 관심이 억압된 민중의 삶과 기독교적 소명으로부터 현실의 구체적 어머니에게로 귀환하는 것이다. 이러한 변화는 그가 여성, 곧 '어머니'를 현실에서 억눌리고 소외된 "최후의 피억압계급"으로 본 의식 전환에 기인한다. 또한 스스로 인간해방의 주체로서의 어머니로 거듭나려는 시도를 거듭하는 점을 알 수 있다.

ㄹ) 버려진 어머니와 구술적 언어

고정희의 7번째 시집『저 무덤 위의 푸른 잔디』의 '축원 마당' 연작시들에는 어머니를 바라보고 인식하며 축원하는 말들로 가득하다. 이 시들은 씻김굿판의 신들린 연행자가 말하는 형식과 유사하며 기층 민중의 삶에 밀착해있다. 그는 굿의 형식과 상호텍스트성을 지닌 채 구술성(orality)과 구술문화의 특징[18]을 띤 언어로 '말하고' 있다. 구술과 광기의 언어는 '몸으로 글쓰기'의 전형으로 이야기와 경험이 유리遊離되지 않는 것을 목적으로 하는 언어이다.[19] 이 언어는 앞뒤가 분명한 논리적이고

---

18) W. 옹은 구술문화의 특징으로 ① 종속적이기보다는 첨가적이다. ② 분석적이기보다는 집합적이다. ③ 장황하거나 '다변적'이다. ④ 보수적이거나 전통적이다. ⑤ 인간의 생활세계에 밀착된다. ⑥ 논쟁적인 어조가 강하다. ⑦ 객관적 거리 유지보다는 감정 이입적 혹은 참여적이다. ⑧ 항상성이 있다. ⑨ 추상적이라기보다는 상황의존적인 요소를 들고 있다. W. J. Ong, 이기우 · 임명진 역,『구술문화와 문자문화』, 문예출판사, 1995, pp.61~92 참조.
19) 김성례,「여성의 자기진술의 양식과 문체의 발견을 위하여」,『또하나의 문화』제9호, 1992, p.133.

이성적인 행위로부터 벗어난다. 때문에 거침없이 흘러가는, 그래서 멀리 퍼지는 언어를 형성하게 된다.[20]

> 어머니여
> 마음이 어질기가 황하 같고
> 그 마음 넓이가 우주천체 같고
> 그 기품 높이가 천상천하 같은
> 어머니여
> 사람의 본이 어디 인고 하니
> 인간세계의 본은 어머니의 자궁이요
> 살고 죽은 뜻은 팔만 사바세계
> 어머니 품어주신 사랑의 나눔이라
> ―「첫째 거리: 축원마당 1. 사람의 본은 어디인고 하니」 부분[21]

위의 시에는 어머니의 얼을 집단적으로 기리고 이승에서 풀지 못한 원한을 풀어줌으로써 극락왕생하기를 기원하는 화자의 긴장과 슬픔이 교차하고 있다. 고정희가 규명하는 '어머니'는 생명의 근원이며 사랑의 발원체이다. 그의 '넓이'와 '깊이'는 측정할 수 없으리만큼 무한하다. 인간의 시초가 태어난 관향은 다름 아닌 '어머니의 자궁'이다. 그런데 가부장적 남성 작가의 텍스트에서 여성의 육체는 쉽게 침범하고 식민지화할 수 있는 소유욕의 대상이었다. 그 욕망이 거세되었을 경우, 여성은 불모성, 타락성으로 귀결되곤 했다. 또한 남성 주체에게 여성의 육체는 종종 탐구의 대상이거나 그를 통해 관념 속의 세계가 육화되는 대상[22]으로

---

20) 들뢰즈·가타리, 조한경 역, 『소수집단의 문학을 위하여』, 문학과지성사, 1992, p.55.
21) 고정희, 『저 무덤 위에 푸른 잔디』, 창작과비평사, 1989, p.6.
22) 정영훈, 「최인훈 소설에 나타난 여성 인식」, 『한국근대문학연구』 제7권, 제1호, 한국근대문학회 편, 2006, pp.166~167.

타자화되어 나타난다. 불멸과 생명력, 재생산의 상징이어야 할 여성의 육체인 '자궁'은 남성적 폭력에 의해 '결핍'의 육체성으로 전환되어 나타난다는 것이다.[23]

　　반면, 고정희는 여기서 여성의 육체를 출산과 육아를 강조하는 '어머니의 품' 혹은 '어머니의 가슴'이 아닌 '자궁'이란 어휘를 사용함으로써 기존의 이데올로기가 요구하는 어머니의 모성본능, 현모양처 상에서 떠나 여성의 육체성으로 근접해갔다고 생각된다. 관념화된 어머니가 아니라 피를 흘리고 출산하는 어머니의 모습을 그림으로써 그 '사랑'의 물질성을 획득한다고 할 수 있다. 생명을 생산하는 모체로서의 여성은 무성無性의 어머니가 아니라 '자궁'을 가진 여성이다. 생명의 신비는 이상화된 모체를 넘어 분비물이 흘러넘치는 여성 주체의 관능적인 자궁에서 태어난다.

> 어머니 공덕이 어떤 공덕인가
> 지붕이 생기고 가솔 잇는 그날부터
> 시하층층 손발 되고
> 시하층층 시집살이
> 젊은 남편 침모되고
> 늙은 남편 노리개 되어
> 장차 아들 밥이 되고
> 증자 증손 떡이 되어
> 검은 머리 파뿌리 되도록
> 오장육부 쓸개 꺼정 녹아내린 어머니여
> 　　　ㅡ「첫째거리: 축원마당 4. 보름달 같은 여성해방 이윽히
> 　　　　　　　　　　　　　　　　받으소서」 부분[24]

---

23) 푸코는 여성의 몸이 신경질적으로 만들어진 자궁에 불과한 것이라는 히스테리화 (병적 홍분)의 과정에 종속되었다고 본다. 미셸 푸코, 이혜숙 · 이영목 공역, 『성의 역사3』, 나남출판, 1990, pp.130~141.

24) 고정희, 『저 무덤 위에 푸른 잔디』, 창작과비평사, 1989, p.12.

앞의 시에서 '만물의 본本'이었던 어머니가 이 시에서는 '오장육부 쓸 개 꺼정 녹아' 사라질 위기에 처해 있다. 무정형의 상태로 문명사회로부 터 가부장적 사회로부터 추방된 여성의 몸이다. 자신의 신체를 '시집살 이'에서 '침모', '노리개', '밥', '떡' 등으로 모두 소비당한 후 버려지는 어 머니의 운명은 "공덕"이라고 말하기에는 끔찍한 상태이다.

고정희는 어머니로 표상되는 여성의 삶을 풍자적으로 폭로한다. 이러 한 '축원마당' 형식의 시편들은 '본풀이마당'으로 이어지는데, 일반적인 시 형식에서 벗어나 마당굿판의 씻김굿 형식으로 흘러넘친다. '물러가 라 물러가라 농촌귀신 물러가라// 새터니애 물러가라// 도시귀신 물러가 라' (「사람 돌아오는 난장판─둘째마당」)25)고 외쳐대는 화자들이 줄줄 이 출몰한다. 이는 시인의 목소리가 아니라 굿판에서 굿을 하는 신들린 무녀의 목소리라 할 수 있다. 그는 의도적으로 직설적이며 세련되지 않 은 방식으로 전통적 시의 장르에 도전하고 그 질서에 의문을 제기하는 것이다. 말은 단지 '존재'할 뿐이고 연회자로서의 시인은 말을 극단까지 몰고 가 내면의 소리를 언어화한 자, 그것을 신중하게 헤아림으로써 관 습적이고 표준적인 언어의 코드를 정복한 자이다.26)

그는 스스로의 시를 고급화된 시로부터 이별하고 논리가 지배적인 세 계를 넘어 즉흥적 언어와 민중이 노니는 마당으로 데리고 간다. 축원과 조롱이, 시어와 일상어가, 무대과 관객석이 혼재하는 유동적인 형식으 로 나아간다. 이런 카니발적 요소들은 '여성적 글쓰기'의 요소로서 주체 와 타자를 가르는 오이디푸스적 경계를 넘어가는 것이다.

---

25) 고정희, 『저 무덤 위에 푸른 잔디』, 창작과비평사, 1989, p.60.
26) 모리스 블랑쇼, 박혜영 역, 『문학의 공간』, 책세상, 1990, pp.41~42.

어머니여 어머니여 어머니여
업이야 복덩이야 여식 하나 낳으실 제
댓돌 위에 흰 고무신 나란히 벗어놓고
하늘 한 번 쳐다보며 혼자서 하는 말
이 신발을 살아생전 다시 신을까 말까
저녁 밥상머리 애지중지 살가운 얼굴
살아생전 다시 마주할까 말까
쿵쿵대는 가슴으로 문지방을 넘으시던 어머니여
돌쩌귀에 매인 광목띠 부여잡고
혼신의 힘으로 고함치던 어머니여
　　　　－「첫째거리: 축원마당 2. 이 신발을 살아생전 다시 신을까
　　　　　　　　　　　　　　　　　　　　말까」부분27)

　　위의 시 또한 마당극과 상호텍스트성을 띠며 한탄조의 목소리로 어머니의 넋을 달래고 있다. 이때의 어머니는 가부장적 가족 사회에서 종족 보존의 임무를 수행하는 타자로 나타난다. '여식 하나 낳으실'까 '쿵쿵대는 가슴'으로 출산 도중에 죽을 수도 있는 어머니의 '업'을 돌아보고 있다.

　　어머니는 '돌쩌귀에 매인 광목띠 부여잡고' 피와 땀을 쏟을 것이다. '혼신의 힘으로 고함치'는 어머니의 입에서는 온갖 악다구니와 비명소리가 섞여 나올지 모른다. 이것이 출산의 현장이다. 세상에 하나 밖에 없는 생명을 탄생시키는 자리에는 땀과 피와 더러운 분비물이 있듯이, 그의 '여성적 글쓰기'의 자리에는 생명의 언어, 고함소리와 오물의 언어가 뒤섞여있다.

　　고정희는 자신의 어머니와 어머니의 어머니가 겪었을 고통을 시로써

27) 고정희, 『저 무덤 위에 푸른 잔디』, 창작과비평사, 1989, pp.7~9.

대리 체험한다. 그는 삼종지도, 칠거지악, 수절정절 등의 도덕적 권위를 따르지 못한 여성과 딸을 낳는 것이 두려워 '쿵쿵대는 가슴'을 안고 사는 여성을 배척하고 밀어내는 우리 사회의 현장을 고발하고 있다.

　배설물처럼 배제되고 추방되는 존재들, 체제가 밖으로 밀어내는 존재들 속에 어머니가 있다. 이러한 '아브젝시옹으로서의 어머니'의 본질을 일깨우고, 어머니의 생산력을 발현할 수 있게 만들려는 시도가 고정희 시에서는 여성 전체의 문제로 각인되어 있다.

어즈버
문명국이 된 오늘날까지
방직공장 기성복 공장
그리고 또 무슨무슨 공장에서
우리의 이쁘고 이쁘고 이쁜 딸들이
저임금과 철야, 잔업에 시달리며
생산증대 길쌈과 바느질로
돈받이 달러받이 일삼는 것 아니리까
구중궁궐 기계실에 밀실에서
성폭력과 강간폭력 노동통제 남근에 깔려

어머니 당했어요, 현모양처 되기는
다 틀렸어요, 돈이나 벌겠어요!
기생관광 인당수에 몸 던지는 것 아니리까
　　　　　　－「여자는 최후의 피압박계급」 부분[28]

28) 고정희, 『여성해방 출사표』, 동광출판사, 1990, p.40.

위의 시도 여성 화자가 신랄한 어조로 현 체제 내 여성의 문제를 비틀고 있다. 사회의 성폭력 문제, 노동 문제 등에 이르기까지 조목조목 고하는 '우리의 이쁘고 이쁘고 이쁜 딸들'을 둔 어머니로서의 화자가 있다. 다른 또 한 명의 화자는 성폭행을 당한 어린 '딸'이다. 딸은 분노가 섞인 자포자기의 목소리이다.

이 시의 '어머니'는 화자이며 동시에 청자이다. 사회를 폭로하면서 갈팡질팡하는 딸의 하소연과 비틀어진 심기까지 수용해야하는 존재로 나타난다. 고정희는 현 사회에서의 여성은 '현모양처'가 되거나 '기생관광 인당수에 몸 던'져 돈을 버는 기계로 작동되는 길 외에는 없는가를 묻고 있다. 그가 원리로 삼은 '만물의 본'으로서의 어머니가 되지 못하고, 그런 어머니로 성장할 가능성은 딸에게도 보이지 않는다. '여자는 최후의 피압박계급'이라는 제목이 말해주듯, 고정희는 여성이 꿈꾸는 어머니의 모습은 어디에는 보이지 않는 현실을 개탄한다.

앞서 본 바와 같이 고정희의 시에는 상호텍스트적인 형식과 한 편의 시에서 다성성이 드러난다. 이와 같이 고정희의 시가 경계 허물기에 관심을 보이는 것은 그가 줄곧 말하는 자유와 해방의 이념과도 상통한다. 한 사람의 신체에 아브젝시옹적인 것들과 오이디푸스적인 것들이 추악함과 고결함이라는 가치 판단 없이 공존하듯이, 한 사회에도 모든 사람이 평등하게 살아가야한다는 것이다.

따라서 그의 시에는 피억압자인 민중과 여성의 문제가 상존하는 것이다. 민중의 구원 문제로 출발했던 그의 시가 어머니의 삶에 천착하게 된 것은 자연스러운 과정이라 할 수 있다. 두 개의 테마는 현실에서든 지난한 역사 속에서든 언제나 소수자의 영역임에 틀림없기 때문이다.

그 사연 끌어안고 어머니 웁네다
그 사연 끌어안고 영산강 흐릅니다
그 사연 끌어안고 오월 바람 붑니다
어디 이게 한 어미 사연이리까
어디 이게 한 고장의 피눈물이리까
열에 열 손가락 모아
백에 백 사람 마음에 물어본들
광주사태 사연 속에
우리 사연 있습니다
우리 눈물 있습니다
광주항쟁 고통 속에
우리 혁명 있습니다
광주민중 죽음 속에
우리 부활 있습니다
　　　　－「네째 거리: 진혼마당, 눈물 없이 부를 수 없는 이름 석자」

부분29)

　위의 시는 '광주학살'로 희생당한 이를 진혼하고 죽은 이의 어머니를 위로하는 시이다. 그러나 이런 사태에 직면한 어머니는 한두 명이 아니다. '어디 이게 한 어미 사연이리까'라는 구절과 연결해서 '어디 이게 한 고장의 피눈물이리까'에서도 알 수 있듯이 무자비한 폭력과 학살은 당시 전국 어디서나 자행되었던 상황이었다는 말이다. 그는 거기 좌절하지 않고 극복 의지를 표명하고 '부활'을 꿈꾼다. 그가 목격한 1980년 광주에서 자신은 '대검에 찔려 피흐르는 이름 석자/ 연발 총탄 앞에 우후죽순처럼 솟구쳤다 쓰러져버린 이름 석자'(「오월 어머니가 부르는

---

29) 고정희, 『저 무덤 위에 푸른 잔디』, 창작과비평사, 1989, p.52.

노래」)[30]의 죽은 이가 된다. 다시 그는 자식을 잃은 어머니가 되어 '오월'을 증거하는 노래를 부른다. 고정희가 광주의 오월을 노래한 시편들 속에는 이 땅의 민중들이 지닌 한과 억압의 모습들이 포괄되어 있다. 그에게 오월의 광주는 고유명사이기 보다는 차라리 우리 시대의 뼈아픈 일반명사[31]인 것이다.

지금까지 고정희가 호명하는 '어머니'는 모두의 어머니이고 인간을 있게 한 근원이다. 그가 어머니를 신격화할 정도로 집착한 것은 그런 '어머니가 울'기 때문이다. 죽어가고 있기 때문이다. 한 번도 제대로 평가받지 못하고 대접받지 못한 채 쓰러져가는 어머니라는 민중 속으로 들어가 그는 '어머니-되기'를 실현한다.

> 큰어머니 뒤에 작은어머니
> 작은어머니 뒤에 젊은 어머니
> 젊은 어머니 뒤에 종살이 어머니
> 종살이 어머니 뒤에 씨받이 어머니
> 조모 앞에 고모 이모 앞에 숙모
> 침모 앞에 당모 계모 앞에 유모
> 앞서거니 뒤서거니 어머니강물 들어오신다.
> ─「세째거리 해원마당─1. 옷고름 휘날리며 치맛자락 펄럭이며」
> 부분[32]

위의 시에 나타난 큰어머니와 작은어머니, 그리고 젊은 어머니, 종살이 어머니 등은 '어머니-되기'의 문제 속에서 '어머니'의 다른 이름이라고

---

30) 고정희,『초혼제』, 창작과비평사, 1983, pp.43~46.
31) 박혜경,「여성해방에서 통일로 이끄는 굿판」,『저 무덤 위에 푸른 잔디』, 창작과비평사, 1989, p.150.
32) 고정희,『저 무덤 위에 푸른 잔디』, 창작과비평사, 1989, p.22.

할 수 있다. 가부장적 가족제도에서의 큰어머니와 작은어머니, 종살이 어머니와 씨받이 어머니들은 서로 질시하고 경쟁하였던 관계에 있었을 것이다. 그들은 제도가 만들어놓은 모순적 구조 속에서 근본문제에 대한 저항 없이 서로 싸우는 여성의 적인 여성으로 존재했던 것이다. 고정희는 처첩간의 계급 구조와 그런 가족제도를 만든 가부장적 사회를 비판하고 있다. 동시에 여성이 서로간의 관계의 고리를 풀고 연민하며 함께 큰 강줄기로 흘러가야 하는 연대자임을 말하고 있다.

"눌린 자의 해방은 눌림 받은 자의 편에 섰을 때만 가능하다. 그런 의미에서 눌림 받은 여성의 대명사인 어머니는 잘못된 역사의 고발자요 증언의 기록이며 동시에 치유와 화해의 미래이다."[33] 이때 그가 사용하는 언어표현의 방식은 그가 살며 체득한 구술문화에 있다. 구술어법은 리듬과 은유를 동시에 사용하며, 세련된 언어보다는 집단 심성(community mind)을 더 직접적으로 표현한다. 문자 사용 이전에는 모든 문화가 '사람들이 말하는'이라는 구술의 보편성을 중심으로 진행되어야만 했기 때문이다.[34] 이와 같은 맥락에서 고정희의 구술성은 문제의 본질을 '나'에서 '우리'로 확대시키고 자신의 말에 축척된 문화와 민중, 선대의 어머니를 불러들여 독자(관객)과 화자 간의 동조화 현상을 이끌어내려는 것으로 보인다. 즉, 고정희는 민중의 삶과 여성의 해방 이념을 효과적으로 하기 위해 강렬한 율조, 반복과 대구 등이 쓰이는 사설시조, 굿판의 언어 형식으로 보여준 것이다. 나아가 고정희는 억눌린 자의 상징이자 해방의 물꼬인 '어머니'로서 뜨거운 손을 내민다. 또 다른 '눌린 여성'의

---

33) 고정희, 『저 무덤 위에 푸른 잔디』, 창작과비평사, 1989, p.71.
34) W. J. 옹, 이영걸 역, 「권위와 구두·청각의 구조」, 『언어의 현존』, 탐구당, 1985, pp.210~214 참조.

y

z

w

u

t

s

r

q

손을 잡는다. 그는 이 땅의 모든 여성들과 친구 되기를 희망하며 '자매애'를 나누고자 한다.

3) 자매애와 여성해방의 노래

마르크스 페미니스트들은 여성의 일이 여성의 사고와 여성의 본질을 형성한다고 믿으면서 노동의 지위 여하에 따라 계급이 현성되는 자본주의를 여성을 더욱 착취하는 권력관계로 간주하였다. 여성이 남성과는 다른 방식으로 억압당하는 이유를 이해하려면, 여성의 노동지위와 여성의 자아상 사이의 관련성을 분석할 필요가 있다.[35]

고정희의 시는 가부장적 질서가 여성의 가사노동을 평가절하고 노동의 현장에서 착취당하는 문제를 고발하고 증언한다. 그는 맞벌이하는 여성과 구타당하는 여성, 성폭행에 시달리는 여성에 이르기까지 현실 사회에서 여성이 처한 여러 조건과 상황을 여실히 보여준다.

> 맞벌이 부부 우리 동네 구자명 씨
> 일곱 달 된 아기 엄마 구자명 씨는
> 출근 버스에 오르기가 무섭게
> 아침 햇살 속에서 졸기 시작한다.
> 경기도 안산에서 서울 여의도까지
> 경적 소리에도 아랑곳없이
> 옆으로 앞으로 꾸벅꾸벅 존다.

---

35) 로즈마리 푸트남 통, 이소영 역,『페미니즘 사상』, 한신문화사, 2000. p.63.

차창 밖으론 사계절이 흐르고

진달래 피고 밤꽃 흐드러져도 꼭

부처님처럼 졸고 있는 구자명 씨,

그래 저 십분은

간밤 아기에게 젖 물린 시간이고

또 저 십분은

간밤 시어머니 약 시중 든 시간이고

그래그래 저 십 분은

새벽녘 만취해서 돌아온 남편을 위하여 버린 시간일 거야

고단한 하루의 시작과 끝에서

잠 속에 흔들리는 팬지꽃 아픔

식탁에 놓인 안개꽃 멍에

그러나 부엌문이 여닫히는 지붕마다

여자가 받쳐 든 한 식구의 안식이

아무도 모르게

죽음의 잠을 향하여

거부의 화살을 당기고 있다.

                 ─「우리 동네 구자명씨 ─여성사 연구 5」 부분36)

    '구자명'이라는 여성은 '우리 동네'에 사는 '일곱 살 된 아기 엄마'이다. '맞벌이'를 하기 때문에 매일 아침 '출근 버스'에 오른다. 버스에 오르기가 무섭게 '경기도 안산에서 서울 여의도까지' 졸기 시작한다. 어쩌면 '경적 소리에도 아랑곳없이/ 옆으로 앞으로 꾸벅꾸벅' 조는 30여분의 출퇴근 시간이 여자에게는 가장 달콤한 수면시간일지도 모른다. 보채어 '젖 물린' '아기'도 '만취해서 돌아온 남편'도 없고 '약 시중 들' '시어머니'도 없는 유일한 혼자만의 시공간인지 모른다. '차창 밖으론 사계절이 흐르고/

36) 고정희, 『여성해방 출사표』, 동광출판사, 1990, p.126.

진달래 피고 밤꽃 흐드러져도' 아무 관심이 없다. 매일매일은 똑같이 굴러가고 일상은 힘겨울 따름이다. '부처님'도 졸고 있는 시대, 신이 떠나버린 상황에서 '고단한 하루의 시작과 끝'이 지나간다. 어제는 오늘과 같고 오늘은 내일과 같은 현실에서 희망은 보이지 않는다. 잠깐의 꿈속에서도 '잠 속에 흔들리는 팬지꽃'은 '아픔'의 다른 이름이다. 계절이 변하고 '사계절이 흐르'는 곳은 '차창 밖'일뿐 가정생활에는 변화가 없다. '식탁에 놓인 안개꽃'은 '멍에'로 작용한다.

위 시는 현재를 살아가는 평범한 맞벌이 주부의 일상이라 할 수 있다. 가정에서는 가사노동에 시달리고 직장에서는 직장생활에 시달리는 이중고로 고된 여성의 삶을 평이하게 말하고 있다. 시의 중반부 '새벽녘 만취해서 돌아온 남편을 위하여 버린 시간일 거야'에서 '버린 시간'이라는 표현과 종반부의 '아무도 모르게/ 죽음의 잠을 향하여/ 거부의 화살을 당기고 있다.'는 부분을 제외한다면, 일상적인 맞벌이 주부의 고단한 삶을 그리고 있을 뿐이다.

그러나 고정희가 하려는 말은 '거부의 화살'에 있다. 그는 '사계절이 흐르'든지 세상이 어떻게 돌아가든지 '졸고 있는' 만성화된 여성의 일상을 본다. 무감각하게 일상화된 여성의 삶의 틈새를 간파한다. 남편이 술 마시는 시각, 퇴근한 여성이 시어머니와 아기를 돌보고 '한 식구의 안식'을 '받쳐 든' 이 풍경은 전통적이고 가부장적 사회와 무엇이 어떻게 다른가하는 문제를 제기한다. 오히려 여성에게는 가사일 외의 직장이라는 가중된 임무가 추가되었다. 고정희는 이런 사회 구조의 기계적인 삶에 충실한 여성들에게 묻는다. 아름다운 봄날의 순간처럼 지나가는 당신의 삶은 과연 행복한가? 내 '가정의 안식'을 위해 다른 이의 눈물을 외면하지는 않았나? 당시의 사회적 상황을 비춰볼 때, 그가 소시민적

안일한 삶을 우려하는 이유를 알 수 있을 것이다. 우리의 개인적이고
순종적인 여성의 삶에 '거부의 화살을 당기는' 이유가 아래의 시에 드
러나 있다.

깡마른 여자가 처마 밑에서
술 취한 사내에게 매를 맞고 있다
머리채를 끌리며 옷을 찢기면서
회오리바람처럼 나동그라지면서
음모의 진구렁에 붙박혀
증오의 최루탄을 갈비뼈에 맞고 있다
속수무책의 달빛과 마주하여
짐승처럼 노예처럼 곤봉을 맞고 있다

여자 속에 든 어머니가 매를 맞는다
여자 속에 든 아버지가 매를 맞고 쓰러진다.
여자 속에 든 형제자매지간이 매 맞고 쓰러지며 피를 흘린다
여자 속에 든 할머니가 매 맞고 쓰러지고
피 흘리며 비수를 꽂는다
여자 속에 든 하느님이 매 맞고 쓰러지고
피 흘리며 비수를 꽂고 윽 하고 죽는다
여자 속에 든 한 나라의 뿌리가
매 맞고 피 흘리고 비수를 꽂으며 윽 하고 죽는다

깊은 밤 사내는 폭력의 이불 밑에 잠들고
세상도 따라 들어가 잠들고
오뉴월 한 서린 여자의 넋 속에서
분노의 바이러스가 꽃처럼 피어나
무지개 빛깔로

이 지상의 모든 평화를 잠그고 있다
아아 하늘의 씨를 말리고 있다
　　　　　　　　　　　　　- 「매 맞는 하느님 - 여성사 연구 4」[37]

　위 시가 씌어진 1980년대 후반의 시대 상황에서 '최루탄'과 '곤봉'은 낯선 것이 아니다. 길거리에서 수많은 사람들이 최루탄을 맞았으며 곤봉 세례에 부상을 당하기도 했다. 그렇지만 이 시는 정치적 폭력에 관해 말하고 있는 것만은 아니다. 오히려 중의적으로 우리 사회의 야만성이 집안까지 침투 만연한 가정폭력의 문제를 부각시키고 있다.

　1연에서는 '술 취한 사내'에게 매를 맞는 '깡마른 여자'의 참혹한 현장을 보여준다. 여자가 '짐승처럼 노예처럼 곤봉을 맞고 있'는 곳은 바로 '처마 밑'이다. 그곳은 가정과 연결된 근거지이며 이웃들이 밀집한 골목일 것이다. 그러나 누구도 나서서 말리지 않는다. 창문을 열어두고 자는 더운 날의 '오뉴월'이다. '달빛'이 훤한 밤이지만 모두가 침묵할 뿐 '속수무책'으로 여자가 맞는다. 남자는 '음모'와 '증오'에 가득 차서 여자가 '매 맞고 쓰러지며 피를 흘'릴 때까지 마구 구타한다.

　2연의 상황은 한 여자에 투사된 실존적 상황이다. 매를 맞는 여자는 '어머니'이고 '아버지'이며 '형제자매', '할머니'일뿐만 아니라 '하느님'이다. 고정희는 한 인간이 '매 맞고 피 흘리고 비수를 꽂으며 억 하고 죽'는 순간은 모든 살아있는 것들이 똑같은 상황에 놓여있다는 연대의식을 표출하고 있다.

　이 시는 '지금 여기'의 현실을 보여주며 '매 맞는 여자'라는 피억압자가 형제자매이며 어머니이라는 것을 시사한다. 앞의 장에서 설명한 바와

---

37) 고정희, 『여성해방 출사표』, 동광출판사, 1990, p.126.

같이 고정희가 인식하는 '어머니'는 만물을 있게 한 하느님이다. 가장 민중적인 여성 안에 이 모든 것이 들어있고 현실 속에서 그 여성이 죽어간다.

3연에서처럼 '깊은 밤 사내는 폭력의 이불 밑에 잠'들고나면 '세상도 따라 들어가 잠'든다. 이 '세상'은 '사내'의 세계이고 사내와 한 몸이며, 그 세상으로부터 소외된 자는 '여성'이다.

> 강남의 술집은 음습하고 황량했다
> 얼굴에 '정력'을 써 붙인 사람들이
> 발정한 개처럼 낑낑대는 자정,
> 적막강산 같은 어둠 속에서
> 여자는 알몸의 실오라길 벗었다
> 아득히 솟은 여자의 유방과
> 아련히 빛나는 강남의 누드 위로
> 당당하게
> 말좆 같은 뱀이 기어올랐다
> 소름을 번쩍이며
> 좆도 아닌 것이
> 좆같은 뻣뻣함으로
> 여자의 젖무덤을 어루만지고
> 강남의 모가지를 감아 흐느적거리고
> 여자의 입에 혀를 널름거리고
> 강남의 등허리를 기어내리고
> 태초의 낙원
> 여자의 무성한 아랫도리에 닿아
> 독재자처럼 치솟은 대가리를
> 강남의 아름다운 자궁에 박았다
> 여자는 나지막한 비명을 지르고

강남의 불빛이 일시에 꺼졌다
적막강산 같은 무덤 속에서
해골뿐인 남자가 비루하게 속삭였다
뱀은 남자의 좆이야
이브의 유혹도 최초의 좆이었지
해골들이 하하 쳐드는 술잔에
뱀의 정액이 넘쳐흘렀다
도처에 페스트가 들끓고 있었다
강남의 흡혈귀가 조용히 웃었다
뇌먹인 땅에 이제 칼과 창이 필요했다
아무데나 기어드는 뱀의 대가리에
휙 휙 내리치는 해방의 칼
하얗게 빛나는 흡혈귀의 아가리에
빛나는 흡혈귀의 아가리에
쭉쭉 꽂히는 자유의 죽창
— 「뱀과 여자 − 역사란 무엇인가 1」[38]

위의 시는 여성과 성의 문제를 직접적으로 보여주고 있다. 시의 배경
은 '자정'의 '음습하고 황량'한 '강남의 술집'이다. 벌어지는 상황의 진술
을 거칠게 요약하면 '얼굴에 정력을 써 붙인 사람들'이 '발정한 개처럼'
'여자의 누드 위로 기어'올라 '여자의 젖무덤을 어루만지고' '독재자처럼
치솟은 대가리를 아름다운 자궁에 박았다'는 것이다. 이때 여자의 '알몸'은
'아련히 솟은 유방', '태초의 낙원', '무성한 아랫도리', '아름다운 자궁'등
비교적 아름답고 자연적인 비유로 이루어진다. 그에 반해 남성의 '몸'은
'발정한 개', '말좆 같은 뱀', '최초의 좆', '뱀의 대가리', '흡혈귀' 등의 위

---

38) 고정희, 『아름다운 사람 하나』, 푸른숲, 1991, pp.63~64.

악적이고 동물적인 비유로 점철된다. 또한 남성의 몸은 '말좆 같은 뱀'으로 은유되는데, 그 뱀은 다름 아닌 '남자의 좆'이라고 한다. 따라서 남성은 좆, 즉 페니스만으로 존재하는 자라는 뜻이다. 그것은 모든 생명체에 위협을 주는 '페스트'를 '넘쳐 흘'릴뿐만 아니라, '흡혈귀'로서 여성을 물어뜯고 '조용히 웃'는 가학적 존재인 것이다.

이 시를 르포와 같이 생생하게 만드는 것은 언술의 힘이다. 여성의 육체를 대상화한 언어는 이미 남성들의 시에 의해 이미 수없이 사용되어 왔다. 그렇지만 남성의 '좆', '치솟은 대가리', '정액' 등의 어휘는 다른 수사적 언어로 대체되거나 금기시 되어왔다. 고정희는 이를 과감히 시어로 사용함으로써 그것을 조롱한다. 남성이 만든 언어와 권력에 대한 적개심을 표출할 뿐만 아니라, 관습과 전통이 정해놓은 시의 경계를 위반한다. 그는 팔루스의 우위를 주장하는 남성중심 이데올로기에 반격한다. 이성적이고 관념적인 표현을 거부하고 일탈과 폭발의 방식으로 말하고 있다. 이것은 오랜 침묵을 강요받아온 여성의 언어이며 여성적 증세로 폄하 받는 히스테릭한 언어[39]이다. 그는 이런 여성적 언어를 사용한 시를 통해 체제 변혁과 여성해방이라는 전복적 사유를 펼쳐보인다.

고정희는 여성의 성이 상품화된 현실을 여지없이 보여준다. 현실에서 여성은 남성이라는 동물, '흡혈귀'에 의해 '나지막한 비명을 지르'며 '꺼져'간다. 동시에 이 공간은 생명체가 사라진 '적막강산'이 되고 '무덤'이 된다, 그러나 남성들은 '해골'이 되어서도 '페스트'의 '정액'을 내뿜는 일에 몰두한다. 고정희는 '이제 칼과 창이 필요'하다고 단언한다. '뱀의 대가리에'

---

39) 엘리자베스 라이트, 박찬부 외 역, 『페미니즘과 정신분석학 사전』, 한신문화사, 1997, pp.262~263.

'해방의 칼'을 꽂고 '흡혈귀의 아가리'에 '자유의 죽창'을 꽂아야 한다고 선언한다. 그러나 이런 개인적 방법으로서의 대안은 소모적이다. 한국 사회에서 여성의 성이 대체로 남성에 의해 통제되고 소비되는 것과 매매춘의 문제 등은 개인적 싸움으로 해결될 수 없을 것이다. 자본을 획득하기 위해 '알몸의 실오라길 벗었'던 여자는 '벗겨진' 여자가 아니며, '나지막한 비명을 지'른 여자는 '거부하고 저항하는' 여자도 아니다.

다시 말해 여성을 수탈과 억압으로부터 해방하고 자유롭게 하자는 고정희의 의지와 방법론이 문제점을 드러낸다는 것이다. 그것은 남성 우월주의자가 여성을 적대시하며 성을 왜곡하는 방식과 다를 바 없기 때문이다. 그는 이분법적 인식의 틀에서 남성만을 적대시할 것이 아니라, 여자 스스로의 각성과 변화, 사회 구조적인 변혁에까지 치밀하게 문제제기를 할 필요가 있을 것이다. 그러했을 때 그가 꿈꾸던 여성의 '자유'와 '해방'의 날은 앞당겨질 수 있으리라 생각된다. 고정희가 지닌 마르크스 페미니즘과 급진적 페미니즘은 여성 억압을 모든 억압의 뿌리로 보고 매춘, 성희롱, 강간 등을 문제로 삼고 이를 정치적 지배관계의 영역에 포함시킨다. 여성 억압에 작용하는 심리적 기제를 규명하려는 점에는 의의가 있다. 아래의 시는 성매매 여성을 비난하는 우리에게 말하고 있다. 고정희는 늙은 '갈보'의 목소리로 걸쭉하게 그들의 '노동'을 대변한다.

> 이런저런 물건들이
> 그 잘난 좆대가리 하나씩 들고
> 구멍밥 고파 찾아오는 곳이 홍등가여
> 그러니까 홍등가는 구멍밥 식당가다, 이거여
> 그것도 다 정부 관청 인가받은 업소이제

아 막말로 지 구멍 팔아먹는 장사처럼
정직한 밥장사가 또 어디 있으며
썹할 때마다 확실한 인간이 또 있어?
(중략)
어찌하여 구멍밥 먹는 놈은 거룩하고
구멍밥 주는 년은 갈보가 되는 거여?
까마귀 뱃바닥 같은 소리 하지를 말어
구멍 팔아 밥을 사는 팔자 중에
저 혼 파는 여자 아무도 없어
구멍밥 장사는 비정한 노동이야
물건 대주고 밥을 얻는 비정한 노동이야
혼 빼주고 밥을 비는 갈보로 말하면야
여자옷 빌려 입고 시집가는 정치갈보
저 영혼 팔아먹는 권력갈보가 상갈보 아녀?
　　　－「몸바쳐 밥을 사는 사람 내력 한마당 － 구멍 팔아 밥을 사는
여자 내력 한 대목」 부분[40]

　매매춘 제도의 본질성은 결코 도덕적으로 타락한 여성으로부터 출발하는 것이 아니다. 대다수의 남성은 가정 제도에서는 순결한 아내와 정숙하고 희생적인 어머니상을 요구한다. 그러나 스스로는 성적 쾌락과 충족을 위해 매춘 여성을 필요로 한다. 이런 이중적인 성적 태도는 '정부 관청 인가받은 업소'를 양산한다. 즉 수요와 공급의 관계가 재생산되는 일정한 사회적·역사적·경제적 조건이 있는 것이다.

　고정희는 매춘 여성이라는 타자를 자기 안으로 들여보낸다. 자기 안에 거주하는 타자의 목소리는 내가 아닌 자이지만, 잠재적인 나이기도 하다. 타자를 자기화하려는 욕망이 아니라 타자를 알고자하는 욕망을

---

40) 고정희, 『저 무덤 위에 푸른 잔디』, 창작과비평사, 1989, pp.82~83.

식수는 생명력의 분출, 생명력의 근원으로 정의한다.[41]

자기 자신의 위치에 머무르지 않고 나와 타자간의 소통을 위해 끊임없이 시를 썼던 그는 어린 소녀의 삶과 역동적으로 소통한다. 고정희는 사회 전반의 문제를 견자에 입장에서 대변하지 않는다.

그는 '풀잎' 같은 여성의 '치욕'스러운 '공포'의 삶으로 육박해 들어가 스스로를 적극적으로 타자화 한다.

> 의지했던 사촌이
> 믿었던 인척이
> 혈육인 아버지가
> 어느 날 갑자기 악령으로 변신하여
> 앙가슴 젖가슴 눌러 덮칠 때
> 칼날보다 무서운 강요된 침묵만이
> 아주 뻔뻔스럽게
> 「아! 대한민국」무궁화로 피고 집니다
> 뼈 속 깊은 수모와 굴욕의 고통이
> 딸들의 생애에 종지부를 찍습니다
> 누가 그 치욕을 모른다 말하리까.
> 누가 그 공포를 모른다 외면하리까.
> 우리가 오늘 여기 모여 있으니,
> 동쪽에서 일하던 어머니들 달려오고
> 서쪽에서 일하던 자매들이 달려오고
> 사방 여자 남자 울울히 달려와
> 우리가 여기 오늘 터를 닦아 한 집을 세우니
> 우리는 이 집을 살림의 집이라 이름합니다.

---

41) 박혜경, 「엘렌 씨수의 『출구』에 나타난 프로이트 뒤집어 읽기 II」, 『한국프랑스학 논집』 제26집, 1999, p.203.

우리는 이 집을 위로의 집이라 이름합니다.
우리는 이 집을 해방의 집이라 이름합니다.
　　　－「살맛나는 세상을 위한 풀잎들의 시편－한국성폭력상담소
　　　　　　　　　　　　　　　　　　탄생에 부쳐」 부분

　고정희는 여성에 대한 억압과 폭력이 이웃과 외부 사회의 문제일 뿐
만 아니라, 가정 내에서도 빈번히 자행되고 있다는 점에 주목하게 된다.
위의 시는 1991년 4월에 '한국성폭력상담소' 개소식에 축시로 쓴 시이
다. 당시에 그는 『가족법 개정 운동사』를 편집하고 있었다.

　특히 이 시에서는 여성과 남성은 함께 '달려가는' 상생의 구도가 형성
되어 있다. '시방세계 여자 남자 울울히 달려와'라는 시행은 이전까지 볼
수 없었던 남성과의 연대와 화해의 시도가 드러남을 보여준다. 이전까
지의 고정희의 시가 지속적으로 견제해왔던 남성과의 대립을 넘어 '우
리'라는 공통체로 포괄되는 지점을 보여준다. '우리'가 '해방의 집'을 '세
우'고 있다. 이와 같이 고정희는 마지막 시기에 이르러 상생적 페미니즘
의 경향을 보여주는 위의 시를 쓰기 시작한다. 그러나 바로 그해에 43세
의 나이로 죽음을 맞게 된다.

　그는 사회가 불러주는 대로 받아쓰는 시인이 아니었다. '어린 딸들이
받아쓰는 훈육노트에는/ 여자가 되어라// 일하는 여자들이 받아쓰는 교
양노트에는/ 직장의 꽃이 되어라/ 일터의 꽃이 되어라……씌어있다.//
신부들이 받아쓰는 주부교실 가훈에는/ 사랑의 여신이 되어라/ 일부종
신의 여신이 되어라…씌어있다'는 시[42]에서처럼 가부장적 사회가 요구
하는 '여자'의 삶을 살지 않았다.

----

42) 고정희, 「여자가 되는 것은 사자와 사는 일인가」, 『여성해방출사표』, 동광출판사,
　　1990, pp.45~46.

한평생 기층 민중과 여성 해방을 위해 노력했던 시인은 마지막으로
'독신자'라는 시를 남겼다.

　　　뒤늦게 달려온 어머니가
　　　내 시신에 염하시며 우신다
　　　내 시신에 수의를 입히시며 우신다

　　　저 칼날 같은 세상을 걸어오면서
　　　몸이 상하지 않았구나, 다행이구나
　　　내 두 눈을 감기신다

　　　　　　　　　　　　　　　　　－「독신자」 부분43)

　이 시는 고인의 책상 한가운데에 정서되어 놓여있던 것이라고 한다.
이 원고가 어떤 예기치 않은 경로를 통해 《일간스포츠》(1991. 6. 17)
에 게재되어 그를 아는 많은 사람들과 유족들의 놀라운 반응 및 항의를
받은 바 있다. 이 시를 너무 사실적으로만 읽어 시인의 불의의 죽음이
'예견'된 것이 아니냐고 의아해할 필요44)가 있을까?

　고정희는 자신의 삶과 문학을 일치시켜나가려고 애썼던 시인이다. 자
신과 어머니가 믿는 신앙에 따라 민중 해방운동과 사회변혁운동을 실천
했으며, 모든 '어머니'가 인간답게 사는 세상을 꿈꾸었다. 이즈음에 와서
고정희의 시는 억압받는 민중과 어머니들 편에서 개별 여성의 구체적
삶 속으로 성큼 들어간다. 자신이 일했던 한국가정법률상담소에서 접한

---

43) 고정희, 『모든 사라지는 것들은 뒤에 여백을 남긴다』(유고시집), 창작과비평사,
　　1992, p.118.
44) 이시영의 해설, 고정희, 『모든 사라지는 것들은 뒤에 여백을 남긴다』, 창작과비평
　　사, 1992, p.202.

여러 가정 문제에 고민하고 『여성해방의 문학』이라는 잡지의 발간에도 주도적인 역할을 할 뿐만 아니라 여성 신문 발간을 위해 노력한다.

그는 길지 않은 생애 동안 줄곧 페미니즘적 인식을 바탕으로 왜곡된 역사의 참회와 치유, 화해를 꿈꾸었다. "한국 현대 여성주의 시의 야성적 개척자이며 대모代母적 존재"45)라는 평가가 말해주듯 그는 부당하게 억압된 여성의 문제를 성찰하며 대안을 모색코자 노력했던 선구적인 시인이다.

---

45) 김승희, 『남자들은 모른다』, 마음산책, 2001, p.47.

2. 자기해체와 범우주적 여성성의 시학 ― 최승자

　최승자는 1952년 충남 연기에서 태어나 수도여고와 고려대 독문과에서 수학했다. 그는 1979년 가을 계간『문학과 지성』에「이 시대의 사랑」외 4편을 발표하며 등단하게 된다. 현재까지 7권의 시집46)을 발간하였고 다수의 번역서47)를 출간했다. 1999년 이후 10년간 그의 신작시를 보기 힘들며 시집발간도 되지 않았다. 최승자는 지금 병환 중이다.48)

　"1980년대의 가장 확실한 새로움을 보인다는 점에서 최승자는 당시의 대표적 시인으로 평가 받아 마땅하다"49)는 정효구의 주장은 공론이

---

46) 최승자,『이 시대의 사랑』, 문학과지성사, 1981.
　　＿＿＿,『즐거운 일기』, 문학과지성사, 1984.
　　＿＿＿,『기억의 집』, 문학과지성사, 1989.
　　＿＿＿,『내 무덤, 푸르고』, 문학과지성사, 1993.
　　＿＿＿,『연인들』, 문학동네, 1999.
　　＿＿＿,『쓸쓸해서 머나먼』, 문학과지성사, 2010.
　　＿＿＿,『물 위에 씌어진』, 천년의시작, 2011.
47) 최승자의 번역서로는『짜라투스트라는 이렇게 말했다』, 청하, 1984.『자살의 연구』, 청하, 1995.『자스민』, 문학동네, 1997.『굶기의 예술』, 문학동네, 1999.『혼자 산다는 것』, 까치글방, 1999.『침묵의 세계』, 까치글방, 2001.『빈센트, 빈센트, 빈센트 반 고흐』, 청미래, 2007.『워터멜론 슈가에서』, 비채, 2007 등이 있다.
48) <현대시 100년―시인 100명이 추천한 애송시>, ≪조선일보≫, 2008. 4. 9.
49) 정효구,「최승자論」,『현대시학』, 1991. 5, pp.232~233.

되었다고 볼 수 있다. 또한 김진수는 지난 1980년대를 '시의 시대'라 한다면 최승자의 이름이 없는 1980년대의 문학은 말할 수 없다고 하며, 최승자는 그 맨 앞자리에 놓여야 할 시인[50]이라고 언급한다. 삶과 예술이 같은 길을 가는 예술가의 존재는 동서고금의 예술사에서 하나의 고전적 전형을 이룬다. 이런 예술가들에게는 비극적 삶에서 흘리는 눈물과 피도 작품의 거름으로 작용한다. 최승자의 경우도 실제의 삶이 고스란히 작품에 반영되어 시의 역사를 이룬다. 따라서 최승자의 시는 그 시의 흐름을 따라가며 육체와 의식의 흐름을 파악할 것이다. 이는 그가 예민한 감각을 타고난 여성 시인으로서 부조리한 세계를 부정하고 광란하며 죽음을 겪은 언어의 힘으로 새로운 세계를 탐색하는 시인이기 때문이다.

고정희의 작품이 민중의 자유와 해방을 위해 사회적 발언을 서슴지 않았다면 최승자의 경우는 내면 지향적인 공격성을 지니고 있다. 그는 실존적 자아와 현상학적 자아를 전복하기 위해 자아를 해체한다. 최승자의 초기 시들은 참혹하고 공격적이기까지 하다. 그 언어들은 피를 흘리고 절규한다. 그는 죽음을 회피하지 않고, 그 죽음과 시간을 통하여 살아있는 존재를 확인한다. 그는 스스로를 철저히 해체[51]하는 시도를 통해 분산된 몸과 물의 이미지로 사랑을 수행하고 있다. 특히, 세 번째 시집을 중심으로 한 중반기에서는 죽음에 몰입하며 죽어가는 몸의 형국을 구체적으로 드러낸다.

---

50) 김진수, 「길이 끝난 곳에서 시작되는 길」, 『문학과사회』, 1999년 여름호, p.766.
51) 해체의 운동은 바깥쪽의 구조를 요청하지 않는다. 이 해체는 필연적으로 내부로부터 작동하면서, 또 기본구조의 전복과 관련된 전략적, 경제적 수단 일체를, 구조적으로, 구조에서 차용하면서, 즉 요소들과 원자들을 고립시키지 않으면서, 해체시도는 언제나 일정한 방식으로 자체의 작업에 의해 수행된다. 자크 데리다, 김성도 역, 『그라마톨로지』, 민음사, 1996, p.52.

최승자가 마지막으로 발간한『연인들』에서는 삶과 죽음을 아우르며 생명을 가진 모든 것을 보살피는 범우주凡宇宙적 여성성에 대한 발견이 있다.[52] 이즈음 최승자는 삶과 죽음은 하나의 끈으로 연결된다는 우주적 섭리의 깨달음을 시로 표현한다. 그의 시는 절규와 죽음에서 출발하여 해체된 몸의 언어를 거쳐 점차적으로 만물에게로 스며든다. 마침내 마지막 시집에서 시적 화자들은 페르소포네, 에우리디케, 말쿠트, 웅녀 등의 천상적 존재로 거듭 태어난다.

1) 세계부정과 종말의식

최승자의 첫 시집『이 時代의 사랑』은 개인적 고통과 광기의 분출, 세계에 대한 공포가 뒤섞여 자기 해체적으로 폭로되고 있다. 거기에는 여성 자아의 분열적 문제와 실존 의식, 남성중심주의적 세계에 대한 저항적 담론이 투영되어 나타난다. 여기서는 시인이 보여주는 주체의 분열과 세계에 대한 부정의식, 그리고 시에 나타난 해체적 언술 형식을 살펴보려고 한다.

---

52)『연인들』에 대한 최승자의 설명을 옮겨보면 다음과 같다. "이 시집 제목인 '연인들'은 타로 대 비밀 카드 중 6번째 카드, 'Lover'에서 나온 것이다. 이 카드의 그림이며 이 시집의 표지인 그림을 보면 우리가 흔히 천사라고 부르기도 하는 어떤 천상적인 존재가 두 팔을 벌리고 있고 그리고 그 아래 오른쪽에는 한 남자가 있고, 왼쪽에는 한 여자가 있다. 머리를 위로 들어 올린 여자의 눈에는 그 천상적인 존재가 비춰 담겨져 있고, 남자는 그 여자의 눈을 바라보고 있고 그리고 거기 비춰진 그 천상적 존재, 그러니까 인간에게 원래부터 주어져 있던 어떤 천상적인 존재를 확인하게 된다." 최승자,『연인들』, 문학동네, 1999, p.85.

일찌기 나는 아무 것도 아니었다.
마른 빵에 핀 곰팡이
벽에다 누고 또 눈 지린 오줌 자국
아직도 구더기에 뒤덮인 천 년 전에 죽은 시체.
아무 부모도 나를 키워 주지 않았다
쥐구멍에서 잠들고 벼룩의 간을 내먹고
아무 데서나 하염없이 죽어 가면서
일찌기 나는 아무 것도 아니었다

떨어지는 유성처럼 우리가
잠시 스쳐갈 때 그러므로,
나를 안다고 말하지 말라.
나는너를모른다 나는너를모른다.
너당신그대, 행복
너, 당신, 그대, 사랑

내가 살아 있다는 것,
그것은 영원한 루머에 지나지 않는다.

― 「일찌기 나는」53)

　　위의 인용시는 최승자의 첫 시집에 수록된 첫 번째 시이다. 이 시에
는 20대 젊은 시인의 출발로 보기엔 참혹할 정도의 내면 인식이 고백적
으로 전개된다. 첫머리의 '일찌기 나는'이라는 표현을 통해 과거로부터
자신의 내력을 진술하는 언술형식을 취하지만, 결국에는 자신의 부재를
드러내고 있을 따름이다. 즉, 자기 자신을 '곰팡이'와 '오줌 자국', '시체'
등과 같이 '아무 것도 아닌 것'으로 비유함으로써 "내가 살아있다는 것,/
그것은 영원한 루머에 지나지 않는다."라는 진술을 끌어내는 것이다.

---

53) 최승자, 『이 시대의 사랑』, 문학과지성사, 1981, p.13.

스스로를 '루머'라고 단정 짓는 파토스적 시의 존재는 자기모멸을 통해 자기 존재를 인식하는 극단적 방식을 취하고 있다. 이처럼 최승자는 '결여와 부재'의 방식으로 존재하는 자신을 응시한다.

이와 같이 시인은 죽어가는 과정으로서의 삶을 인식하고 적나라하게 자신의 부재를 선언하고 있다. 그러나 그의 '기억'은 '폐수'처럼 고여 흘러가지 않는다. 다시 '가을'은 돌아오고 떠나간 '애인'에 대한 그리움은 식을 줄 모른다. 애인을 기다리는 것, 만남에 대한 욕망과 그 결핍이 스스로를 깨우는 기저로 작용한다.

> 개 같은 가을이 쳐들어온다.
> 매독 같은 가을.
> 그리고 죽음은, 황혼 그 마비된
> 한쪽 다리에 찾아온다.
>
> 모든 사물이 습기를 잃고
> 모든 길들의 경계선이 문드러진다.
> 레코드에 담긴 옛 가수의 목소리가 시들고
> 여보세요 죽선이 아니니 죽선이지 죽선아
> 전화선이 허공에서 수신인을 잃고
> 한번 떠나간 애인들은 꿈에도 다시 돌아오지 않는다.
>
> 그리고 그리고 피어있는 기억의 廢水가
> 한없이 말 오줌 냄새를 풍기는 세월의 봉놋방에서
> 나는 부스스 죽었다 깨어난 목소리로 묻는다.
> 어디 만큼 왔나 어디까지 가야
> 강물은 바다가 될 수 있을까.
>
> ─「개 같은 가을이」[54]

─────────────────────

54) 최승자, 『이 시대의 사랑』, 문학과지성사, 1981, p.14.

위의 시는 첫 행에서부터 규범화된 시의 형식에 적응되어온 독자를 당혹스럽게 할 수 있다. '개 같은 가을'이라는 비유는 서정시의 기본적 원리인 미메시스를 위반할 뿐만 아니라 상식적 관념을 무너뜨린다. 일반적으로 '가을'의 이미지는 풍요와 상실을 지닌 반면에 최승자의 '가을'은 '개'와 '매독'으로 이미지화 된다. '개'가 다리를 물고 늘어지듯 '매독'균이 폐부에 잠입하듯 강력하게 자신에게 파고드는 '가을'은 이미 한쪽 다리가 '마비'된 시적 자아에게 아직 나머지 한쪽 다리가 성하다는 사실을 일깨운다.

'나'는 이미 죽어가고 '죽었다'고 표현할 정도의 위기이지만, 그 나머지 일부의 자신은 '부스스 깨어난 목소리로 묻는' 것이다. '어디까지 가야/ 강물은 바다가 될 수 있을까' 라고. 그러나 희망의 끈을 놓을 수 없는 것은 '가을'이 '쳐들어' 오기 때문이고 '한번 떠나간 애인들은 꿈에도 다시 돌아오지 않'기 때문이다. '꿈'에서조차 기다리는 그리움은 결코 만남으로 성립되지 않는다. '꿈'에서까지 연장되는 열렬한 그리움은 계속 연기延期된다. 이것은 2연의 진술에서 자세하게 나타나 있다.

'여보세요 죽선이 아니니 죽선이지 죽선아/ 전화선이 허공에서 수신인을 잃고'에서 알 수 있듯이, 전화를 받은 '나'는 '죽선'이 아니다. 발신자가 거듭해서 찾고 있는 '죽선'의 정체는 알 수 없고, 수신자와 발신자 사이에는 아무 내용도 전달되지 않는다. 최승자의 「개 같은 가을이」는 포의 '도둑맞은 편지'[55]와 같이 아무 것도 보지 못하고 전달하지 못하는 익명적 관계의 주체를 말한다. 그는 자신이 가진 '결여에 대한 의식'으로 '돌아오지 않는 애인들'과의 만남을 기다린다. 즉, 그 기다림은 만나지 못한다는 전제가 주는 마이너스 가치로 인하여 성립되고 있다.

---

55) 에드가 앨런 포, 김진경 역,『도둑맞은 편지』, 문학과지성사, 1997.

이렇게 살 수도 없고 이렇게 죽을 수도 없을 때
서른 살은 온다.
시큰거리는 치통 같은 흰 손수건을 내저으며
놀라 부릅뜬 흰자위로 애원하며

(중략)

오 행복행복행복한 항복
기쁘다우리 철판깔았네

ー「삼십세」 부분56)

　최승자에게 다가오는 것들은 '폭력성'을 띠고 온다. 앞에서 본 「개 같
은 가을이」의 '가을'이 '개', '매독', '죽음'으로 두렵게 '온' 것과 같이 위의
시에서도 '서른 살'은 '놀라 부릅뜬 흰자위'로 '온다'. 그가 인식하는 계절
과 나이 등의 '시간'은 죽음을 앞당기는 폭력적이고 파시즘적 개념으로
상징된다.

　전체 시의 3연에 해당하는 이와 같은 분석의 근거를 보여준다. 최승
자는 '오 행복행복행복한 항복/ 기쁘다우리 철판깔았네'에서 '행복'의 조
건으로 '항복'이 전제되어야 함을 말하고 있다. 행복감을 갖기 위해서
는 폭력적인 시간 앞에서 항복해야 한다는 개인적 위악성이 있다. 또한
최승자가 이 시를 쓴 1980년대는 일상의 행복을 누리기 위해서 정치적
항복이 필요했고, '행복한 항복'을 위해서는 '기쁘'게 '철판 깔'아야 했던
것이다.

　최승자는 '행복'과 '항복'의 한 개 모음 교체를 통해 시간을 거스를 수

---

56) 최승자, 『이 시대의 사랑』, 문학과지성사, 1981, p.30.

없는 존재의 무참함과 지배 권력의 폭력성을 동시에 표현하고 있다. 여기서 나아가 '행복'과 '항복'의 언어유희와 띄어쓰기를 무시하는 시행의 배열은 전형적 시의 형식을 허무는 다양한 전략을 보여주는 것이라 할 수 있다. 또한 '기쁘다 구주 오셨네'라는 종교적 노래를 패러디하여 '기쁘다우리철판깔았네'로 표현하고 있다. 이런 패러디를 통한 풍자의 방식은 최승자 시의 특징이자 '여성적 글쓰기'의 특징으로 나타난다.

이와 같이 최승자는 자신의 부재와 현존 사이에서 갈등하며 기존 시의 형식과 구조를 의심했다. 그것은 자기 동일성과 시의 권위에 맞서 그것들을 허물어가는 방식이었다. 동시에 그는 자신을 둘러싼 타자와 세계와도 불화하고 절망하는 모습을 나타낸다. 뿐만 아니라 그는 '아무 부모도 나를 키워주지 않았다/ 나를 붙잡지 마라,/ 나는 네 에미가 아니다, 네 새끼도 아니다'(「주인 없는 잠이 오고」)[57]라고 말함으로써 근원적인 혈육관계마저도 부정하고 있다.

> 짓밟기를 잘하는 아버지의 두 발이
> 들어와 내 몸에 말뚝 뿌리로 박히고
> 나는 감긴 철사줄 같은 잠에서 깨어나려 꿈틀거렸다
> 아버지의 두 발바닥은 운명처럼 견고했다
> 나는 내 피의 튀어 오르는 용수철로 싸웠다
> 잠의 잠 속에서도 싸우고 꿈의 꿈 속에서도 싸웠다
> (중략)
> 인생이 똥이냐 말뚝 뿌리 아버지 인생이 똥이냐 네가 그렇게 가르쳐
> 줬느냐 낯도 모르는 낯도 모르고 싶은 어느 개뼉다귀가 내 아버지인

---

57) 최승자, 『즐거운 일기』, 문학과 지성사, 1984, p.25.

가 아니다 돌아가신 아버지도 살아계신 아버지도 하나님 아버지도
아니다 아니다
내 인생의 꽁무니를 붙잡고신나게 흔들어대는 모든 아버지들아
내가
이 세상에 소풍 나온 강아지 새끼인 줄 아느냐
— 「다시 태어나기 위하여」 부분58)

위의 시에서 '말뚝 뿌리', '개뼉다귀'로 치환되는 '아버지'는 '짓밟기를
잘하는 아버지'이고 '내 몸에 말뚝 뿌리로 박히'는 아버지이다. 아버지는
'내가 이 세상에' 나오게 된 뿌리이지만 동시에 학대자로 표현된다. 부권
적 폭력성에 대한 고발과 조롱은 '하나님 아버지'라는 상징적 권위자로
확대되어 풍자적으로 변주된다.

최승자는 가부장적 상징 질서의 대타자인 아버지의 폭력성에 맞서
'나는 내 피의 튀어 오르는 용수철로 싸웠'지만, 이미 화자의 육체는 '아
버지의 두 발바닥' 아래 있다. 다만 '내 인생의 꽁무니를 붙잡고 신나게
흔들어대는 모든 아버지들아 내가 이 세상에 소풍 나온 강아지 새끼인
줄 아느냐'고 풍자적 공격성을 토로하며 사그라진다.

최승자가 바라보는 세계는 이미 병들었고 부조리하다. 그는 절망감
속에서 '꿈'과 기대를 버린 채 죽음과 같은 삶을 사는 자신의 내면을 응
시한다. 희망을 설파하는 자본주의 사회에서 그 '꿈'은 '늙은 아버지의
밑씻개'에 불과하다.

이제 전수할 슬픔도 없습니다.
이제 전수할 기쁨도 없습니다.

---

58) 최승자, 『이 시대의 사랑』, 문학과지성사, 1981, p.20.

떠납니다.
막막 하늘입니다.

떠나지 못합니다.

배고픔뿐인 그대와
배고픔조차 없는 내가
피하듯 서로 만나
배고픈 또 한세상을 이룩하는 것을
고장난 신호등처럼
바라봅니다.

(꿈이여 꿈이여
늙으신 아버님의 밑씻개여)

― 「이제 전수할」[59]

자본주이신 하나님은
오늘 밤에도 우리에게
저금리 신용 대부를 해 주신다.
실체 없는 꿈의 실체 있는
이자를 받기 위하여.
참 가도가도 끝없는 천국이여,
아버님 나라의 어여쁘심이여.

― 「淑에게」 부분[60]

위의 시에서 시인은 이제 자신이 '슬픔도 기쁨도 없는' 존재로서 '막막
하늘' 아래에 있다는 점을 보여준다. 주체의 정체성을 찾을 수 없을 뿐만

59) 최승자, 『기억의 집』, 문학과지성사, 1989, p.16.
60) 최승자, 『즐거운 일기』, 문학과 지성사, 1984, p.69.

아니라 '떠납니다./ 떠나지 못합니다.'의 표현에서 보여주듯 '배고픔'이라는 결핍의 상태로 안절부절 못하는 상황을 보여주는 것이다. 그때 '그대와 내가' 만나 '또 한세상을 이룩하는 것'은 '고장난 신호등'과 같이 세상의 질서와 법의 바깥인 것이다.

세계의 질서는 사람들 간의 소통을 방해하고 '꿈을 꾸는 일'도 불가능하게 만든다. 절망적인 이 세계에서 희망은 찾을 수 없고 삶은 더욱 막막하다. 그리하여 그가 이 세계에서 '꿈'을 꾸는 일은 '늙으신 아버지의 밑씻개'처럼 더럽고 치욕스러운 일이 되었다. 나아가 막강한 '자본'의 힘과 지배적 종교에 대한 조롱도 이어진다. 모든 것을 무차별적으로 상품화해버리는 사회에서, 최승자는 그 '자본주이신 하나님'이 '대부'해주는 '꿈'에 대해 풍자하는 방식으로 뒤트는 것이다.

그런 그에게는 하늘을 향해 비상하는 '새'의 몸짓도 '자유나 희망'으로 연결되지 않는다. '허무의 가장 빛나는 힘으로/ 푸른 하늘에/ 투신하는/ 새.'(「새」)[61]가 말해주듯 '새'로 비유된 자아의 모든 것은 허무와 죽음으로 연결된다. '꿈'과 '새'의 경우와 같이 통상적으로 생명력을 상징하는 '봄'과 '꽃', '초록' 등의 어휘들 또한 최승자에게 그 반대편의 이미지로 작용한다.

'봄이 오고 너는 갔다./ 라일락꽃이 귀신처럼 피어나고/ 먼 곳에서도 너는 웃지 않았다.'(「청파동을 기억하는가」)[62]는 부분이나 '(잎도 피우기 전에 꽃부터 불쑥 전시하다니,/ 개나리. 목련, 이거 미친년들 아니야? 이거 돼먹지 못한 반칙 아니야?)// 이 봄에 도로 나는 환자가 된다.'(「봄」)[63]에서 보여주듯 '봄'은 상식적인 생명성이 아니라 '죽음'과 '병'을

---

61) 최승자, 『이 시대의 사랑』, 문학과지성사, 1981, p81.
62) 최승자, 위의 책, pp.36~37.
63) 최승자, 『내 무덤, 푸르고』, 문학과지성사, 1993. p.30.

부르는 매개체인 것이다. 이토록 '빛나는' 것들과 '푸름'의 세계야말로 곧바로 '암흑'과 '죽음'을 확연히 드러내는 거울에 불과하다. '마침내 초록의 무서운 공황이 쏟아진다./ 모든 것은 끝나리라./ 시간은 멈추리라./ 공중에서 불타는 초록의 비웃음'(「무서운 초록」)[64]에서처럼 세계는 자신을 속이고 비웃는 무서운 곳이다. 이렇게 비극적이고 부정적인 세계관은 '사랑'의 테마에서 더욱 여실해진다.

>   너는 날 버렸지
>   이젠 헤어지자고
>   너는 날 버렸지,
>   산 속에서 바닷가에서
>   나는 날 버렸지.
>
>   수술대 위에 다리를 벌리고 누웠을 때
>   시멘트 지붕을 뚫고 하늘이 보이고
>   날아가는 새들의 폐벽에 가득찬 공기도 보였어.
>   하나 둘 셋 넷 다섯도 못 넘기고
>   지붕도 하늘도 새도 보이잖고
>   그러나 난 죽으면서 보았어.
>   나와 내 아이가 이 도시의 시궁창 속으로 시궁창 속으로
>   세월의 자궁 속으로 한없이 흘러가던 것을
>   그때부터야.
>   나는 이 지상에 한 무덤으로 누워 하늘을 바라고
>   나의 아이는 하늘을 날아다닌다.
>   올챙이꼬리 같은 지느러미를 달고
>   나쁜 놈, 난 널 죽여 버리고 말 거야

---

64) 최승자, 『이 시대의 사랑』, 문학과지성사, 1981, p80.

널 내 속에서 다시 낳고야 말 거야
내 아이는 드센 바람에 불려 지상에 떨어지면
내 무덤 속에서 몇 달간 따스하게 지내다
또다시 떠나가지 저 차가운 하늘 바다로,
올챙이꼬리 같은 지느러미를 달고.
오 개새끼
못 잊어!

                                    − 「Y를 위하여」[65]

위의 시는 사랑하는 사람과 이별하고 낙태를 한 여자의 광분한 목소리로 점철된다. 화자가 '날 버렸'던 '너'에 대한 극단적인 애증에 휩싸여 '수술대 위에 다리를 벌리고 누'워 '죽으면서' 말하는 상황이기 때문에 순화되지 못한 감정을 직접적으로 노출시키는 시어들이 동원되었다. 특히 '나쁜 놈 난 널 죽여버리고 말 거야'라든가 '나쁜 놈' '오 개새끼'와 같은 저주와 욕설을 퍼부으며 내면의 고통과 상처를 표출하는 방식은 이전의 시에서 볼 수 없었던 언술행위이다.

'개 같은 가을이 처들어온다./ 매독 같은 가을.'(「개 같은 가을이」)[66]과 '……/ 아 쌍!(왜 안 떨어지지?)'(「꿈꿀 수 없는 날의 답답함」)[67]의 시행 등에서 나타나는 비속어와 냉소적인 표현의 경우도 "사랑받지 못하는 상황에 대한 분노의 직접적인 표현이며 실연이라는 고통의 극한 속에서 내뱉는 옹골차고 앙칼진 시적 화자의 목소리"[68] 라고 설명할 수 있다.

또한 비명에 가까운 이러한 발화들이 산부인과 '수술대 위'라는 낯선 비시적非詩的 공간과 맞물려, 시의 형식적 규범을 위반하고 전통적 시의

65) 최승자, 『즐거운 일기』, 문학과지성사, 1984, p.64.
66) 최승자, 『이 시대의 사랑』, 문학과지성사, 1981, p.14.
67) 최승자, 『이 시대의 사랑』, 문학과지성사, 1981, p.21.
68) 김용희, 「죽음에 대한 시적 승리에 관하여」, 『평택대 논문집』 13집, 1999, p105.

권위를 흔들어놓는다.

비속어의 남발, 구어체식 문장, 조롱과 역설, 반어적 어법 등은 최승자 시의 특징인데, 이는 논리적이고 합리적인 주류 언어로부터 배제된 소수자로서의 여성 언술이 지닌 특징이라고 할 수 있다.

> 자 우리들은 지상에서 떠난다
> 뼈아픈 사랑
> 단말마의 비명 같은 사랑 남기고
> 더러운 정 더러운 정
> 땅속으로 땅속으로
> 어딘가 깊은 웅덩이로 모여
> 恨의 못을 이루리라
> 우리들의 사랑
>
> — 「버림받은 자들의 노래」[69]

위의 시는 1981년 발간된 『이 시대의 사랑』에 실려 있는 작품이다. 이 시집 제목이 가리키는 '이 시대'는 다름 아닌 1970년대의 유신 정권과 1980년대의 군부독재가 현실을 지배하고 있던 시기이다. '버림받은 자들의 노래'는 암담한 세월을 사는 사람들의 '이 시대의 사랑'을 대변하고 있다. 이들의 사랑은 '뼈아픈' 사랑이고 '단말마의 비명'같은 사랑이고 '더러운 정'이다. 현 체제에서 '버림받은' '우리들은'의 운명은 아감벤의 '벌거벗은 생명'과 상통하고 '지상에서 떠'나는 '恨' 깊은 자들이다. 그는 '내일의 불확실한 희망보다는 오늘의 확실한 절망을 믿는' 자이며 '부정의 거울을 통해 비추이는 꿈'을 꾸는 시인이다.[70]

---

69) 최승자, 『이 시대의 사랑』, 문학과지성사, 1981, p.51.
70) 최승자, 「표4」, 『이 시대의 사랑』, 문학과지성사, 1981.

ㄹ) 죽음과 사랑의 카오스적 언어

앞서 살펴본 것처럼 최승자의 시는 근본적으로 세계에 대한 철저한 비극적 인식에서 출발한다. 이는 곧 그 세계에 대한 전면적 부정의 표출이다. 최승자는 실존적 자아의 부재 상황을 고백하고 암울한 세계에 대한 전면적 부정을 선언했다. 또한 조롱과 역설, 욕설 등의 언술방식으로 시의 권위에 도전하며 시적 인식의 전복을 꾀하였다. 그는 이와 같이 전면적이고 격렬한 방식으로 세계를 부정하고 대항함으로써 죽음에 천착하는 모습과 역설적으로 죽을 힘껏 세계를 껴안으려는 몸짓으로 표출된다.

다시 말해 최승자는 죽음을 불사하고 나아가려는 시도와 죽음에 탐닉하는 혼동되고 모순적인 자아를 시 속에 노출한다. 최승자를 "사랑과 죽음의 전문가"[71] 혹은 "시 속에서 죽음이 살아서 삶을 주도하였"[72]던 시인으로 파악하는 평가들도 최승자의 시가 죽음을 통해 삶을 극대화하려는 욕구의 문제를 지적한다고 볼 수 있다. 살아있다는 것은 모순적으로 죽어간다는 의미이고 죽어가는 자신을 체험하는 일이 실존적 자아를 확인하는 일이기 때문이다. 따라서 그의 시의 많은 부분은 죽음을 부르고 죽음을 체험하려는 타나토스적 본능으로 채워져 있다고 해도 과언이 아니다.

> 아버지 어머니도 끝나고
> 삼각 관계도 끝나고

---

71) 이상희, 「사랑과 죽음의 전문가」, 『현대시세계』, 1991. 10, pp.91~109.
72) 정효구, 「최승자론—죽음과 상처의 시」, 『현대시학』 통권51호, 1991. 5, pp.232~249.

과거도 미래도 끝나고
이승도 저승도 끝나고
오 모든 것이 끝났으면.

아― 영원한 단식만이 있다면
아― 영원한 無의 커튼만이 흔들리고 있다면.
(그러나 그보다는 차라리
빨리 나를 죽여주십시오.)

　　　　　　　　　　　－「오 모든 것이 끝났으면」 부분73)

그대들이 나를 찾았을 때
나는 잠들어 있을 것이다.

그대들이 살아 헤매며
이 세계의 문을 두드릴 때
나는 무덤의 따뜻한 실내에 있을 것이다.

　　　　　　　　　　　－「그대들이 나를 찾을 때」 부분74)

수신인은 이미 죽었는데,
누가 암호를 보내는가.
이 물 속 같은 고요를 뚫고서……

　　　　　　　　　　　－「수신인은 이미」 부분75)

　위 시들의 화자인 '나', 달리 표현하여 '수신인'은 죽음을 열망하거나,
'이미 죽었'고 '무덤' 속에 누워있다. 폭력적이고 부조리한 세상에서 이미

---

73) 최승자, 『기억의 집』, 문학과지성사, 1989, p.77.
74) 최승자, 『기억의 집』, 문학과지성사, 1989, p.40.
75) 최승자, 위의 책, p.51.

부재하는 존재로서의 자아는 비로소 육신의 죽음마저 완성시키고자 한다. 그런데 문제는 그가 말하는 죽음이 일상적 개인의 죽음을 넘어선다는 것이다. 그는 주체의 죽음으로 끝나는 차원이 아니라 세상의 없음, 즉 무無를 위악적으로 노래하고 있다. '이승도 저승도 끝나고/ 오 모든 것이 끝났으면.// 아— 영원한 단식만이 있다면/ 아— 영원한 無의 커튼만이 흔들리고 있다면.'에서의 '죽음'은 '이승'과 '저승'의 경계를 허문 상태의 것이다. '단식'과 배고픔이 없는 세계이며 '영원한 無'의 지역이다. 그곳은 '이 물 속 같은 고요'가 존재하는 평화로운 곳이다. '과거도 미래도 끝'난 시공간을 초월한 거기에서 시인은 영원한 존재를 꿈꾸고 있다. 완벽한 절망의 끝에서 육체적 죽음의 열망은 자신의 재활과 회귀를 꿈꾸게 하고 또 다른 삶의 방식으로 불멸하고자 한다.

가거라, 사랑인지 사람인지,
사랑한다는 것은 너를 위해 죽는 게 아니다
사랑한다는 것은 너를 위해
살아,
기다리는 것이다.
다만 무참히 꺾여지기 위하여.

그리하여 어느 날 사랑이여.
내 몸을 분질러다오.
내 팔과 다리를 꺾어

네

꽃

병

에

꽂
아
다
오

－「그리하여 어느 날, 사랑이여」 부분76)

'사랑'에게 자신의 몸을 분질러놓고 사지를 절단하라고 말하는 것은 자기 육체의 언어가 해체되는 것과 상통한다. '절단된 신체'와 '잘려나간 이미지'는 정치적이고 성적인 면에서 모더니티라는 새로운 감성을 반영한다.77) 또한 총체성에 대한 거부이자 해체의 발단이라고 할 수 있다. 이렇게 절단된 신체의 그로테스크하고 광기어린 소통 방식으로 최승자가 말하고자 하는 바는 다름 아닌 육체의 죽음을 통해 '살아/ 기다리는' 태도를 유지하는 것이다.

또다시 '다만 꺾여지기 위하여' 살아가는 순환적인 삶은 분절을 통해 수직적 형태로 배치한 시행 '네// 꽃/ 병/ 에// 꽃/ 아/ 다/ 오'와 같이 강렬한 언어 해체의 형식을 통해 다시 일어나 재구조화되는 삶의 가능성을 드러내고 있다. '네 꽃병'에 꽂히는 작용과 '살아 기다리는' 행위의 반복으로 최승자는 타인의 삶 속으로 흘러들어가고 흡수되어 '다시' 살아나는 순환적 관계를 추구하고 있다. 달리 말한다면 죽음을 처절하게 치르는 과정에 흘러나오는 사랑이 그가 자칭하는 '시'이다.

---

76) 최승자, 『즐거운 일기』, 문학과 지성사, 1984, pp.32~33.
77) 린다 노클린, 정연심 역, 『절단된 신체와 모더니티』, 조형교육, 1997, p.5.

나는 모든 틈을 잠그고
나 자신을 잠근다.

(詩여 모가지여, 가늘고도 모진 詩의 모가지여)
그러나 비틀어 잠가도, 새어나온다.
썩은 물처럼,
송장이 썩어나오는 물처럼.

내 삶의 썩은 즙, 한잔 드시겠습니까?

―「자칭 詩」78)

　　최승자 스스로 칭하는 '자칭 詩'의 원천은 자신의 죽은 육체이다. 시
라는 텍스트는 자신이 죽어야만 새롭게 태어나는 것이다. 그때 시는
'송장이 썩어나오는 물', '썩은 즙'의 형태로 "새어 나온다" 자신의 삶이
썩을 정도의 절망을 겪고 자기 존재를 의심한 후 죽음에 이를 정도의
병이 심각해져 '모진 시의 모가지'가 비틀어지는 순간, 시는 저절로 흘
러나온다.

　　이는 자신의 몸은 시의 원천이며 사랑의 뿌리이기 때문에 썩고 캄캄
해지면서 더 많은 탄생의 순간을 맞게 된다는 인식을 보여주는 것이라
할 수 있다. 그에게 '시의 모가지를 비트는 현실'은 통과의례적 시공간으
로 인식되고 있다. 이처럼 최승자가 사랑을 이루어가는 방식은 '추/미'와
'성/속' 그리고 '생/사' 등의 경계를 허물면서 절박하게 흘러간다.

흐르는 물처럼
네게로 가리

---

78) 최승자, 『이 시대의 사랑』, 문학과지성사, 1981, p.17.

물에 풀리는 알콜처럼
　　알콜에 엉기는 니코틴처럼
　　니코틴에 달라붙는 카페인처럼
　　네게로 가리
　　혈관을 타고 흐르는 매독균처럼
　　삶을 거머잡는 죽음처럼

　　　　　　　　　　　　　　　　－「네게로」79)

　흐르고 흘러 '네게로 가'는 '나'는 뒤섞임을 통해 하나로 결합될 것이
다. 그런 평범한 사랑의 욕망으로 출발한 이 시의 경우에도 그 결합의 방
식은 일반적인 상식을 뛰어넘는다. '물'과 '알콜', '니코틴', '카페인'이 점
층적으로 결합되면서 급기야 '혈관을 타고 흐르는 매독균'이 되어 타자
의 몸속으로 흘러들어가는 것이 최승자의 사랑법이다. 이토록 치명적으
로 집요하게 공존하려는 의식은 자멸은 물론이고 공멸도 불사한다. 그
러나 그에게 있어 '공멸'은 '공생'의 다른 이름이다.

　'너의 목소리가 쇠꼬챙이처럼 나를 찔렀고/ 그래, 나는 소리 없이 오
래 찔렸다.// 찔린 몸으로 지렁이처럼 기어서라도/ 가고 싶다 네가 있는
곳으로/ 너의 따뜻한 불빛 안으로 숨어들어가/ 다시 한번 최후로 찔리
면서/ 한없이 오래 죽고 싶다.'(「청파동을 기억하는가」)80)는 고백은 '죽
고 싶'은 사람의 목소리이다. 그러나 그 심층에는 '한없이 오래' 살고 싶
은 사람으로서 '다시 한번' 찔리고 다시 찔리면서 살고 싶은 것이다. 매
순간을 '최후'처럼 느끼며 '너'와 붙어있으려는 피학성 사랑은 무엇일
까? 이타적이며 도덕적인 사랑의 규범을 무시하고 '네가 있는 곳'에 함께

---

79) 최승자, 『기억의 집』, 문학과지성사, 1989, p.15.
80) 최승자, 위의 책, p.12.

머무르고 싶은 시인의 솔직한 열망이 시에 녹아 있다.

물의 이미지로 흘러가는 시인의 몸은 타자를 향해 나아간다. 몸으로 감득한 이 세계는 억압과 부조리로 가득하고 시인은 그 세계와 자신을 부정하고 무화하며 무형식적으로 흘러간다. 그렇기 때문에 그의 언어는 시의 전형적 형식을 일탈하고 상식과 관습을 넘어선다. 지금 여기의 시 공간을 넘어 저기 죽음을 공간으로 활보하고 다시 회귀하려는 욕망은 생과 사, 유한과 무한, 고결함과 추함 등의 일반론을 뒤엎고 경계를 해체한다. 그의 텍스트는 시의 한계를 넘고 죽음의 역경을 넘어 다시 소통하려는 시도를 한다.

최승자는 초기시부터 죽음을 향하고 있는 일상적인 자기존재를 지속적으로 탐색해왔다. 죽음을 향하고 있는 본래적인 존재는 현존재가 지니고 있는 하나의 실존적인 가능성을 의미한다. 따라서 현존재는 죽음을 향하고 있는 존재 속에서 일종의 특수한 존재 가능성으로서의 자기 자신에 관계하게 된다.[81]

최승자는 실존론적 조건으로써의 죽음을 인식하고 죽음을 향하고 있는 자신의 고유한 존재를 발견하게 된 것이다. 죽음이 없는 삶은 삶으로서의 의미가 없는 것처럼 그의 내면적 절망과 죽음의 체험은 시적 생성과 생동감의 가능성을 배태하고 있었던 것이다. 그는 죽음을 미리 겪은 자의 현존재로서 죽음의 운명을 가진 모든 생명체와의 화답을 꿈꾸게 된다.

---

81) 하이데거는 인간존재를 현존재(Dasein)라고 불렀다. 현존재란 거기(da) 있는(sein) 자이다 실존은 현존재가 실현해야 하는 목표가 된다. 마르틴 하이데거, 이인석 역, 「현존재의 가능한 전체존재와 죽음을 향한 존재」, 『죽음의 철학』, 청람, 2004, p.192. "인간은 현존재로서 죽음이라는 한계 상황 앞에서 진정한 삶의 의미를 발견할 수 있다." 하이데거, 이기상 역, 『존재와 시간』, 살림, 2006, p.241.

3) 가이아(Gaia)적 회귀와 화답의 노래

　최승자가 네 권의 시집을 내고 마지막 시집을 묶기까지에는 오 년의 시간이 흘렀다. 그는 "이제 뭔가 다른 게 필요하다고 무의식적으로 느끼고서 한 여행을 시작하여 그 여행을 마치고서 이제 비로소 한 입구, 다른 한 출발점에 서 있는 듯한 기분"[82]이라고 말한다. 그 시간은 최승자에게 "'죽음'의 죽음. 즉 '죽음'이라는 의식이 죽는 과정"[83]이었다. 이 말은 이제 죽겠다는 생각을 완전히 털어버리고 이승의 삶을 받아들이겠다는 표명으로 보인다.

　실존주의자들이 죽음은 경험을 통한 과학적 지식의 대상이 아니라 내적체험의 내용이라고 말함으로써 죽음에 대한 주체적이고 내면화된 체험을 강조한 것과 같이 최승자의 죽음도 이에 해당한다. 그는 「빈 공책」[84]이라는 시에서 "나는 내가 써왔던 텍스트를 모두 지워버렸다."고 말하며 스스로 '태초의 빈 공책'으로 돌아가기를 선언한다.

　아래의 시는 자신이 죽고 새롭게 태어난 세계의 빛과 생명, 부활의 이미지로 가득하다.

> 끝 모를 고요와 가벼움을 원하는
> 어떤 것이 내 안에 있다.
> 한없이 가라앉았다
> 부풀어오르고,

---

82) 최승자, 「시인이 쓰는 시 이야기—긴 여행 끝의 한 출발점에서」, 『연인들』, 문학동네, 1999, pp.83~84.
83) 최승자, 『연인들』, 문학동네, 1999, p.85.
84) 최승자, 위의 책, p.22.

다시 가라앉았다
부풀어오르는,

무게 없는 이것,
이름할 수 없이 환한 덩어리,
몸 속의 몸, 빛의 몸.

몸 속이 바닷속처럼 환해진다.

— 「연인들 3」[85]

　위 시가 드러내는 눈부신 '빛'과 '고요' 그리고 '가벼움'을 동반한 '환한 덩어리'의 모습은 어떠한가? 이것은 '몸 속의 몸, 빛의 몸'이다. 이러한 '빛'의 세계는 이전의 최승자 시에서 볼 수 없었던 이미지이다. '밝음'이 아니라 암흑의 '죽음'에 천착했고 '고요'가 아니라 과잉된 '절규'로 내지르던 그가 이제 단조로워진 형식과 차분한 어조로 자신이 나아갈 바를 시사하고 있다. 자기 부재를 확인하고 세계와 대립하며 몸소 육체의 죽음까지 탐닉했던 시인의 행보라고 믿을 수 없을 정도의 놀라운 변화는 '환한 덩어리'로 표상된다.

　이전의 시에서 해체되고 부패되었던 몸이 다시 '부풀어오르고, 부풀어오르는' 과정을 거쳐 그 '몸 속이 바닷속처럼 환해진다'는 결구는 자신의 '재생' 혹은 '부활'의 의미를 전달하고 있다. 그것은 '어둠'에서 '빛'으로, '공멸적 죽음'에서 '공생의 삶'으로의 이행이며, 절망적이고 자폐적인 세계관에서 긍정과 화해, 소통을 지향하는 세계로의 전환을 말하는 것이다.

---

85) 최승자, 『연인들』, 문학동네, 1999, p.82.

지하 사무실,
나의 지하 묘지,
아직 덜 깨어난
아직 덜 부활한 내 귀를 위해
낮게 열린 창밖으로부터
들려오는 두 마리 새의 화답.
보이지 않는 어디에선가
서로 통신하는 저것들,
지직, 재잭, 지직, 재재잭,
저 두 마리 새는 내 안에서 울고 있나,
내 밖에서 울고 있나,
아니 저것들은 수세기 전에 운 것인가,
아니면 수세기 뒤에 우는 것인가.

이제는 납골당만해진
시간의 이부자리를 마저
납작하게 개어놓고
나 또한 깨어나 그들에게
연인처럼 화답할 때,
갇혀 있던 다른 한 마리의 새처럼
지하 무덤, 이제는 뻥 뚫려버린
시간을 뚫고 무한을 향해
우주 중심까지 수직 상승할 때.
　　　　　　　－「연인들 2 －두 마리 새의 화답」86)

  지금 '나'는 '깨어'나고 있다. 나는 '나의 지하 묘지'로부터 일어난다.
이것은 자신이 스스로의 주검을 딛고 이제 막 눈을 뜬 상태의 진술이라

---

86) 최승자, 『연인들』, 문학동네, 1999, p.80.

볼 수 있다. '이제는 낡아 못 쓰는 악기,/ 그것으로 나는 얼마나 많은/ 각설이 타령을 불러왔던가,/ 그 환장하게 배고픈 노래들/ 다 어디로 가버렸는가.// 못 쓰는 헌 악기를 버리고,/ 새 악기를 만들자.'(「또 다른 걸인의 노래」)[87])에 나타나듯 과거 자신의 노래를 반성하고 청산한 후 새로운 노래로 재탄생하는 것이다. '헌 악기'로 은유된 과거의 자기 자신의 심신과 결별하는 모습이다.

아래의 시에서는 조금 더 직설적인 표현으로 과거의 자신을 돌아보며 현재의 변화를 알리고 있다.

> 나는 결정한다.
> 이제껏 내가 먹여 키워왔던 슬픔들을
> 이제 결정적으로 밟아버리겠다고
> 한때는 그것들이 날 뜯어먹고 있다고 생각했지만,
> 내 자신이 그것들을 얼마나 정성스레 먹여 키웠는지
> 이제 안다.
>   － 「더스트 인 더 윈드, 켄자스」 부분[88])

그는 다시 살아나 창 밖에서 우는 '두 마리 새의 화답'을 듣는다. 그 새들은 따로 다르게 노래하는 것이 아니라 '서로 통신하는' 중이다. 그런데 이들 새는 '내 안에서 울고', '내 밖에서 울고' 어쩌면 '수세기 전에 운 것'일지 모르며 '아니면 수세기 뒤에 우는 것'인지도 모른다. 또한 '나'를 포함한 그 모든 존재는 '연인들처럼 화답'하며 만나고 있다. '아직 덜 부활한 내 귀를 위해' 들려오는 새소리를 인식하기 전에, 먼저 깨어난 그의

---

87) 최승자, 『연인들』, 문학동네, 1999, p.73.
88) 최승자, 위의 책, p.26.

두 눈은 창밖의 세계를 응시하였다. 그 '창'의 기능은 자신의 내면과 외부, 시공을 초월하여 '화답'하고 '통신'을 가능케 하는 통로이다.

최승자는 말한다. "이제 죽음과의 대결을 청산하고, 그런 죽음과 부재와 불행감을 『기억의 집』으로 다 돌려버린다. 세상에는 늘 불행한 것만 있는 게 아니라 나무도 있고, 꽃도 있고, 아이들도 뛰어논다. 죽음을 경험한 후의 사람들은 초월하는 법을 배운다. 그리하여 나는 인간에게 원래부터 주어져 있던 어떤 천상적인 존재를 확인하게 된다. 이제 나는 하이데거적인 창문적 존재로서 세계를 분석하고 해석한다."[89]

최승자는 오랜 기간에 걸쳐 자기 부재와 부정을 거듭해왔다. 그러나 이 시기에 들어 혼돈의 미로에서 탈피하여, 신비로운 우주의 전 존재를 '연인'으로 호명하는 모습을 보인다. 이러한 놀라운 변화를 두고 시인 김정환은 "지천명=체념의 결과가 아니라 필사적인 눈물의 제의의 결과"[90]라고 말한다.

다시 '생'으로 돌아온 최승자의 시는 '허전하고 텅 빈' 세계를 담담하게 바라본다. 이 시기의 시들 대부분은 '시간'과 그 시간을 '통과'하는 존재의 문제를 화두 삼아 삶의 근원을 인식하려는 데 있다.

"똑딱똑딱 일사분란하게/ 세계의 모든 시계들이 함께 가고 있잖아요?"(「안부」)[91]와 "창문 밖. 사막. 바라보고 있다./ 내세의 모래 언덕들, 전생처럼 불어가는 모래의 바람"(「더스트 인 더 윈드, 켄자스」)[92] 등의 구절에서는 과거와 현재, 미래라는 분할이 사라진 지점에서의 우연성으로

---

89) 김이듬, 「이 시대의 시인을 찾아서-최승자편」, 『서시』, 2007년 봄호, pp.12~46.
90) 이토록 신비스러운 세계가 이토록 흥건하게 창조주의 눈물에 젖어있는 예를 나는 한국시사에서 일찍이 보지 못하였다. 김정환, 표4글, 최승자, 『연인들』, 문학동네, 1999.
91) 최승자, 『연인들』, 문학동네, 1999, pp.12~13.
92) 최승자, 위의 책, p.26.

존재하는 무한대의 시간을 말한다. "과거로 돌아가기란/ 숨쉬기보다 쉽다./ 숨쉬기보다 저절로이다."(「月下, 이 빵빵한」)93)라는 진술은 우주가 존재하기 시작한 태초의 형상이 한 개인의 몸에 지문처럼 찍혀있는 내력과 그 근원성에 초점이 맞춰져 있다. 그래서 우리가 '과거'라고 말하는 지점이 또한 '팽창했다가 수축했다가 다시 팽창하는' 달의 변화와 같이 무한 반복하는 것의 일부라는 시간 개념을 말하는 것이다.

이런 사유는 현재 인간은 우연적 존재이며 그 삶은 거대한 우주의 순환적 구조 속의 일부라는 인식에 도달한다. 그는 "나더러, 안녕하냐고요?/ 그러엄, 안녕하죠.// 우연이 가장 훌륭한 선택이 될 때가 있잖아요?"(「안부」)94)라고 경쾌한 목소리로 자신의 안부와 '우연'의 힘을 타인에게 전한다. 이 목소리에는 이전의 시에 나타난 독백과 비명, 악다구니 등이 아니라 소통을 원하는 '타자지향성'이 반영되어 나타난다.

> 한 사람이 한 생애를 기울여
> 울타리를 만든다. 그 안에다
> 자기 집을 세우고
> 결혼을 안치시키고
> 자기 가족, 자기 자식들의 강철 인형을 만든다.
>
> 한 사내가 제 생애를 용광로에 쏟아부어
> 황금색 미니어처 왕국을 만드니,
> 그는 자기가 건설하는 게 감옥인지 모른다.
> 그는 자기가 제 살의 진흙으로 무덤을 만든다는 것을 모른다.
> 그가 그것을 깨달을 무렵엔, 허공 너머로

---

93) 최승자, 위의 책. p.46.
94) 최승자, 위의 책. p.12.

밤은 한없이 명왕성 쪽으로 기울고,
우주를 떠도는 미확인 비행물체,
그것을 우리는 이승의 삶이라 부른다.

- 「한 사람이」 95)

　'한 사람'이 꾸려가는 '이승의 삶'은 자신이 스스로 자기의 '감옥'을 만들고 '무덤을 만든다는 것'이라는 시인의 말은 허무주의자의 냉소처럼 들린다. 그러나 비록 '한 사람이 한 생애를 기울여' 노력했던 삶이 덧없다 할지라도, 그 삶은 '우주를 떠도는 미확인 비행물체'처럼 단정 지을 수 없이 신비로운 삶이라는 것이다. 그는 사람들이 논리적인 방식으로 현상계의 본질적인 것을 파악할 수 없지만, 그 생애가 끝나가고 존재의 유한성을 '깨달을 무렵엔', 그 '순간' 속에 '영원'이 있고, '유한' 속에 '무한'이 있는 것을 인식할 수 있다는 사유를 말하고 있다.

　시간의 흐름에 기반을 두고 있는 그의 사유체계로 인하여 "영원"이라는 것도 과거, 현재, 미래가 흐르는 강물처럼 무한히 영속되는 것이다.

시간은 시간을 갖고 있지 않다.
모든 사물이 저마다의 시간을 갖고 있을 뿐.
나는 자전하면서 그것들 주위를 공전하고
지금 내 주파수는 온통 유라누스에게 맞춰져 있다.

가이아는 지금 온몸이 총체적 파장이다.
저 멀리서 네가 입은 무명 도포자락
한끝이 하얗게 펄럭인다.
이제 우리의 첫아들,

---

95) 최승자, 『연인들』, 문학동네, 1999, p.23.

한 마리의 어린 양이 깨어나리라.
세상의 진흙 꿈들을 헤치고
한 마리 어린 양이

푸른 눈을 뜨리라.

—「시간은」[96]

위의 시에서는 시간을 초월한 '나'의 존재가 신화적으로 드러나 있다. 그것은 '가이아Gaia'[97]이다. '나는 자전하면서 그것들 주위를 공전하고'라는 시행에서 알 수 있는 것처럼, '나'는 광활한 우주 속의 '지구 자체'로 나타난다. 최승자 시인은 자신을 거대한 존재의 한 부분이며 동시에 전체로 인식하고 있다. 여성 자신의 몸을 가이아의 다른 이름으로 일치시키기 때문에 생명의 탄생은 자연스러운 역할로 간주된다. 가이아를 구성하는 모든 존재들이 새롭게 태어나는 것처럼, '이제 우리의 첫아들/ 한 마리의 어린 양이 깨어'난다. '가이아'로서의 자신의 몸은 '총체적 파장'을 경험하며 존재를 생성하고 '푸른 눈'을 틔우게 된다. 즉, 시인은 영속하는 생명의 근원이며 인류를 탄생시키는 대지의 신, 가이아와 자신을 동일시한다.

'지금 내 주파수는 온통 유라누스에게 맞춰져 있다.'는 표현에서 가이

---

96) 최승자, 『연인들』, 문학동네, 1999, p.15.
97) 가이아란 그리스신화에 나오는 '대지의 여신'을 가리키는 말로서, 지구를 뜻한다. 러브록에 따르면, 가이아란 지구와 지구에 살고 있는 생물, 대기권, 대양, 토양까지를 포함하는 하나의 범지구적 실체로서, 지구를 환경과 생물로 구성된 하나의 유기체로 보는 것이다. 즉, 지구를 생물과 무생물이 서로에게 영향을 미치는 생명체로 바라보면서 지구가 생물에 의해 조절되는 하나의 유기체임을 강조한다. 제임스 러브록, 『The Revenge of Gaia』, Penguin Books, 2006. 제임스 러브록, 이한음 역, 『가이아의 복수―가이아 이론의 창시자가 경고하는 인류 최악의 위기와 그 처방전』, 세종서적, 2008 참조.

아로서의 내가 몰입하는 대상이 '유라누스'인 것을 알 수 있다. 신화 속의 유라누스는 카오스에서 태어나 가이아와 결혼하는데, 태생적으로 '혼돈'에서 나와 우주의 조직, 내적 질서 속에서 끊임없이 공전과 자전을 되풀이하는 자이다. 「시간은」에 나타난 '유라우스'는 다른 시에서는 제목으로 사용되고 있다. "나는 지금 어떤 문법을 고르고 있다./ 나는 지금 우주의 조직,/ 마디마디를 짚어보고 있다./ 너는 있니, 너는 있니, 어디에?"(「유라누스를 위하여」)[98]라며 유라우스에 대한 갈망을 보여준다. 그것은 땅의 여성으로서 천체의 원리를 깨닫고자 하는 스스로의 욕구를 뜻한다 할 것이다.

5시집에서 최승자 시는 전반적인 사유영역의 한 획기적인 전환을 보여준다.[99] 그는 오랜 기간에 걸쳐 나타난 자기 부재의식에서 벗어나 가이아적 자아를 획득하는 것이다. 그는 자기 자신과 타인을 바라보는 시선의 확연한 변화를 경험한다. 이것은 내면적 죽음을 통한 삶의 인식이자 스스로의 몸을 만물의 모태로 내어주는 제의적 헌신을 의미한다.

그는 이 시집의 「자서」에서 "인간에게 원래부터 주어져 있던 천상적인 존재를 확인했다"고 말한다. 이어 "「유라우스를 위하여」를 비롯하여, 그 이후에 이어지는 시들은 내가 공부랍시고 한 여러 가지 상징체계들, 말하자면 음양오행론, 서양 점성술, 유대 신비주의 카발라, 타로카드 등을 거치면서 거기서 얻은 내 생각들을 바꾸어 나를 바꿔가는 과정에서 나온 것들이다. 그것은 어떤 면에서는, 자신을 둘러싼 세계, 자기 스스로 만들어놓은 상황과 조건이 나 자신을 규정하는 것이 아니라,

---

98) 최승자, 『연인들』, 문학동네, 1999, pp.20~21.
99) 그럼에도 불구하고 이 시집은 문학잡지의 비평이나 연구들에서 배제되어 있는 실정이다.

내 생각들이 나 자신을 규정한다는 것을 알아가는 것을 보여주는 시들인데, 물론 그것을 알아보는 것 또한 나 자신밖에 없을 것이다."는 말로 자신의 변화를 설명하고 있다.

최승자가 인식하는 페미니즘의 개념은 매우 독특하다. 그가 생각하는 페미닌적 요소는 남성, 여성을 구분할 것 없이, 이 지상 위의 사람들에게 존재하는 페미닌적 요소이다.[100] 이것은 우리의 단군 신화적으로도 해석할 수 있는데, 거친 성격을 가진 호족을 이겨낸 웅족의 따님이 환인을 거쳐 내려온 환웅과 결혼하여 낳은 단군, 그러니까 하늘과 땅의 결합체이고, 이것이 최승자가 생각하는 새로운 페미닌적 요소이다. 말하자면 남성과 여성을 구분할 것 없이 이 지상 사람들 모두가 천상적 존재를 껴입은 땅님, 즉 따님인 것이다.[101]

그는 여성과 남성이 지닌 아니마, 아니무스의 개념을 넘어 만인에게 선험적으로 있는 여성적 속성을 끌어내고 그는 여성적 속성이 성적聖的 요소라고 한다. 인간이 자신이 지닌 여성적 속성을 인식하고 확장시킴으로써 천상적 존재, 페르세포네, 에우리디케, 말쿠트, 웅녀로 태어난다는 것이다. 카를 융과 레비나스의 페미닌 개념과 흡사한 이러한 의식은 이에 따른 동일성의 원형과 차이, 원형과 상징 문제를 지닌다고 보인다. 이제 그의 시는 카오스—고통, 불행감, 부정의식, 죽음 등—를 통과하여 코스모스적 상상력으로 범람한다. 이전을 돌아보고 회환하며 삶을 긍정하려는 의식으로 변모하고 있다.

1980년대를 거쳐 1990년대 중반 이후까지의 최승자는 집 없이 떠도는

---

100) 레비나스에 있어 '여성적인 것'은 타인의 얼굴에서 현시하는 신의 얼굴로서의 에피파니(Epiphanie)와 같은 것이다. 인간성의 심연은 여성성이라 할 수 있다. 윤대선, 『레비나스의 타자 철학』, 문예출판사, 2009, pp.41~47 참조.
101) 최승자, 『연인들』, 문학동네, 1999, pp.85~86.

자의 모습이었다. 내면적으로 '한없이 말 오줌 냄새를 풍기는 세월의 봉 놋방'(「개 같은 가을이」)의 유폐적 자아였다. 자신의 운명을 벗어나려는 동시에 자신의 운명을 감수하려는 팽팽한 긴장 속에, 죽음과 삶의 경계 위에 서 있었다. 그러한 모습은 들뢰즈가 말한 리좀102)적이고 유목민적 인 삶의 방식과도 상통한다. 그러나 이제 그는 자기 부재와 죽음을 거쳐 지금의 삶을 찾은 신비주의자, 하이데거적 실존적 허무주의자, 죽음에 서 막 이제 그 눈을 뜬 자, 환한 빛을 찾은 자로 재생한다. 따라서 그는 죽음에서 삶으로 이행하여 '무덤'103)에서 태어난 자가 된다. 그는 감득 하는 몸에서 사유하고 철학하는 몸으로 이행한다.104)

최승자는 1999년에 펴낸『연인들』에서 자기 몸의 우주를 발견하고 초록빛으로 품으려는 대모신적 상상력과 천상적인 모성성을 발현한다. 그는 자아중심에서 땅과 하늘을 순환하는 자연의 존재로 회귀한다. 현 시대의 부조리한 제도 하에서 억압받고 착취당하며 그것을 몸의 언어로 발현해오던 최승자는 이즈음에 이르러 에코페미니즘의 사유로 전환하 는 것이다. 즉 그가 지녀온 페미니즘 사유 속으로 자연과 우주에 대한 생 태적인 관심이 들어온 것으로 보인다.

최승자는 "자기의식이 고통, 외로움, 불행감 등 온갖 형태의 죽음으로

---

102) 리좀(rhizome)은 '뿌리줄기'를 말하는 것으로, 하나의 뿌리로 귀착되는 나뭇가지 의 구조와 달리, 줄기들이 어떤 중심뿌리 없이 분기되고 접속되는 것을 말한다. 이진경,『노마디즘 1』, 휴머니스트, 2002, pp.67~68.

103) 최승자의『내 무덤, 푸르고』(문학과지성사, 1993)라는 시집 표제에서 알 수 있듯 이, 이전까지 그는 세계를 '무덤'으로 인식해온 것으로 보인다.

104) 엘리아데는 우주의 모든 존재들—우주, 사원, 집, 인간의 신체—의 이행과정을 말 하며, "진정한 의미로 인간이 되기 위하여 그는 최초의(자연적) 생명으로 죽어야 하며, 종교적이고 더 높은 생명으로 다시 태어나야하는 것이다."라고 말한다. M. 엘리아데, 이은봉 역,『성과 속』, 한길사, 1998, pp.165~171 참조.

가득 차있었던가를 스스로 깨달아가는 기간을 거쳐"[105] 유한한 시간 속의 존재가 시간을 초월하는 방식으로 천상적 존재자인 자신을 발견하게 되는 인식에 도달한다. 이 과정은 삶이 죽음에서 나왔고 죽음이 다시 삶으로 돌아가는 국면으로 '예술작품의 변형과정'[106]을 거치고 있는 것으로 파악된다. 그러나 그의 시적인식이 현실의 시간을 초월할수록 그의 시는 관념성을 띠고 시간과 존재에 대한 철학적 사유를 보여준다.

---

105) 최승자, 『연인들』, 문학동네, 1999, p.85.
106) 니체는 그리스 비극을 '탄생-죽음-재생'으로 나누어 논하고 있다. 그는 소포클레스의 비극 「오이디푸스왕」을 분석하면서 인간의 영원한 운명을 보았다. 인간의 죄는 개체로 태어나 지혜를 사랑하는 데 있고, 진정한 지혜는 그가 개체에서 다시 만물로 돌아가 하나가 되는 변형의 과정에서 이루어진다. 니체에게 예술작품은 이 변형의 과정을 보여주어 관객에게 삶의 경외와 두려움, 그리고 죽음이 축복이라는 영원회귀를 경험하게 하는 것이었다. 프리드리히 니체, 이진우 역, 『비극의 탄생. 반시대적 고찰』, 책세상, 2005 참조.

3. 상생과 탈경계적 모성성의 시학 — 김혜순

　　김혜순은 1955년 경북 울진에서 태어나 건국대학교 국문과를 졸업했고 1979년 계간『문학과지성』을 통해 등단했다. 현재 서울예술대학의 교수로 재직 중이다. 김수영문학상과 소월시문학상, 현대시작품상, 미당문학상 등을 수상한 경력이 있다. 근래에 이르러 더욱 활발한 창작활동을 펼치고 있으며 지금까지 10권의 시집[107]을 출간하였다.

　　김혜순은 여성적 주체로서의 자기 생활체험을 바탕으로 시를 쓴다. 그가 몸으로 느낀 외부적인 감각은 그의 내면으로 투입되고, 그 내면은 그것을 몸의 언어로 도출하게 된다.

　　김혜순의 시에서는 기존 체제의 모순과 여성의 질곡이 주류를 이룬다.

---

107) 김혜순,『또 다른 별에서』, 문학과지성사, 1981.

　　　　　,『아버지가 세운 허수아비』, 문학과지성사, 1985.

　　　　　,『어느 별의 지옥』, 문학과지성사, 1988.

　　　　　,『우리들의 陰畵』, 문학과지성사, 1990.

　　　　　,『나의 우파니샤드, 서울』, 문학과지성사, 1994.

　　　　　,『불쌍한 사랑 기계』, 문학과지성사, 1997.

　　　　　,『달력 공장 공장장님 보세요』, 문학과지성사, 2000.

　　　　　,『한 잔의 붉은 거울』, 문학과지성사, 2004.

　　　　　,『당신의 첫』, 문학과지성사, 2008.

　　　　　,『슬픔치약 거울크림』, 문학과지성사, 2011.

그의 시는 여성 시인이라는 자의식 속에서 다양한 발설을 이루어낸다. "나는 여성의 언어로 여성의 존재의 참혹과 광기와 질곡과 사랑을 드러내는 글쓰기에 대해 말해야 한다"[108]는 고백은 자신의 시 언어가 남성의 시 언어와 다르다는 인식에서 출발한 것이다. 김혜순은 몸에 대한 시적 탐구를 지속적으로 보여주는데, 그것은 '여성적 글쓰기'의 한 방식이라 볼 수 있다. 그의 시는 일관되게 여성 화자를 통한 시적 언어의 혁명을 모성적 육체 공간에 토대를 두고 실행하여 왔다. 그의 관심은 점차로 현실적이고 정치, 사회적인 여성에서 미끄러져 원형적이며 신화적인 모성성으로 나아간다.

김혜순의 시는 부성/모성(남성/여성)의 대립을 해체하며 고정된 주체 개념에 대한 회의를 내포하고 있다. 그는 자본주의에 대한 성찰과 함께 포스트모더니즘을 사상적 뿌리로 지닌다. 나아가 그의 시에서 발견되는 특이점은 페미니즘 사상으로 포획되지 않는 제3의 태도를 지닌 여성성이 나타나고 있다는 것이다. 그것은 한국 페미니즘 시의 양가성이며 현재적 모습이라 할 수 있다. 김혜순의 시에는 화자와 타자의 목소리가 혼재되고 실제와 비현실의 구분이 모호하다. 그의 목소리는 그물망처럼 얽히며 주술적이고 관능적이며 다성적이다. 그리하여 그의 시는 시간과 공간을 넘어 비가시적인 세계와 소통한다.

---

108) 김혜순은 "나는 왜 여성이 쓴 시는 소통의 장에서 소외되는가라는 의문을 푸는 글을 쓰리라 마음먹었다. 그러나 글을 쓰기 시작하자, 왜 여성의 언어는 주술의 언어인가, 왜 여성의 상상력은 부재, 죽음의 공간으로 탈주하는 궤적을 그리는가, 왜 여성의 시적자아는 그렇게도 병적이라는 진단을 받는가, 왜 여성의 언술은 흘러가는 물처럼 그토록 체계적이지 못한가, 왜 여성의 시는 말의 관능성에 탐닉하는가…… 같은 수많은 질문에 답변하고 있는 나를 발견했다."라고 적고 있다. 김혜순, 『여성이 글을 쓴다는 것은』, 문학동네, 2002, pp.5~33.

1) 육체의 경험과 해체되는 몸

김혜순의 시는 지속적으로 여성의 몸의 문제에 주목하고 있다. 그는 아버지 세계에서 어둠으로 존재하는 어머니의 몸, 자신을 낳은 어머니의 자궁, 죽은 어머니가 돌아와 노래하는 '또 다른 별'로서의 자신의 몸을 반추한다. 동시에 자신과 세계를 잇는 통로이자 타자를 수용하게 되는 통로로서의 몸을 명명한다. 그리하여 자신의 육체적 경험을 통한 자신에 대한 인식은 곧 타자에 대한 인식으로 발전한다. 이러한 둘 사이의 관계를 지탱하는 몸의 상상력이 김혜순의 시의 원천이자 사랑의 체계[109]이다. 그는 가부장제에 포획된 언어에서 벗어나 살아 움직이는 자유로운 몸을 시쓰기로 구현하고 있다. 그는 거대담론과 남성 중심의 언어에 교란과 균열을 일으키고, 여성의 몸에서 만들어진 시 텍스트들을 통해서 흘러넘치며 세상과 소통한다.

김혜순은 여성 육체의 경험, 어머니–딸의 기호계적 관계, 상상계적 관계, 전오이디푸스적 관계에서 이미 주체가 형성되는 것으로 파악한다. 이러한 점은 의미의 생성이 기호계 혹은 코라(자궁)의 공간과 관계된다는 점을 주장하는 크리스테바의 페미니즘 이론을 수용하는 것이다.

그가 육체를 통해 기표를 추적하고 그 물질적 육체를 통해 의미화 논리를 거부하는 것은 '세상을 지우며,/ 지우며 가는 여자'로서의 자신이자 그의 창작 원리라고 할 수 있다.

---

109) 식수는 육체의 글쓰기를 '사랑의 체계'로 비유한다. 엘렌 식수, 박혜영 역, 『메두사의 웃음 출구』, 동문선, 2004, p.89.

눈물 한 방울 들고 가는 여자 있어.
눈물 한 방울 들고 세상을 지우며,
지우며 가는 여자 있어.
눈물 한 방울 들고 제 얼굴도 지우며 가는
여자가 있어.

절름발이 여자가 간다.
부러진 다리에서
부러진 다리를 꺼내며, 꺼내며
여자가 하나 걸어간다.

울음아, 네가 끌고 가는 여자가 있어.
그 여자 끌어올리는 뜨거운 리듬이 있어
리듬이 지우며,
지우며 가는 세상이 하나 흐리어 있어.

— 「리듬」110)

　첫 번째 시집인 『또 다른 별에서』에 실린 이 시는 시인의 글쓰기 행
위를 형상화하고 있다. '눈물 한 방울 들고 가는 여자'로서의 시인은 '절
름발이 여자'이다. 트라우마와 심리적 불구성을 내포한 '절름발이 여자'
는 다른 도구나 방법 없이 '눈물 한 방울'로 시를 쓴다. 이때 '한 방울'의
수량적 표현은 '울음'을 의미하며, 그 여자 전체를 구성하는 물질성을
띤다. '부러진 다리에서/ 부러진 다리를 꺼내며, 꺼내며/ 여자가 하나 걸
어간다.'는 부분은 시인의 솔직한 자기 진술을 선언하고 있다. 시를 통
해 내면의 상처를 정직하게 드러낼 뿐 아니라, 절름거리면 절름거리는 대
로 숨김없이 나아가겠다는 의지를 나타낸다. 마지막 연으로 가면 이러한

110) 김혜순, 『또 다른 별에서』, 문학과지성사, 1981, p.82.

상황의 주체가 역설적으로 전치된다. '그 여자'를 '끌고 가는' 것은 '울음'이고, '그 여자'를 '끌어올리는' 것은 '리듬'이다. 혼자 가던 여자를 견인하고 촉발하는 울음과 리듬은 김혜순의 시를 구성하는 자질인 것이다.

그러나 그의 시는 '제 얼굴도 지우며 가는' 것이고 '지우며 가는 세상이 하나 흐리어 있'는 것이다. 그의 시쓰기는 얼굴을 알리고 이름을 드러내는 것이 아니다. 오히려 자신의 치욕적 사건을 폭로하며 자신을 지우는 데 있다.

> 옷을 입은 그들이
> 옷을 벗은 나를 풀었다.
> 나의 가슴엔 두 송이 백합
> 백 합 두 송이 캐내면
> 내 꿈들이 터지는 소리
> 내 비명 소리.
> 내 가슴 밑둥치
> 독버섯을 따내며
> 그들은 호통을 쳤다.
> 가슴 속 골목골목
> 버섯꽃들이 자꾸만 썩어서
> 꿈들은 이리저리 섞이고
> 호미를 든 그들은 지쳐서
> 광주리를 버리고 가슴 속
> 언덕 밭에서 쉬었다.
> 일생의 내 꿈들을 창피하게 창피하게 훑으며
> 옷을 입은 그들은 지겹다, 지겹다 말했다.
> 내 머리맡에는 백합 두 송이
> 썩고 있었다.

— 「解 剖」111)

---

111) 김혜순, 『또 다른 별에서』, 문학과지성사, 1981, pp.58~59.

벌거벗은 '나'는 '옷을 입은 그들'에 의해 '해부'된다. '그들'은 '내 가슴'의 '두 송이 백합'을 캐내고 '독버섯을 따내며' 호통을 쳤다. 태초에 세상에 던져진 존재와 같이 벌거벗은 주체는 자신의 육체가 '그들'에 의해 파헤쳐지는 상황에 내몰린다. '그들'은 '백합'이 상징하는 나의 '순정성'과 '독버섯'으로 상징되는 자기보호의 '본능적 방어'를 무참하게 짓밟는다. '그들은 지쳐서 광주리를 버리고 가슴 속 언덕 밭에서 쉬었다'라는 사건의 서술이 암시하는 바는 굴욕적으로 파헤쳐진 대상으로서의 '나'이고 안식을 제공해야하는 '여성'이다.

위 시의 '그들'은 '문명화된 현실의 남성권력'을 암시한다고 볼 수 있다. '옷을 입고', '호미를 든' 그들과 달리 '나'는 이미 '옷을 벗은' 상태임에도 불구하고 다시 '풀렸'고 "비명소리"를 질렀으며 '가슴 속 골목골목 버섯꽃들이 자꾸만 썩었다.' 그리고 마침내는 옷을 입고 쟁기를 든 인간으로 표상되는 자들의 발아래서 '일생의 내 꿈들'은 흩어졌으며, 하얗게 부풀었던 '백합 두 송이'가 '썩고 있었'던 상황을 담담하게 진술한다. 이 진술에서 알 수 있는 것처럼 김혜순이 파악하는 자신의 꿈과 육체는 이제 더 이상 자신의 것이 아니다. 남성중심사회에서 '나'는 "굴복의 소산"[112]이자 패배자이기 때문이다.

김혜순은 절망의 힘으로 시를 쓴다. 자신의 시가 '굴복의 소산'임을 인정하고 패배자로서의 시 쓰기를 마다하지 않는다. 이는 샤르트르의 문학관과 맞닿아 있는 지점이다. 그는 "시란 패이승敗以勝하는 것, 시에 있어서 패자가 곧 승자이다. 그리고 진정한 시인은 마침내 승리하기 위하여 죽음에 이르기까지 패배를 선택한다."[113]는 입장을 밀고 나간다.

---

112) "이렇게 詩는 굴복의 소산이다. 역시 그들의 것인 말과 이미지를 빌어서 잠시 고통스러워하거나, 황홀해하거나, 과연 모든 것이 그들 소유로구나 하는 사실을 재확인하는 것뿐이다." 김혜순, 「표4」, 『또 다른 별에서』, 문학과지성사, 1981.
113) 장 폴 샤르트르, 정명환 역, 『문학이란 무엇인가』, 민음사, 1998, p.27.

김혜순은 자본주의 사회와 가부장적 사회가 만들어놓은 희망의 면전에 절망의 불가피성을 가차 없이 들이댄다. 그의 시 쓰기는 자신의 몸을 엄습했던 불투명하고 혼란스러운 감각에서 출발한다. 몸의 감각에 온전히 의존한 그의 시 쓰기의 본질에는 이성이 아니라 몸의 논리가 작동한다는 점을 알 수 있다. 그리하여 그의 '언어'는 육체와 초목처럼 땅 위에서 스스로 자라고 차츰 소모되며 결국은 썩고 사라지게 되는 지점을 지향한다. 그의 이러한 좌절의 행보는 인간적이며 시적이다. "시인은 인간 기도의 총체적 좌절을 확인하고, 그 자신의 개인적인 패배로서 인간 모두의 패배를 증언하기 위하여, 그 자신의 인생에게 스스로 좌절하도록 처신하는 것이다."114) 그렇게 함으로써 그의 좌절은 구원으로 전환되며 또 다른 자연물과 생명체를 살아나게 하는 거름이 되어 새롭게 거듭날 것이다.

비가 자판을 두드린다 피나게 두드린다 붉은 흙이 팅팅 솟아오른다 나무들이 넘어가고 물 들어찬 닭장 속의 닭들이 벌벌 떤다 그녀도 자판을 두드린다 피나게 두드린다 어찌나 세게 두드리는지 그녀의 두개골 위로 붉은 살 꽃이 핀다 심장을 머리 꼭대기에 올려놓았나 벼슬이 깃발처럼 펄럭거린다 저 방의 전등은 언제 한 번 꺼져보았나 불 밝힌 창이 비명을 지른다 그녀의 이빨 타자기가 쉬지 않고 종이 위로 먹이를 주워 나른다 (……) 오늘은 세 명의 여자가 집을 나갔다 그들은 울면서 닭장을 떠났다 어디로 실려 갔는지 여러분은 알 것이다 (…) 그녀는 자판을 두드리면서 알을 낳는다 그녀가 낳은 알을 컨베이어 벨트가 냉큼 실어간다 밖으로 나가선 안 돼 아픔의 책인 그녀의 몸은 오늘도 피 흘리며 (……) 그녀는 왜 아무도 보지 않는 이 달력을 날마다 쓰고 있나 (……) 그녀의 아픈 핏줄로 감아

114) 김혜순, 『또 다른 별에서』, 문학과지성사, 1981, p.28.

만든 그녀의 심장이 머리 위에서 움찔 피를 흘린다 벼슬이 한 번 더
빨개진다

ㅡ「암탉」 부분115)

위의 시적 상황은 폭우에 태풍이 불고 붉은 흙이 튀고 물이 들어차는
급박한 형국이다. 비가 붉은 흙을 두드려 솟구치게 할 때 '그녀'는 피가
튀도록 자판을 두드린다. 닭장 속의 닭들이 벌벌 떤다. 세 명의 여자가
어디로 실려 간 후에도 그녀는 '이빨 타자기'를 두드리는 일을 멈추지 않
는다. '나가선 안 돼'라는 금지어가 적용되는 공간은 한시도 불을 끌 수
없는 닭장이고 방이며 집이다. 거기 갇힌 여자들은 벌벌 떨거나 울면서
실려 나간다.

닭장의 여자들은 밤낮 없이 알로 표상되는 것을 생산해야 한다. 그 알
은 산업화 사회의 '컨베이어 벨트가 냉큼 실어 간다' '그녀'는 어떠한가?
'자판을 두드리면서 알을 낳는' 암탉의 모습은 시를 쓰는 시인의 행위임
을 알 수 있다.

'그녀'가 '시를 쓰는 것'은 '아픔의 책'인 '몸'으로 '오늘도 피 흘리는'
일이다. 즉 김혜순이 말하는 '시창작'은 고통을 체험하는 몸으로 피를
흘리는 일이다. '비명을 지르'는 장소로서의 몸을 선택해서 닭의 부리
가 모이를 쪼듯 시인은 자신의 이빨로 '한 알 한 알 눈물을 타닥 타다닥
찍어 올'리는 데 몰두한다. 자신의 피로 눈물로 쓰는 책은 '아무도 보지
않는 이 달력'이다. '아무도 보지 않는 시'라는 것을 알면서 '아픔의 책'
을 만드는 작업은 어떤 의미를 갖는가? 필요 없는 것은 가치 없는 것으
로 인식되는 이 사회에서 아무 소용없는 것을 생산하는 시인의 존재는
무엇인가? 이 시에서 '암탉'으로 표현되고 있는 시인의 자아는 "벼슬"을

---

115) 김혜순, 위의 책, pp.92~93.

가진 '수탉'으로 변화하고 있다.

　이 점은 '여성'에서 '남성'이라는 성의 전환이나 권력으로의 이동이 아니라 또 다른 자아의 발견과 확장을 의미한다고 파악할 수 있다. 자기 내면의 아니무스 뿐 아니라 여성적 정체성의 균열을 경험하는 것이다. 이 경험에는 여성과 남성이라는 젠더의 대립을 넘어 자신의 존재를 확장하고 다른 공동체로 나아가려는 시인의 욕망이 내포되어 있다. 그는 주체를 중심으로 하는 동일성의 언어와는 달리 모호함, 유동성, 다양함, 무정형성, 복수성 등으로 특징지어지는 차이의 언어를 지향한다. 차이에 바탕을 둔 여성적 글쓰기는, 음경 집중적인 성 기관을 가진 남성과 달리, 여기저기 흩어져 있는 성감대를 지난 여성의 몸처럼, 직선적이지 않고 일관성이 없으며 다중적이고 분열적이다.116) 그는 자신의 공간에서 자기와의 싸움을 할 수밖에 없는 운명을 긍정함으로써 세계에 맞서는 삶을 전개한다.

　이와 같이 김혜순은 의식이 고이고 체화된 장소로서의 몸을 바탕으로 시를 쓴다. 시의 외적 요구나 "효용", "목적"에 구속되는 바 없을 뿐 아니라 오히려 "굴복"과 "패배"를 인정한다. 이러한 깊은 절망은 또 다른 긍정과 자기 변신을 시도하는 동력으로 작용하는 것을 볼 수 있다. 그는 나와 너, 인간과 동물, 죽음과 삶 등의 경계를 허물며 타자의 목소리를 시적 화자로 적극적으로 수용하는 양상을 보인다.

　김혜순은 일찍이 자신의 창작 원리를 이론화했으며117) 그의 시와 시론은 상호텍스트성을 지닌다. 그리고 그의 거의 모든 텍스트가 여성적 글쓰기를 실천하는 장이다. 김승희는 김혜순의 글쓰기가 크리스테바의

---

116) 루스 이리가레, 이은민 역, 『하나이지 않은 성』, 동문선, 2000, p.106.
117) 김혜순, 『여성이 글을 쓴다는 것』, 문학동네, 2002.

'코라'에서 영향을 받았다고 말한다. 그는 "김혜순 시에는 코라의 로고스 중심주의 파괴와 통사를 분쇄하는 운동성이 나타난다"[118]라고 평가한다.

김혜순의 초기시에서는 풍자적 전략이 두드러지게 활용되고 있다.

> 봄이 오면 산에 들에 진달래 피고
> 묻어두었던 방귀들이 피어오른다
> 잠든 땅에서 젖은 인형과
> 녹슨 망치가 솟아오르고
> 솟아오른 것들이 꿈틀거린다.
>
> — 「꽃만 말고」 부분[119]

> 하늘에 계신 우리 아버지가
> 더 이상 우리말을 듣지 않겠다고
> 작정한 순간, 폭설이 쏟아졌다
> 그것도 모르고
> 땅에 계신 우리는 하늘을 향해
> 아버지, 아 아 아버지
> 목청껏 간구했다
> 그러나 아무 목소리도
> 하늘에 계신 아버지께 상달되지 않았다
>
> — 「함박눈」 부분[120]

만물이 소생하는 봄날에는 산에 들에 꽃이 핀다. 그와 동시에 땅 속에 깊숙이 묻혀있던 내 몸이 '피어오른다' 겨울과 같은 상황 속에 억눌리고

---

118) 김승희, 「상징 질서에 도전하는 여성시의 목소리, 그 전복의 전략들」, 『여성문학
연구』 2호, 한국여성문학학회, 1999, p.155.
119) 김혜순, 『아버지가 세운 허수아비』, 문학과지성사, 1985, p.87.
120) 김혜순, 위의 책, p.56.

억압되었던 여성의 몸이 나타난다. '봄이 오면 산에 들에 진달래 피'는 자연의 섭리와 같이 몸에서 나오는 '방귀'는 자연스럽게 '피어'올라온다. 이처럼 김혜순은 시를 통해 은폐되었던 여성의 신체와 생리적 작용을 전위에 드러내고 있다. 그의 시는 '지성' 혹은 '이성'을 강조하며 감화와 교훈성에 무게를 두는 시의 미학과는 달리 인간의 몸, 현실의 모습을 자연스레 표출한다.

시인은 가곡으로 만들어져 널리 알려진 김동환의 시「봄이 오면」을 패러디하여 봄이 와도 꽃피지 못하는 사람들의 현실을 보여주고 있다. 자연이 풍요로워지는 '봄날'에 상대적으로 심리적 박탈감이 커가는 인간적 소외감과 가난한 이들이 겪는 춘궁기를 폭로하고 있는 것이다.

앞의 다른 시「함박눈」의 경우에도 풍자적 공격성이 드러난다. '하늘에 계신 아버지여'로 시작하는 기도문을 패러디하여 남근중심주의의 상징인 '아버지'에 대해 조롱의 말을 퍼붓는다. 이는 '아버지'의 이름으로 전해 내려오는 가부장적 사회와 역사까지도 풍자하는 것이라 할 수 있다.

2) 주술성과 다성성의 유동적 언어

김혜순 시의 화자는 줄곧 여성이되 한 명이 아닌 여럿이다. '나'는 무수히 여러 개로 분화된 복수의 '나'이자 실존적 대화 상대자로서의 '너'121)이다. 여성의 몸이 달처럼 부풀고 이울고 다시 뜨는 것처럼 그들은 태어나고 사랑하며 죽는다. 그 과정에서 그들은 죽임을 당하거나 다른 사물로

---

121) 정과리,「망가진 이중나선」, 김혜순 『불쌍한 사랑 기계』, 문학과지성사, 1997, p.136.

치환되기도 하고 다른 세계로 이행하고 있다. 그의 시에 나타나는 시적 주체는 뿔뿔이 흩어지며 삶의 역경을 겪는다. 이런 디아스포라적 상상력과 유목민적 언어로 말미암아 그의 시는 다성성을 띠게 되는 것으로 보인다.

김혜순의 시에 드러나는 이 세계는 여성인 자신을 '解剖'하고 '피 흘리게 하'며 '비명을 지르'게 만드는 폭력적인 공간이었고 '나'는 수많은 파편으로 존재한다. 다음의 시에서도 '여자 시인'이라는 정체성의 자각이 바탕에 있다.

> 애야
> 천년 묵은 여우는 백 사람을 잡아먹고
> 여자가 되고, 여자 시인인 나는
> 백 명의 아버지를 잡아먹고
> 그만 아버지가 되었구나
> (중략)
>
> 너 심겨진 밭에 약을 치고 돌아오는 아버지
> 네 팔을 잘라 나뭇단을 만드는 아버지
> 네 밑동을 잘라 제재소에 보내는 아버지
> 양손이 사나운 칼날인 아버지
> 큰 구두를 신어 디뎌야 할 땅도 많은 아버지
> 나하고 놀아요, 아버지
> 하면 깜짝 놀라는 아버지
> 나 아버지 되기 싫어 큰 소리로 말해도
> 아버지의 아버지, 그 아버지를 살해했으므로 그만
> 아버지가 되어버린 아버지
> 강철 커튼 아버지 검정 잉크 아버지 기계 심장 아버지
> 칼날같이 갈아진 양손을 모두어야

비로소 제 가슴이 찔러지는 그런 아버지
애야, 나는 그런 망측한 아버지가 되었구나
　　　　　－「어쩌면 좋아, 이 무거운 아버지를」부분122)

　위의 시에서 어린 '나'의 목소리는 '나하고 놀아요, 아버지'로 나타난
다. '나'의 이런 요구에 '깜짝 놀라'며 대답하는 아버지의 음성은 '나 아버
지가 되기 싫어'와 '애야, 나는 그런 망측한 아버지가 되었구나'로 들려
온다. 그러나 시의 맥락을 따라가 볼 때, 이러한 대화적인 형식은 하나의
주체가 가진 다성적인 발성으로 파악할 수 있다. 즉, '나'는 '너'의 다른
지칭이며 '아버지'의 다른 이름이다.

　'여자 시인인 나는/ 백 명의 아버지를 잡아먹고/ 그만 아버지가 되었
구나'라는 표현에서 알 수 있듯이 '나'는 아버지뿐만 아니라, 아버지로
표상되는 '강철 커튼'과 '검정 잉크', '기계 심장'까지 잡아먹고 '나'로 구
성된 현대사회의 '여성 시인'이다. 거기서 그치지 않고 '나'는 '너'로 치환
된 '나'의 '팔을 잘라 나뭇단을 만드'는 자이고 '밑동을 잘라 제재소에 보
내는' 사람이다. 자신이 자신을 잡아먹는 자해적 이미지가 드러난다.

　그러나 그로테스크한 상상력의 저변에는 인간이 어찌할 수 없는 부친
살해적 운명의 패러다임에 대한 탄식이 스며있다. 시 제목이 말해주는
'어쩌면 좋아, 이 무거운 아버지를'에는 아버지를 넘어서야하는 아들의
목소리가 다성적으로 녹아있는 것이다. 여기서 한 가지 더 주목할 것은
김혜순에게 있어서 '아버지'는 고정희와 최승자의 시에 나타난 억압적
남성 권력의 표상이 아니라 모든 인간이 넘어서야할 무의식의 '아버지'
로 대변된다고 볼 수 있다.

---

122) 김혜순, 『나의 우파니샤드, 서울』, 문학과지성사, 1994, pp.49~50.

호통을 치는 소리
따귀를 때리는 소리
울음 소리
내 목을 네가 자르는 소리

······물소리······

시간이 흘러드는 소리, 추억이 풀리는 소리
추억을 버리는 소리, 시간의 두레박이 힘없이 풀리는 소리,
시간의 목을 내리누르는 네 고함소리.
시간에 바퀴를 다시 거는 소리.

······
물
소
리
······

세상의 소리란 소리는
모두 합쳐서 한소리를 내지.
포도주 항아리에 술 찰랑이는 소리 같은,
즐겁고 신나는 노래 같은
물소리를 내지.
지구에 귀 대고 잠들어보면.

— 「지구를 베고 잠들어보면」[123]

---

123) 김혜순, 『나의 우파니샤드, 서울』, 문학과지성사, 1994, pp.94~95.

1연에서의 지구라는 거대한 세계는 온통 '호통을 치는 소리, 따귀를 때리는 소리, 울음소리'로 충만하다. '네'가 '내 목을 자르'기 전의 세계에는 이처럼 살벌하고 슬픈 소리로 가득한 것이었다. 이때 내 목을 자른 '너'는 다른 시에서의 '그'와 동일한 대상이라 할 수 있다. "그는 넣었다 토마토 케첩을/ 끓어오르고 있는 나의 뇌수에,/ 그는 논리정연한 태도로 발라내었다 끓어오르는 뇌수에서/ 실핏줄과 튀는 힘줄을,/ 그는 맛있게 먹고 있었다" (「프레베르의 아침 식사에 대한 나의 저녁 식사」)[124]라는 부분이 말해주듯 '너'와 '그'는 나를 해체하는 사람이다. 그런데 이 사람은 '나'의 원한의 대상 혹은 살해하는 사람이 아니라, 내가 나의 신체로부터 분리되는 것을 도와준 조력자이다.

위에 부분을 인용한 시에서도 '그'는 '양미간에 내 눈동자가 달라붙은 것도 모를' 뿐 아니라, '그의 아가리를 향해,/ 너덜거리는 내 영혼을 뽑아서' 던질 수 있게끔 각성과 운동성을 불러일으키는 존재이다. 그 신체의 일부는 다름 아닌 '머리'와 '뇌수'인데, '목'이 잘린 '나'는 이제 "생각하는 자[125]"로서의 개인적 주체로부터 멀어진다. 자신을 객체화하여 바라보게 된 '나'는 무한히 확장된 '귀'를 소유하게 된다. '포도주 항아리에 술 찰랑거리는 소리 같은, 즐겁고 신나는 노래 같은, 물소리'를 듣는 자신을 발견한다. 이제 지성이 아니라, 몸과 감각으로 인지하는 '물소리'는 어떠한가? 2연의 "……물소리……"가 수평적인 데 반해 4연의 "……/물/소/리/……"는 수직적 구도이다. 이 두 연은 공시적이고 통시적인 '물소리'를 결합하여 자연의 흐름과 몸의 리듬을 포괄한다. 나는 '물'이 되고 물이 된 나는 어디에나 있다. 시공간을 넘어 어디든 흘러간다. 물이 된 몸은

---

124) 김혜순, 『아버지가 세운 허수아비』, 문학과지성사, 1985, pp.16~17.
125) '나는 내가 생각하는 곳에 존재하지 않는다'라는 라캉의 해체적 인식이라고 할 수 있다.

고정적 형태가 없지만 무수한 타자에게 스며든다. 물은 '한소리'를 내는 '지구'126)의 '즐겁고 신나는 노래'를 감각하는 신체의 주이상스를 경험하는 여성 고유의 체험이라 할 수 있다.

즉 이렇게 끔찍하고 그로테스크한 상상력으로부터 출발한 자기 해체는 자기의 실존을 인지하게 한다. 자신의 존재 방식은 부서지고 흘러가는 것이라는 점을 확인하는 것이다. 이처럼 '흘러가려고 태어난 몸'에 대한 인식은 가장 최근의 시집127)에도 나타난다.

> 나는 흘러가려고 태어난 몸
> 흘러가 당신 몸속의 물이 되려고 태어난 몸
> 지평선이 없어도 좋아 딛고 설 땅이 없어도 좋아
> 나는 오직 가기만 하면 돼
> 나는 당신 몸 깊은 곳에서 쉬지도 않고, 넘치지도 않고, 속삭이지
> 도 않고
> 당신 눈동자의 물처럼 물끄러미 있으려고 태어난 몸
> 　　　　　　　　　　 ─「당신 눈동자 속의 물」 부분128)

'나'의 근원이자 실체로서의 '몸'은 '흘러가려'는 속성이 있다. 아니 '흘러가 당신 몸속의 물이 되려고'하는 목적을 '나'는 여실하게 고백한다. '나'는 무수한 장애를 극복하고 '설 땅이 없어도 좋'은 공간인 '당신 몸 깊은 곳'으로 간다. 다시 말해 '나'는 '너'가 되고 '그'가 되는 변신과 탈주를 도모하게 된다. '오직 가기만' 하려는 이 대책 없는 시도는 어디에서

126) "지구나 대지는 서양에서나 동양에서나 여성의 속성을 지닌 것으로 보는 것이 보통이다." 김욱동, 『문학 생태학을 위하여』, 민음사, 1998, p.366.
127) 김혜순, 『당신의 첫』, 문학과지성사, 2008.
128) 김혜순, 위의 책, pp.66~68.

기원하는가? "이 사랑은 태곳적부터 여성인 내 몸에서 넘쳐 나오고, 그리고 거기서부터 고유한 실존의 내 목소리가 터져 나온다."[129]는 시인의 말에서도 알 수 있듯이, 김혜순의 시에서 '나'와 '당신'의 이분법을 넘어, 주체의 벽을 넘어 '타자'로 이행하려는 욕망은 '사랑'으로 표현된다.

이 욕망 생산의 관계들은 남녀 두 성의 통계학적 질서를 뒤집는 것이다. 사랑한다는 것은 하나만을 이룬다는 것이 아니요, 둘을 이룬다는 것도 아니라 수천수만을 이룬다는 것이다.[130] 김혜순 시가 지닌 유동적이고 액체적인 언어는 자신과 타자 간의 흡수와 침투를 가능케 하는 사랑의 방식인 동시에, 정착된 개념과 고정된 관념을 거부하려는 창작의 원리와도 닿아 있는 것이다.

> 그녀가 온다. 북을 둥둥 치며 온다. 하늘의 고막을 둥둥 울리며 온다. 벼락을 안고 오는지 대문이 저절로 무너진다. 그녀가 온다. 한 발자국 한 발자국 내디딜 때마다 그녀의 마음이 내게로 온다. 내 마음이 둥둥 울린다. 이렇게 두꺼운 아버지의 고막을 찢고 그에게 가리. 나는 마치 바다를 깔고 누운 것 같다. 커튼을 치고 뇌파를 차단하고, 아아 그녀가 떠들썩한 텔레비전 방송국을 망치로 내려친다. 베개에 피가 번진다. (중략)
> 그녀가 온다. 내 몸속으로 온다. 일곱 시간째 걸어온다. 파수병이 깰 것이다. 아아 아버지의 군대도 깰 것이다. 달이 잘 당겨진 북처럼 팽팽한 하늘을 친다. 그녀가 온다. 태풍의 눈을 둥둥 두드리며 온다. 나는 그녀가 잘 지나가라고 내 몸을 판판하게 펴준다. 내 몸 위로 말발굽이 지나 간다. 그녀의 날 선 칼이 내 눈 속에서 번쩍한다. (중략) 그녀가 나를 부른다. 그녀의 쓰라린 맨발이 둥둥 내 빈 가슴을

---

129) 김혜순, 「표4」, 『불쌍한 사랑 기계』, 문학과지성사, 1997.
130) 들뢰즈 · 카타리, 최병관 역, 『앙띠 오디푸스』, 민음사, 1994, p.75.

울린다. 내 몸속 우물이 철철 넘쳐흐른다. 아 아버지, 이 북을 찢고
그를 만나리, 그녀가 울면서 온다.

- 「낙랑공주」 부분131)

이제 '나'는 '낙랑공주'와 일체가 되어 '그'에게 간다. '북을 둥둥 치며'
가는데 그 '북'은 "아버지의 고막"인 동시에 '팽팽한 하늘'이다. 그것은
'아버지의 법'이며 "아버지가 집에 돌아올 때면 밥상 위의 그릇들이 벌
벌 떨었어요."(「붉은 이슬 한 방울」)132)에서 보여주는 트라우마의 원천
으로서의 '아버지'일 것이다.

그런데 이 시에서의 '그'는 누구인가? 그는 '아버지'가 아니며, 앞의 시
「解剖」에서의 '그들'과도 판이하다. 김혜순 시의 남성들이 '아버지'와 동
일시되거나 확대된 존재였던 점과 달리 이 시에서의 '그'는 '이 북을 찢
고 그를 만나'야 하는 사람이다. '이렇게 두꺼운 아버지의 고막을 찢고
그에게 가리.'와 '아 아버지, 이 북을 찢고 그를 만나리,'라는 발화는 누구
의 것인가? 시의 흐름을 방해하는 내밀한 목소리는 '나' 혹은 '그녀'의 것
이기도 하고 또 다른 제 3자의 추렴 소리처럼 들리기도 한다. 이 한 편의
시에는 여러 개의 목소리가 혼재한다. 그러므로 전체적으로 닮은 모양
을 하고 있는 균열된 주체들이 순환적으로 발설하는 프렉탈의 구조를
띠고 있는 것으로 보인다.

'천둥 번개를 안고' 오는 '낙랑공주'는 '내 몸속으로 온다.' '나'는 신화
속의 '그녀'와 일체가 된다. '일곱 시간 째'의 산통을 겪으며 '나'는 어머
니로서 '그녀'를 출산하고 있다. '나는 그녀가 잘 지나가라고 내 몸을
판판하게 펴'주는 자궁이 된다. '나'는 이미 '그녀'의 분신이자 어머니로

---

131) 김혜순,『한 잔의 붉은 거울』, 문학과지성사, 2004, pp.47~48.
132) 김혜순, 위의 책, p.78.

표상된다. 이때 김혜순의 언어는 논리적이고 합리적인 언어가 아니라 주술성을 띤 목소리로 확장된다.

김혜순의 시는 설화와 역사 속으로 들어가 무수한 '나'를 불러들이고 만난다. 그 유동적인 해체와 합일이 일어나는 장소는 자신의 '몸'이다. 몸의 안과 밖은 단절의 공간이면서 접속의 공간이다. 이 중첩과 뒤엉킴의 공간에서 태어나는 그 언어들은 다성적이며 다분히 주술적이다.

아래의 시는 '유화부인'으로서의 시적 자아의 모습을 드러낸다.

> 서치라이트처럼 쏟아지는 햇빛에 쫓겨다니다
> 그 빛에 강간당해 날개가 타버린 여자
> 나는 죽은 얼굴에 밤마다 미백 크림을 발라준다
> 아기를 가졌다고 아버지에게 잡아 뜯겨
> 한정 없이 입술이 풀어진 여자
> 바위에 눌려 깊은 물속에 처박힌
> 물새 같이 가련한 여자
> 나는 그녀의 끝없이 풀어지는 강물의 입술로 시를 쓴다
> 급기야는 도망가다 감옥에 갇혀 알을 낳는 여자
>
> ─「유화부인」 부분133)

김혜순은 이 여자가 '시인 자신'이며 '이 시대의 모든 여성'이라는 말을 들려주고 있다. 이 점은 해모수에게 겁탈당하고 아버지 하백에게서 쫓겨났으며 감옥에 갇혀 주몽을 낳은 유화부인의 사정이 지금 여기의 '나'와 다를 바가 없다는 인식에서 연유한 것으로 보인다. 이와 같이 그는 가부장적 역사와 신화 속의 여성 계보를 통해 현존하는 자신을 발견

---

133) 김혜순, 『한 잔의 붉은 거울』, 문학과지성사, 2004, p.51.

한다. 그는 시간과 공간 너머에서 자유를 간직한 인간의 새로운 국면을 찾으려고 하는 것이다.

3) 노마드(Nomad)적 상상력과 바리데기의 노래

김혜순의 시는 잉태와 출산과 죽음의 과정을 경험하는 여성의 언어이다. 즉 모성적 체험의 언어이다. 그 몸의 언어는 피와 물이 흘러넘치거나 솟아오르는 유동적 존재로써 타자를 실어 나른다. 그 언어구조는 주체와 타자의 이원항이 아니라 카오스적으로 구성되어 있다.[134)]

김혜순은 여성성을 부정과 결핍의 이미지에서 떼어내어 긍정과 창조, 생성의 능력으로 정의하고 있다. 이것은 여성이 생명을 담지한 공간인 '자궁'을 지닌 존재이기에 가능해지는 기적이며, 이때 '어머니'와 '딸'의 계보 속에서 '여성'은 생명성과 불멸성을 상징하고 있다.

> 거울을 열고 들어가니
> 거울 안에 어머니가 앉아 계시고
> 거울을 열고 다시 들어가니
> 그 거울 안에 외할머니 앉으셨고
> 외할머니 앉은 거울을 밀고 문턱을 넘으니
> 거울 안에 외증조할머니 웃고 계시고

---

134) '카오스'적인 언어구조는 최승자의 시에서도 나타나는 형식으로써, 이때의 카오스는 무차별적 혼돈 상태가 아니다. 이와 관련해서 카오스를 코스모스로, 즉 특정한 질서와 평면상태의 조건이자 그 생성 및 변화를 일으킨다고 본다. 아사다 아키라, 이정우 역, 『구조주의와 포스트구조주의』, 새길, 1995, pp.15~31 참조.

(중략)

그 모든 어머니들이 나를 향해

엄마엄마 부르며 혹은 중얼거리며

입을 오물거려 젖을 달라고 외치며 달겨드는데

젖은 안 나오고 누군가 자꾸 창자에

바람을 넣고

내 배는 풍선보다

더 커져서 바다 위로

이리 둥실 저리 둥실 불려다니고

(중략)

청천벽력.

정전. 암흑천지.

순간 모든 거울들 내 앞으로 한꺼번에 쏟아지며

깨어지며 한 어머니를 토해내니

흰 옷 입은 사람 여럿이 장갑 낀 손으로

거울 조각들을 치우며 피 묻고 눈감은

모든 내 어머니들의 어머니

조그만 어머니를 들어올리며

말하길 손가락이 열 개 달린 공주요!

— 「딸을 낳던 날의 기억—판소리 사설조로」[135]

위 시의 화자는 '딸'을 낳고 있다. 그 딸은 '거울 속의 어머니', '외할머
니', '외증조할머니', '외고조할머니'들로 윗대의 어머니들이자 '내 어머
니들의 어머니'이다. 자신이 낳은 어린 아이 '손가락 열 개 달린 공주'는
'한 어머니'인 동시에 '그 모든 어머니'이다. 다시 말해 '나'는 '어머니'를 잉
태하고 분산한다. '나'는 아기를 낳음으로써 내 안에 번성하는 어머니를

---

135) 김혜순, 『아버지가 세운 허수아비』, 문학과지성사, 1985, pp.113~114.

세상으로 불러내고 타자의 몸속에서 여러 갈래로 소멸해가며 생동하는 어머니를 찾아낸다. 그들은 공동체적 연대감으로서 모성성을 경험한다. 이처럼 김혜순에게 있어 '죽은 어머니'는 그녀의 '시적 기제'이자 '시적 자아'136)이다.

김혜순은 시를 통하여 '나'는 세상의 '딸'이 되고 '모든 어머니'가 '엄마 엄마 부르'는 모성적 체험을 겪는다. 더 나아가 아래의 시에서는 자신의 몸에서 출산이 역방향으로 진행되기도 한다.

> 그들의 노랫소리 들려온다
> 살려줘요 살려줘요
> 끊이지 않는 딸꾹질처럼 내 멱을 따는 노래
> 미친 새들의 머리 한가운데
> 내 몸속으로 다시 돌아와 드러눕고 싶은 내 아이들
> 그 아이들을 태운 배 한 척 조용히 불 켜고 떠 있다
>
> —「태풍의 눈」 부분137)

시적 화자는 '청량리 정신병원' 앞을 지나고 있다. '살려줘요 살려줘요' 라고 울부짖는 아이들의 소리는 '내 멱을 따는 소리'로 치환되고 마침내 그는 자신의 아이들이라 부르고 있다. '나는 거기 불 켠 창문마다 아이들을 하나씩 부려놓고 나온다'는 발언은 '나'에서 '그녀'인 다른 모든 여성으로 변화될 뿐만 아니라 버려진 '아이들'로 확장되는 과정을 보여준다.

엘렌 식수의 말처럼 "여성 속에서, 모체이며 자신을 내어주는 양육자인

---

136) "나의 시적 자아인 죽은 어머니는 나와 내 밖의 것들을 이미지로 만드는 시적 기제이다."
김혜순,『여성이 글을 쓴다는 것은』, 문학동네, 2002, p.55.
137) 김혜순,『한 잔의 붉은 거울』, 문학과지성사, 2004, pp.58~59.

그녀는 동시에 스스로 어머니이며 아이이고, 그녀 자신의 딸이며 자매"138)
인 것이다. 김혜순의 시쓰기는 내 안의 모성을 발견하고 '어머니-되기'
를 실현하는 길이라 할 수 있다. 많은 남성들의 시에서 '여성'이 남성적
쾌락 메커니즘에 따라 구성된 텍스트였던 것처럼 '어머니' 또한 왜곡된
부분이 많았다. 그들은 어머니를 성적 체험이 거세되어 있는 무성적이
며 성스러운 존재로 박제화하지만, '어머니'란 필연적으로 모성적 체험
인 성경험과 임신과 출산을 거친 존재들이다.

따라서 그 모성은 피, 체액, 고름 등의 물 이미지와 결합되는 아브젝시
옹139)까지 어우르는 개념으로 재인식되어야 한다. 이렇게 탈주체화된
'어머니'되기는 김혜순 시의 목표라고 할 것이다. 이때의 '되기'140)란 무
엇으로도 될 수 있는 분자적 성분들을 자유롭게 생산할 수 있는 다양한
능력을 말한다.

김혜순의 '어머니-되기'는 다양한 스펙트럼으로 드러난다. '나'는 '그
녀'로, '나'를 통과하는 '낙랑공주'로, '어머니'를 낳는 '나' 등의 타자로, 그
리고 다른 사물로 거듭난다. 이러한 '되기'를 통해 자신을 휘감고 있는 견
고한 아버지의 세계로부터 탈주하고자 한다. 그것은 '아버지' 바깥의 모
든 존재와 소통하려는 시도로써 삶과 죽음, 시공간을 뛰어넘어 새로운

---

138) 김혜숙, 『포스트모더니즘과 철학』, 이대출판부, 1995, p.353.
139) 아브젝시옹(Abject)이란 "처참한, 참혹한이라는 뜻으로 정체성, 체계, 질서를 어지
럽히는 것, 경계, 위치, 규칙을 무시하는 것"으로 오물, 쓰레기, 고름, 체액, 시신을
포함하는 개념이다.
140) 모든 '되기'는 소수-화이다. 모든 사람처럼 존재하는 것은 '되기'의 마지막 코스
이고 지각불가능하게 되기이다. 즉 어떠한 사람이라도 될 수 있는 것, 주목받지
않고 살아가는 것, 이웃이나 관리인에게조차 알려지지 않고 살아가는 것. 이는 숱
한 고행과 절제, 창조적 합일을 필요로 한다. 이진경, 『노마디즘 2』, 휴머니스트,
2002, pp.118~121.

세계를 창출하려는 몸짓이다. 다음의 시는 '물'이 된 시인의 '몸'이 닿는
세계를 보여준다.

      욕조에 담긴 물처럼
      당신 때문에 내가 썩는다
      오디오에 담긴 음악처럼
      당신을 감돌고 나온 내가 죽는다

      당신이 잊어서 내가 죽는다
      목까지 찬 냄새나는 물이 썩는다

      그래 여기선 결국 시궁창의 승리!
      시의 궁창이여! 만만세여!
      발 아래 터널이여!

                              — 「미쳐서 썩지 않아」 부분141)

    '나'의 육신은 '물처럼', '음악처럼' 사라진다. '나'는 '욕조에 담긴 물'과
같이 '당신을 감돌고' 나와 하수구로 흘러가게 된다. '당신'으로 인해 나
는 썩는 운명에 놓인다. 또한 '나'는 '당신 귀로 흘러갔던 음악'과 같이 당
신을 '감돌고 나온' 후 죽음을 맞게 된다.

    물이 사람을 씻겨주고 음악이 사람을 위로해주듯 '나'는 '당신'을 정화
하고 생명을 유지할 수 있게 한 후 눈에 보이지 않는 곳으로 떠난다. 그
러나 '당신 때문에 내가 썩는' 자가 던지는 마지막 연의 발언은 원망도
자포자기도 아니다. 마치 화자는 자신의 말로를 알면서도 자발적으로
그 운명에 뛰어든 사람과 같은 선언을 하고 있다.

---

141) 김혜순, 『당신의 첫』, 문학과지성사, 2008, p.39.

'시궁창의 승리!/ 시의 궁창이여! 만만세여!'에서 '나'는 말장난(pun)이 주는 사소한 즐거움과 같이 무리 없이 탈바꿈한다. '시궁창'을 흐르는 '나'에서 '시의 궁창'을 영원히 향유하는 존재로 역전되는 것이다. 즉, 그 더럽고 냄새나는 세계로 추락하는 동시에 '시의 궁창'을 날고 있는 것이다.

삶과 죽음이 결코 두 개의 상이한 상태가 아니며, 끝은 또 다른 시작이라는 이러한 순환적 상상력은 김혜순 시의 힘이라고 할 수 있다. 시인 자신은 흩어지고 증발하며 죽음에 이르는 순간을 선택함으로써 삶 너머의 심연을 열어 보이려고 한다. 김혜순은 물이 정화와 세척의 기능을 함과 동시에 더러워지고 썩는 것처럼 시인의 운명은 죽음으로써 또 다른 삶을 사는 것이라고 시의 주제를 극명하게 드러낸다. 썩음과 죽음을 통해 신성을 획득하는 바리데기의 삶과 유사한 것이다.

산으로 가야지
남은 식구들 배불리 먹고 노래 부를
흰 쌀밥을 지어놓고
환한 불은 아궁이에 지펴놓고
허리를 구부리고
머리엔 새끼줄을 칭칭 감고
(중략)
그 산으로 가야지
맨발로 가야지
(중략)
그 산으로 가야지
혼자서
몰래 가야지
천근 바위보다 더 무거운
검은 영혼 아래

몸을 누이고
(중략)
그 산으로 걸어서 가야지
굶어 죽으러

       ― 「산으로 가야지」 부분142)

　"한국의 억압된 여성 시인들이 탈출, 산책, 여행, 가출, 도망, 교신交信, 유년 회귀 등을 통해 외출을 감행"143)한 반면, 이 시의 화자는 그러한 외출과는 다른 차원의 탈주를 도모한다. 이 시의 화자는 '산'으로 간다. '남은 식구'를 배려하여 '흰 쌀밥을 지어놓고/ 환한 불은 아궁이에 지펴놓고' 먼 길을 떠난다. 목적지인 '산'에 이르기까지 '허리를 구부리고/ 머리엔 새끼줄을 칭칭 감고/ 얕은 산을 넘고/ 깊은 산을 넘고/ 바위 산을 넘고' 가는 고행을 감수해야 한다. 거기까지 도달하려면 '맨발로 가'야 하고 '혼자서 몰래 가야'한다. 설사 도달하더라도 '천근 바위보다 더 무거운/ 검은 영혼'의 무게를 감당해야하며, 마침내 굶어 죽는 최후를 맞게 된다.

　그렇다면 왜 화자는 죽음에 이르는 길을 찾아 떠났을까? 버림받은 여자가 아니라 여자이기 때문에 버려진 모든 여자, 소녀의 목소리가 혼재된 화자의 음성은 죽음을 통해 사랑을 실현하는 사람의 몸짓이다. 시인은 바리데기 설화가 가지는 죽음을 통한 구원의 방식을 통해 시가 창출하는 다른 세계를 노래하고 있다. 그것은 죽음이 죽음으로 끝나지 않고 새로운 삶으로 이어진다는 인식을 드러낸다.

　이 시에서 김혜순은 부조리하고 추악한 삶의 경계를 넘어 '혼자 맨발로

---

142) 김혜순, 『당신의 첫』, 문학과지성사, 2008, pp.49~50.
143) 김현자, 「한국문학과 여성 Ⅰ ― 한국 여성시의 존재 탐구와 언술 구조」, 이화여대 한국어문학연구소 편, 『한국예술의 전통과 미래의 한국문학』, 1966, pp.21~22.

고행하는' 방식으로 시쓰기를 하고 있음을 보여준다. 그 시가 창조하는 또 다른 공간이야말로 자신의 영혼이 생존하는 그곳이다. 즉, 이 땅에서 죽은 이가 가서 사는 '바리데기의 땅'이다.

그는 스스로 '바리데기-되기'를 통해 모든 억압과 부조리를 사랑이라는 이름으로 포월하고자 한다. 김혜순은 자신의 비가시적 공간을 새롭게 창출하여 보이지 않는 방식으로 존재하는 바리데기와 같이 죽음의 공간으로 탈주의 궤적을 그리고 있다. 그럼에도 불구하고 그 '죽음의 공간'은 '죽음으로써 사는' 새로운 시적 공간으로 창출된다. 화자는 행복하여야 할 공간인 집으로부터 '떠남'을 선행한다. 그가 가는 곳은 '그 산'이고 '굶어 죽'을 공간으로 예견되고 있지만, 역설적으로 죽음을 감행한 자, '선을 넘어서는' 노마드적 주체144)의 새로운 세계인 것이다.

김혜순이 상징하는 '바리데기 공간'은 이 세계에서 버려지고 죽은 여성의 비가시적 세계라고 할 수 있다. 그는 이 세계를 넘어 새로운 시공간으로 탈주와 이산을 반복한다. 그곳은 죽음의 다른 이름인 삶의 공간이자 인간해방과 자유의 공간, 상상력의 공간으로 파악된다. 현실적으로는 '여성 육체'의 시공간이라고 할 수 있다. 여성은 달과 같이 기울고 팽창하며 매달 죽음과 삶을 동시에 겪기 때문이다. 그는 이성남근중심주의

---

144) 들뢰즈와 푸코에 따르면, 노마드적 주체란 새로운 주체적 재전환 운동을 의미한다. 푸코에 표현에 따르면, 이는 더 이상 보편적 지식인이 아니라 특정한 지식인을 산출하는 문제이다. 들뢰즈 같으면 노마드적 주체를 산출하는 문제가 뭘까? 그것이야말로 선을 넘어서야하는 문제이고 '격렬하게 전차를 모는 사람의 채찍질'을 통한 균열의 자리, 즉 태풍의 눈 속으로 들어가야 하는 문제이다. 하지만 우리는 그곳으로 가야만 하고 또 갈 수 있다. 왜냐하면 그곳에서 비로소 인간은 살아갈 만하고, 바로 그것이야말로 진정한 삶이기 때문이다. 질 들뢰즈, 권영숙 역, 『들뢰즈와 푸코』, 새길, 1995, p.186. 질 들뢰즈, 하태환 역, 『감각의 논리』, 민음사, 2008, p.193 등을 참조.

로부터 자유로운 바리데기적 공간에서 "버려진 여성이 버려진 여자를 쓰"[145]는 방식으로 존재한다.

요컨대 김혜순 시의 미학은 가시적 세계 너머를 지향한다. 그는 삶과 죽음을 넘나드는 통로이자 탈주체적인 공간에서 "하나의 감각존재이며, 나 스스로 존재하는 자"[146]로서 세계와 소통한다.

---

145) 김혜순, 『여성이 글을 쓴다는 것은』, 문학동네, 2002, p.22.
146) 예술 작품은 하나의 감각존재이며. 그 스스로 존재한다. 질 들뢰즈 · 펠릭스 · 가타리, 이정임 · 윤정임 역, 『철학이란 무엇인가』, 현대미학사, 1991, p.233.
김혜순은 자신에 대한 정체성을 묻는 질문에 "나는 나"라고 대답한다. 김이듬, 「어머니 혹은 소녀로서의 야훼를 바라보며 걷기-김혜순 초청대담」, 『서시』, 2008년 겨울호. pp.18~31.

IV.

한국 페미니즘시의 '여성적 글쓰기' 전략과 층위

고정희, 최승자, 김혜순의 시를 중심으로 살펴본 한국 페미니즘시는 이론과 실제, 내용과 형식, 사유체계에 이르기까지 다양한 특징을 나타 내고 있다. 이들은 공통적으로 육체의 언어를 통해 세계를 인식하고 자 신의 성 정체성을 찾아가는 과정을 나타내고 있다. 이때 시종일관 '아브 젝시웅으로서의 여성' '벌거벗은 생명'이 시적 기제로 작용한다. 이들의 시에 드러나는 여성은 현 사회의 모순적 체계 속에서 고통 받고 배제되 며 버림받은 존재이다. 이들은 시간의 경계를 넘어 역사 속의 여성과 (외)고조할머니, (외)증조할머니, (외)[1]할머니, 어머니, 딸로의 여성적 계 보를 형성한다. 시간의 수직성이 초현실성을 의미한다면, 시간의 수평 성은 인간의 구체적인 행동성을 의미하기에[2] 이들의 작품은 현실적 여 성의 체험을 통해 자매애와 새로운 여성성의 미학을 획득하고 있다.[3]

1) 김혜순은 할머니 대신 외할머니로, 증조할머니 대신 외증조할머니로 쓰고 있다.
   김혜순, 『아버지가 세운 허수아비』, 문학과지성사, 1985, pp.113~114.
2) 이승훈, 『시론』, 고려원, 1992, p.407.
3) 고정희와 최승자, 김혜순은 모든 여성의 삶은 물론이고, 서로에 대한 배려와 관심
   을 가졌던 것으로 추측된다. 특히 김혜순은 고정희 등이 창간한 잡지에 글을 싣기
   도 했고(「페미니즘과 여성시」, 『또하나의 문화』 제9호, 1992), 최승자의 작품을 위
   한 시를 창작했다(「흙만 보는 사람−최승자의 <문명>을 위하여」, 『아버지가 세운

이들 페미니즘시는 이성남근중심사회를 비판하며 근대 미학에 반성을 촉구한다. 나아가 성별의 이원론적 대립을 넘어 경계선의 해체로, 차이로 존재하는 개방적 구조를 보여준다.

본 장에서는 고정희, 최승자, 김혜순의 시의 사유체계와 언술구조에서 나타나는 공통적인 원리와 차이를 살펴보고자 한다. 먼저 이들의 '몸의 글쓰기'를 분석하고 다음으로 '여성적 글쓰기의 언술적 특징'을 고찰할 것이다. 마지막으로 현실에 대한 '인식체계와 미적 지향점'을 알아보고자 한다. 이와 같이 페미니즘시를 육체의 층위, 언어의 층위, 현실의 층위로 나누어 분석하는 방법은 서로 중복되기도 하지만 각기 그 앞의 층위를 포함할 수 있다는 측면에서는 순차적인 층위이기도 하다.4)

허수아비』, p.54).
4) 엘레인 쇼월터, 김열규 역, 「황무지에 있는 페미니스트비평」, 『페미니즘과 문학』, 1988. p.29.

1. '몸으로 글쓰기'와 분만의 상상력

'나는 생각한다, 고로 존재한다'라는 데카르트식 서구 근대담론은 '이성'과 '남성 주체'를 중요하게 부각하고 '감정과 육체'와 '여성' 등의 문제는 그 대립적 하위의 항으로 인식한다. 페미니즘시는 이성남근중심주의에서 타자로 주변부에 존재하는 육체와 여성으로부터 출발하고 있다. 여성의 육체는 성차에 기준을 둔 가장 극단적인 진술과 연관된다. 서구 문화에서는 텍스트의 작가가 흔히 아버지, 조상, 산출자, 가장 등으로 비유되는데, 그때 펜pen은 그의 성기(penis)처럼 생식의 도구로 치환되어 왔다.[5] 그에 반해 앞서 살펴본 한국 페미니즘시는 '펜'이 아니라 '자궁, 입술, 젖무덤, 눈물, 피' 등을 매개로 한 육체의 언어로 씌어지고 있는 것을 볼 수 있었다. 고정희, 최승자, 김혜순의 시에 나타나는 신체의 구체적 형상은 지배 이데올로기에 의해 훼손되고 착취당하는 여성의 삶을 보여주고 사회적 반감과 저항을 나타내었다.

이 절에서는 앞 장에서 논의했던 육체적 글쓰기에 나타난 신체의 다른 부위보다도 '자궁'을 중심으로 하여 그 양상을 살펴보고자 한다. 자궁은

---

5) S. Gilbert& S.Gubar (1979), 김미현, 『한국여성소설과 페미니즘』, 신구출판사, 1996. p.50 재인용.

임신과 출산이라는 여성만이 가질 수 있는 것으로 여성성의 근원이기 때문이다. 나아가 이들의 시에 나타난 액체적 상상력를 고찰할 것이다.

한국 페미니즘시는 자궁을 지닌 여성의 몸에서 탄생한다. 이들 시는 공통적으로 여성이 지닌 무한한 생명력을 지향하고 그 가치를 우주의 근원으로 인식하고 있다. 이들의 시에는 '생명을 분만하는 몸'과 '어머니-되기의 좌절'이 빈번하게 드러나는 것을 알 수 있다.

고정희의 자궁 이미지는 '매 맞는 여성', '억울하게 죽은 어머니'와 연결되어 나타나는 것을 알 수 있다. 그들의 유린되는 자궁은 자본주의 사회의 시궁창을 보여준다. '강남의 술집에서 뱀의 대가리에 의해 꺼져 가고'(「뱀의 역사―역사란 무엇인가」), '성폭력과 강간폭력, 노동통제 남근에 깔려'(「여자는 최후의 피압박 계급」) 피폐화되고 있다. 그는 여성을 억압하고 생명력을 짓밟아온 오래된 기제가 무엇인가를 살피고 있다.

> 변변찮은 남자하고
> 일평생을 살자 하니
> 효부열녀 수절정절 현모양처 청상과부
> 여자 일평생에도 혹따리가 생겼구나
> 혈통 지키는 씨받이따리
> 가문 지키는 문전따리
> 전답 지키는 청지기따리
> 조상 지키는 선영따리
> 어른 받드는 복종따리
> 남편 받드는 희생따리
> 장자 받드는 순종따리
> 자손 받드는 수발따리
> ― 「평등 없는 너희 집이 흉가가 되리라」 부분[6]

---

6) 고정희, 『저 무덤 위에 푸른 잔디』, 창작과비평사, 1989, p.19.

위 시의 여성은 가부장제에 억압당하고 있다. '효부열녀, 수절정절, 현모양처, 청상과부, 씨받이' 등으로 존재하여야 가치가 인정되는 사회적 타자라고 할 수 있다. 자신의 행복을 위해 삶을 누릴 기회도 제한적이며 스스로 출산을 결정할 권리도 없다. 여성의 자궁은 '혹따리'에 불과한 것으로 나타난다. 고정희는 이러한 가족제도의 가정에 대해 '평등 없는 너희 집이 흉가가 되리라'라고 전망한다.

최승자 시의 여성은 절단되는 몸을 보여주고 불모적인 육체로 나타났다. 애인에게 버림받고 산부인과의 수술대에 다리를 벌리고 "이 지상에 한 무덤으로 누워"(「Y를 위하여」) 사랑과 저주의 양가적 감정을 욕설과 함께 내뱉고 있다. 『연인들』의 경우 순환적 여성성을 제외하면 최승자 시는 지속적으로 불구적인 여성 이미지를 생산한다.

> 여자들은 저마다의 몸속에 하나씩의 무덤을 갖고 있다
> 죽음과 탄생이 땀 흘리는 곳,
> 어디로인지 떠나기 위하여 모든 사람들이 몸부림치는
> 영원히 눈먼 항구.
> 알타미라 동굴처럼 거대한 사원의 폐허처럼
> 새들의 고향은 거기,
> 모래바람 부는 여자들의 내부엔
> 새들이 최초의 알을 까고 나온 탄생의 껍질과
> 죽음의 잔해가 탄피처럼 가득 쌓여 있다.
> 모든 것들이 태어나고 또 죽기 위해선
> 그 폐허의 사원과 굳어진 죽은 바다를 거쳐야만 한다
> ─「여성에 관하여」부분7)

7) 최승자, 『즐거운 일기』, 문학과지성사, 1984, p.49.

위 시에서 '자궁'은 '무덤', '영원히 눈 먼 항구'와 '알타미라 동굴', '사원의 폐허', '굳어진 바다'로 형상화되고 있다. 본원적으로 자궁은 '새들의 고향'이고 '모든 것들이 태어나고 또 죽'는 생명의 산실이지만, 현실적 여성의 몸은 그 가치를 실현할 수 없다. 지금 여기 '여성의 내부'는 '모래바람 부는' 황무지로 변했으며 '죽음의 잔해가 탄피처럼 가득 쌓여 있'는 '무덤'이기 때문이다.

김혜순의 몸은 그자체가 '시 쓰는 기계'이자 '타자기'로 나타나고 있다. 합리적 이성이나 영감이 아니라 '육체'가 출산하는 방식으로 시를 생산하는 것이다. 그는 『불쌍한 사랑 기계』라는 시집을 통해서도 그 사실을 피력한다.

그러나 그 육체는 '호미를 든 그들'에 의해 파헤쳐지고 마침내 '썩고 있었'(「解剖」)다. 다른 시의 자궁은 '박제된 난소'로 '그 여자의 방에는 박제된/ 난소들이 어디에나 걸려 있"(「버림받은 여자 −C에게」)[8] 는 그로테스크한 이미지로 드러낸다. 그 방에는 여자의 난소만이 아니라 많은 여성의 난소는 제구실을 하지 못하고 벽에 전시되어 있는 것이다. 이 거대한 방은 여성의 몸이 상품으로 유통되는 자본주의체제를 상징한다고 파악할 수 있다. 그로 인해 '아픔의 책인 그녀의 몸은 오늘도 피 흘리며 아무도 보지 않는"(「암탉」) 버려진 텍스트로 존재하고 있는 것을 알 수 있다.

> 아랫배 불룩하게 달 가진 엄마와 딸이
> 손잡고 BASKIN ROBBINS 31 들어가네
> 엄마는 검은 달 뜬 지 17일째, 찌그러진 보름달, 체리 주빌레

---

8) 김혜순, 『아버지가 세운 허수아비』, 문학과지성사, 1985, pp.123~124.

(중략)

애야 느껴지지 않니 아무래도 저 달에 지진이 났나 봐
양수가 터진 달이 손가락 사이로 질질 녹아 흐르고
누군가 버리고 달아난 자동차의 깨어진 뒷창문 밖으로
튀어나온 고양이가 먹구름 속에서 터진 달을 홀짝 거리는 소리
동숭 시네마텍 의자 아래엔 피 묻은 생리대, 엄마의 뱃속에서
화면 밖으로 금방 태어나온 태아가
빨리 늙는 병에 걸려버렸는지 어쨌는지
털복숭이 아저씨가 되어 제 엄마를 깔아뭉개네
　　　　　　　－「BASKIN ROBBINS 31 대학로점」 부분9)

　위의 시에서 '달'에 비유되는 '자궁'은 여자의 몸속에 떠 있었을 것이다. 하지만 지금의 달은 '검은 달'로 찌그러진 지 17일째이다. 엄마가 되기를 준비하고 있는 여자는 그 사실을 알지 못하고 아이스크림 가게로, 동숭 시네마텍으로 간다. '양수가 터진 달이 손가락 사이로 질질' 흘러내린다. 고양이가 그 달을 홀짝 거리고 '털복숭이 아저씨'로 대변되는 남성의 폭력성과 자본주의 문명이 그 뱃속의 달을 떨어뜨리는 데에 결정적 요소로 작용한다. 김혜순의 대다수 시는 잉태 이후 출산에 이르기까지 좌절과 지연을 겪는 구조로 나타나는 것을 알 수 있다.

　한국 페미니즘시에 나타난 여성의 육체는 행복한 성 관계를 통해 출산하고 보살피는 선천적 여성성10)을 발현하고자 한다. 그러나 그러한 풍요로운 근원적 모성성은 대다수 관념적으로 당위성으로 시에 표현된다. 출산은 축복받는 성적 체험이 아니라 "돌쩌귀에 매인 광목띠 부여잡고/

9) 김혜순,『한 잔의 붉은 거울』, 문학과지성사, 2004, pp.68~70.
10) ① 선천적 성(유전적, 생물학적 요인) 여성－임신 및 출산 가능 // 남성－임신 및 출산 불가능. ② 후천적 성(젠더/사회적, 문화적 요인) 여성－영약함, 시기심 // 남성－거칠음, 관대함. 이홍탁,『여성사회학』, 법문사, 1986. p.33.

혼신의 힘으로 고함치던”(「이 신발을 살아생전 다시 신을까 말까」) 과거 어머니의 모습으로 현실에도 재현된다. 한국 사회구조 속에서 배태된 자궁은 서구 페미니즘시가 보이는 에로티시즘이나 주이상스의 경험을 갖지 못한다.

이와 같이 페미니즘시에서 드러나는 육체와 자궁은 파열되고 사산을 거듭하는 과정을 겪고 있다. 극단적으로는 “야밤을 틈타 매독을 퍼뜨리고 사생아를 낳으면서,/ 간혹 너무도 길고 지루한 밤에는 혁명을 일으킬 것이다./ 언제나 불발의 혁명을./ 겨울에 바다에 갔었다./ (오염된 바다)”(「겨울에 바다에 갔었다」)11)라는 진술로 나타난 것이다. 이 시에서는 한국 사회의 가족제도와 이데올로기에 대한 전면적인 부정성이 드러난다고 볼 수 있다.

남성중심적 시각으로 정립된 이분법에 따르면, 여성은 다음의 두 가지 역할 중 하나만을 할 수 있을 뿐이다. 하나는 ‘어머니’에 해당하는 정숙한 여성, 가정 주부, 자식을 많이 낳는 여성, 좋은 살림꾼으로서의 역할이다. 다른 하나는 ‘창녀’, 즉 소비의 대상으로서의 역할이다. 어머니는 감싸주고 이해해주며 순응적인 여성을 대변하기에 더없이 아름답지만 굴종과 무기력의 상징인 개념이다. 반면 창녀는 매력적이고 자유로우며 유혹하는 여성을 대변하기에 한 번도 아름답다고 취급된 적이 없지만 남성들이 원하는 여성의 개념이다.12)

한국 페미니즘시에서 여성의 육체는 남성중심적으로 결정된 성의 두 가지 역할에 저항하고 있다. 이러한 점을 표현하는 시들은 신체의 파편화와 해체, 죽음의 과정을 보여주고 있다. 또한 썩고 죽어가는 몸에서

11) 최승자, 『즐거운 일기』, 문학과지성사, 1984, pp.50~51.
12) 김미현, 『한국여성소설과 페미니즘』, 신구출판사, 1996. p.80.

흘러나오는 액체의 유동성으로 인하여 그 시들은 멀리 '가고' '고이며' 다시 흘러가는 순환성과 확산성을 띠게 된다.

이들 언어의 육체가 해체와 죽음을 거치며 만들어내는 액체의 이미지는 '뇌수, 고름, 생리혈, 침, 눈물, 피, 가래, 물, 오줌' 등 인간의 몸에서 자연스럽게 유출되는 물질로 드러난다. 그러나 사회의 일반화된 관념과 미학으로는 이것을 아브젝시옹으로 치부하는 것이다. 이들은 버려진 것, 사회에서 쓰레기로 간주되는 그 모든 것을 적극적으로 흡수하고 드러내는 것을 볼 수 있다.

고정희, 최승자, 김혜순의 시에 나타나는 이러한 액체는 '눈물'과 '피'의 공통점을 가지고 있고, 그것은 이들 시집을 채워나가는 중요한 요소이다. 이러한 유동적 물질은 종류와 비율, 의미에 차이를 띠고 나타나는 것을 알 수 있다. 고정희 시에서는 무엇보다 '눈물'이 흘러넘친다. 특히 시집 『눈물꽃』과 『광주의 눈물비』에서 그 습기가 두드러진다. 투명한 빛의 '눈물'은 분노와 슬픔뿐만 아니라 정화와 헌신의 정서를 전달하고 있다.

최승자의 시에서 여성의 육체는 생성보다 첨예하게 부패해가는 이미지로 드러났다. 그 몸에서 흘러나오는 물은 "벽에다 누고/ 또 눈 지린 오줌 자국"(「일찌기 나는」)이나 "송장이 썩어 나오는 물"(「자칭 詩」) 등에서 토사물이나 얼룩, 오물의 액체로 나타나고 있었다. 이는 세계에 대한 부정과 역겨움을 발설하는 시적 전략이라고 파악할 수 있다.

김혜순의 시에서는 '눈물'이나 '오물' 외에도 강렬한 붉은 색의 액체가 여성의 몸으로 형상화되는 것을 볼 수 있었다. 이는 '피'의 다른 언어로써 현실적 삶에서 흘리는 피의 형태를 넘어 신비하고 제의적인 기능으로 전환되어 나타난다. 특히 '붉은 술', '붉은 포도주', '붉은 이슬 한 방울'

등의 액체 이미지로 구성된 시집『한 잔의 붉은 거울』은 세계와 부딪히며 시를 쓰는 자신의 몸을 비유하는 것으로 파악할 수 있다.

이 절에서는 앞의 장에서 논의한 내용을 바탕으로 하여 몇 편의 시를 새롭게 인용하는 방식으로 한국 페미니즘시의 육체성을 살펴보았다. 이들의 '몸'은 분만의 상상력을 통해 잉태와 분만, 사랑과 같은 본연적 여성성을 실현하고자 한다. 그러나 고정희, 최승자, 김혜순의 시로 텍스트화된 여성의 몸은 끊임없이 훼손되고 해체되며 흘러가는 양상을 띠고 있다. 이들은 여성이 현실에서 부딪치는 몸의 언어를 통해 사회적 모순과 한계, 그 극복 방안을 모색하고 있다.

2. '여성적 글쓰기'의 언술 특징

　사람은 언어 속에서 태어난다. 여성은 오랫동안 침묵과 완곡한 표현을 사용하도록 교육 받아왔기 때문에 이들의 언어는 논리적으로 공백이 많고 거칠며 심한 비약 등을 보여준다. 페미니즘시는 언술 방식, 선택하는 어휘와 범위, 언어 표현을 창출하는 이념적이고 문화적인 결정 요인 등을 병행하여 고찰해야 할 것이다. 앞의 장에서 시인의 언술에서 나타난 특징은 '육체의 글쓰기'로 나타났고 그것은 '여성적 글쓰기'의 방식을 형성했다. 풍자적 언어와 비속어의 남발, 말장난, 과격한 비유, 구어체의 문장, 독백, 폭로, 고백의 형식 등이 무질서하고 혼종적으로 드러나는 것을 볼 수 있었다. 이렇게 비합리적이고 무정형성을 띤 언어의 양상은 페미니즘시의 특징으로 보여진다. 이들은 공통적으로 이성남근중심 이데올로기에 대한 '전복성'[13]을 지니며 체계화된 기존 언어 질서에 반발하는 것으로 보인다.

　고정희, 최승자, 김혜순 시의 공통점은 기성의 제도적 글쓰기에 저항

---

13) 『메두사의 웃음』에서 식수는 여성적 텍스트를 전복성과 연결시켜 "여성적 텍스트는 화산처럼 폭발적인 것이다."라고 말한다. 팸 모리스, 강희원 역, 『문학과 페미니즘』, 문예출판사, 1997, p.206.

하는 여성적 글쓰기의 수사적 특징을 보인다는 점이다. 이들의 여성적 글쓰기는 대체로 패러디와 반어, 역설 등을 통한 풍자적 공격성을 띠거나 전복적 상상력의 해체적 방식으로 진행된다. 또한 상호텍스트성과 다성적인 발화를 통해 탈장르적인인 새로운 시 형식을 창조하고 있다. 파편화된 몸에서 나오는 언술은 뿔뿔이 흩어지는 산포와 이산의 형식을 띨 수밖에 없을 것이다. 이는 고정적 개념, 합리적 이성, 진리 추구와 같은 기존 시의 향방을 따르지 않고 의미를 해체한다.

고정희, 최승자, 김혜순을 중심으로 살펴본 한국의 페미니즘시에서는 사용하는 리듬이나 소리 패턴은 자신과 다르거나 자신으로부터 분리되어 있는 것을 합법적으로 지배하려고 하기보다 감각적이고 촉각적인 직접성을 전달하려고 했다. 정체성 또한 단일한 '나'로부터 자아의 다양한 가능성들이 벌이는 다면적 유희의 장으로 미끄러져, '나' 또는 '너'가 아니라 '나' 그리고 '너'인 시적 공간을 모색하고 있었다. 이 같은 이질성은 늘 의문의 여지없는 단 하나의 '진리', '정체성', '지식'만을 강조하는 권위적이고 지배적인 구조를 조롱한다. 그들의 텍스트는 결국 현재의 문화질서 구조가 의존하는 현실인식의 방식 또 그 근거가 되는 논리를 와해시킨다.

고정희, 최승자, 김혜순은 공통적으로 시의 전통적 방식과 규범화된 언어의 경계선을 침입하고 넘어간다. 역겨운 욕설의 사용과 주술적인 문장, 탈장르적인 구조를 생산하는 이들의 '여성적 글쓰기'는 합리성이 인간적 사고 활동의 총체성이 될 수 없음을 인식시켜 준다. 따라서 이러한 사고는 몸으로 쓰는 시들로 표현된다. 앞의 장에서 살펴본 개별 시인들의 글쓰기의 특징들은 '수다, 무형식의 글쓰기'14)의 형식을 넘어 고백적

---

14) 김성례, 「수다로 이야기하기, 현재진행형, 더듬거림, 자서전적, 일회적이고 파편화

언어, 아이러니가 중심이 되는 언어, 다성적 언어 및 대화와 논쟁의 언어, 구술과 광기의 언어 등으로 나타나고 있는 것을 볼 수 있었다. 이러한 언어 표현의 밑바탕에는 문자 그대로 지형학적인 격하, 즉 육체적 하부, 생식기관 부근으로 참여한다. 생식기관 부근은 비옥한, (아기를) 탄생케 하는 하부이다. 그러므로 오줌이나 똥, 피와 물 등의 이미지 속에는 출생, 풍요, 갱신, 부유함과의 본질적인 연결이 유지되고 있다.[15)

이들의 시는 침묵과 단절, 더듬거림이 잦은 반면, 길고 반복적이며 주절거리는 양상을 띤 장시와 연작시 등으로 혼재되어 나타나는 형식적 양가성을 띤다. 고정희의 『지리산의 봄』은 총 6개의 장으로 나뉘며 각 장은 동일한 제목 하에 번호만 달리하는 연작시로 구성되어 있다. 최승자의 「희망의 감옥」[16)과 김혜순의 「黙示錄의 四騎士」[17)은 100행을 훨씬 넘으며 다수의 시가 장시의 구조를 갖는다.

고정희는 전반적으로 외향적이고 선동적인 문체로 사회의 문제를 폭로하고 개혁을 촉구하였다. 자유와 평등을 염원하는 그는 삶으로 육박해 들어가 적극적으로 타자를 만나고 억압받는 이들의 해방을 부르짖는다. 그는 '좆, 치솟은 대가리, 정액' 등 금기시되어온 시어를 사용하여 남근중심사회를 조롱하고 과격한 욕설과 고함과 같은 비언어적 자질까지 과감하게 시에 들여놓는다. 또한 기존의 고급화된 시들이 구사하는 기교와 수사적 전략보다는 일상적이고 직접적인 어휘를 사용하여 기층 민중과의 소통과 교감이 시의 장에서 이루어지기를 희망한 것으로 보인다.

특히 급진적 어조와 사설체의 장시로 이루어진 『저 무덤 위에 푸른

된, 무형식의 글쓰기」, 『또하나의 문화』 제9호, 평민사, 1992.
15) 미하일 바흐찐, 이덕형·최건영 역, 『프랑수아 라블레의 작품과 중세 및 르네상스의 민중문화』, 아키넷, 2001, pp.231~233.
16) 최승자, 『기억의 집』, 문학과지성사, 1989, pp.56~62.
17) 김혜순, 『아버지가 세운 허수아비』, 문학과지성사, 1985, pp.42~51.

잔디』에서는 시집 전체가 언어적 굿판을 형성하고 여성의 수난사와 억압 상황을 씻김굿의 가락으로 늘어놓고 풀어가는 신들린 언술의 구조를 드러내고 있다.

> 여의도 텔레비전 방송에서 벌어지는
> 집중 여자토론회를 시청했사외다
> 그곳에 초청된 모든 정실부인들은
> 조선조 여자들을 빼다 박았더이다
> 시국의 변화에는 아랑곳없되
> 여자 일 남자 일 따로 있어서
> 여자는 밥하고 빨래하고 아이 기르는 일에
> 한치도 벗어나선 안된다는 것이외다
> 이 어찌 가슴 치지 않을 수 있으리까
> (중략)
> 여자가 여자 자신의 적이다, 이 말을
> 거의 선진적으로 깨우쳐
> 스스로 만든 장벽 넘어가지 않는다면
> 탄하노니
> 여자 절개의 무게 태산과 같고
> 여자 목숨의 무게 깃털과 같다한들
> 오천년 피눈물이 부족하단 뜻이니까
> 저승 여자들이 줄지어 곡하외다
>   ―「정실부인론을 곡함」부분18)

앞의 시에는 '시국의 변화에는 아랑곳없이' '텔레비전 방송에 나와' '조선조 여자관'을 떠들고 있는 '정실부인'들을 보며 경악하고 한탄하는 화자가 있다. 텔레비전 방송 토론회에 나갈 정도의 식견을 갖춘 현대

---

18) 고정희, 『여성해방출사표』, 동광출판사, 1990, p.36.

여성이 가부장제에 편승하려는 태도를 보이며 현모양처론, 정실부인론을 설파하는 것에 대한 시인의 반응은 의외성을 지닌다. 그것은 신랄한 비판의 어조가 아니라 "곡哭"이라는 점이다.

고정희는 '여자가 여자 자신의 적이다, 이 말을 거의 선진적으로 깨우쳐 스스로 만든 장벽 넘어가'기 위하여 '곡비哭婢'가 되기를 주저하지 않는다. 우는 일조차 천하게 여겨 제 부모가 죽은 마당에도 자신 대신해서 하루 내내 울어줄 노비가 필요했던 조선시대 양반들처럼 지금 이 시대를 탄식하지 않는 사람들을 대신하여 그는 노비와 민중으로 낮아져 '정실부인론을 곡'하고 있다. 정실부인론을 논하는 여자들을 탄식하는 동시에 자기를 반성하는 양가성의 언어라고 할 수 있다. 한국 페미니즘시에 나타나는 아이러니, 다성성, 타자를 통한 자기반성, 몸과 무의식에 기초한 연상적 발성 등은 적대와 대립을 넘어 포용과 화해로 나아가려는 시도의 일환으로 볼 수 있다.

또한 '곡'이나 '씻김굿'과 같은 민중적 열린 형식을 차용한 고정희의 시쓰기는 길고 반복적이며 주절거리는 양상을 띠며 무당의 주술적 언어와 닮아있는 것을 알 수 있다. 한 편의 시에 다수의 화자가 등장하는 대화적 다성성이 드러난다. 고정희의 텍스트가 시의 경계 허물기에 관심을 보이는 것은 그가 줄곧 말하는 자유와 해방의 이념과도 상통한다.

최승자의 언어는 히스테리와 광기를 띠며 흘러가는 것을 볼 수 있었다. 그의 발화는 내면적이고 독백적인 반면 작고 날카로우며 치밀하게 독자를 파고드는 방식을 취한다. 고통의 극한 속에서 내뱉는 옹골차고 앙칼진 시적 화자의 목소리는 불안과 광기, 세계에 대한 공포를 싣고 해체적 언술 형식으로 표현된다. 수많은 시편에서 비속어와 비명소리, 냉소적인 표현으로 슬픔과 분노를 표출하고 있었다.

몇 행의 시라는 물건이
졸지에 만 원짜리 몇 장으로 휘날리는 이 시대에
똥이 곧 예술이 될 수 있고, 상품이 될 수 있는
쓰자, 그 까짓거, 까아아아아아아아아아아아아아아아아아짓거.
영혼이란 동화책에 나오는 천사지.

－「자본족」부분19)

최승자는 자신의 '시'가, '영혼'이 '졸지에 만 원짜리 몇 장으로 휘날리
는' 이 시대에 살고 있다. 곳곳에서 넘쳐나는 자본의 논리 속에 인간은
화폐로 유통되는 것을 본다. 그리고 '영혼'은 이제 '동화책'에나 나오는
'천사'로서 존재여부조차 불확실한 실정이다. 더 나아가 아래의 시들은
'언어에 대한 혐오와 불신'을 직설적으로 드러낸다.

비 간다.
사람 사는 골목 어디서나
흙 젖고 창틀 젖고
다시 마른다,
현재 미래 혹은 내세를 위해
어느 절에나 대문 있다.
어느 방에나 창문 있다
……………
……………
말하기 싫다.
말하기 싫다는
말을 나는 말한다.

(희망은 감옥이다.)

－「희망의 감옥」부분20)

---

19) 최승자 ,『내 무덤, 푸르고』, 문학과지성사, 1993, pp.60~61.
20) 최승자,『기억의 집』, 문학과지성사, 1989, pp.56~62.

이 세상 아직도
언 江 언 땅

以下同文

－「오월」 부분21)

    앞의 시에서 최승자는 '말하기 싫다는 말'을 하기 위하여 시를 쓰는 자신을 말하고 있다. 의도적으로 '……'을 거듭 사용하면서 어떠한 메시지를 전할 의지도 없고 설령 전한다 해도 이 세계는 변화할 희망이 없는 사회라는 의식을 드러낸다. 또한 설파할 진리도 갖지 않은 그는 '以下同文'이라는 시의 마지막 행을 통해 봄이 다가올 변화의 징후도 없고 일 년 내내 '언 江 언 땅'인 이 사회를 드러내고 있다. 또한 '차이'의 가치를 인정하지 않는 굳어진 체제에 회의하고 있는 것으로 보인다. "오월"이라는 시 제목이 시사하는 바는 자연의 시계가 '오월'을 가리켜도 인간 사회에는 봄이 오지 않았다는 점이라고 볼 수 있다. 즉 광주민주화항쟁을 겪은 한국에는 오월이 되고 봄이 와도 '언 江 언 땅'이 풀리지 않음을 알리는 것이다.

    그는 텍스트 내부의 중언부언, 말줄임표를 통한 묵언을 통해 시 형식을 능멸하며 남성중심사회가 만든 기존 언어와 사유체계까지 부정하는 것이다.

    김혜순은 줄곧 여성 화자인 '나'를 대상으로 하여, 내가 대상과 관계 맺고 반응하는 몸의 체험을 시로 쓰고 있는 것을 알 수 있었다. 그때의 '나'는 무수한 복수의 '나'로서 리좀의 언어와 디아스포라적 상상력으로 분화하고 탈주하는 양상을 드러내었다. 그러한 해체적인 신체는 시공간을 날아올라 무수한 너와의 만남을 지향하는 타자지향성을 나타내고 있다.

---

21) 최승자, 위의 책, p.72.

그는 폭력적 권력구조가 인간을 침탈하고 상호불신하게 하며 거짓된 알리바이를 강요하는 현장을 보여준다.

> 어서 고백해보시지
> 아가리를 찢어놓기 전에
> (중략)
> 대는 게 신상에 좋을 거야
> 모두 불었어 너만
> 남았어
>
> — 「연기의 알리바이」 부분22)

이 시의 화자는 자신을 끌고 와서 '고백'을 강요하는 지배적 권력에게 자백할 알리바이를 갖고 있지 않거나 고백하기에 저항하고 있다. 협박과 명령조의 어투를 남발하는 대상에게는 타자의 진정한 존재는 가치가 없고 단지 알리바이의 정보가 필요한 것이다.

이와 같은 남근중심적 목소리에 의해 억압되어온 여성의 목소리, 여성적 글쓰기는 혁명적일 수밖에 없다. 한 사람의 신체에 아브젝시옹적인 것들과 오이디푸스적인 것들이 가치판단 없이 공존하듯이, 사회와 문학의 범주에서도 모든 사람이 자유롭게 생명력을 발현해야 한다. 이러한 자유 의지와 버려진 것들에 대한 사랑이 토대가 되어 페미니즘시는 변화하고 성장할 것이다.

한국의 페미니즘시는 남성중심의 그 어떤 권위에도 지배당하지 않고, 이분법의 차원을 넘어선다. 한계 짓는 경계선을 항상 넘어서려는 시도와 경계 너머 미지의 세계로 나아가는 상상력을 기저로 안팎의 생명력을 도입하고 퍼트리며 스스로 새롭게 탄생하는 미덕이 여성적 글쓰기에 있는 것이다.

---

22) 김혜순, 『아버지가 세운 허수아비』, 문학과지성사, 1985, pp.34~35.

3. 페미니즘과 미적 지향점

우주의 모든 형태들―우주, 사원, 집, 인간의 신체―은 모두 위를 향한 '출구'를 가지고 있다. 그 출구는 하나의 존재 양식에서 다른 존재 양식으로, 하나의 실존적 상황에서 다른 존재 양식으로, 하나의 실존적 상황에서 또 다른 실존적 상황으로 이행을 가능케한다.[23]

고정희, 최승자, 김혜순의 시에서는 이러한 '출구'를 통해 이행한 존재가 자유를 찾아가는 예술적 이행 구조를 가지고 있었다. 한국 페미니즘시에서는 이성남근주의가 창궐한 이 세계가 '무덤'과 '감옥'으로 나났고 저항하고 변화되어야 하는 공간으로 드러났다. 이들의 시의 힘은 각기 다른 방식으로 이 벽을 해체하고 다시 만물(타자)로 돌아가 하나가 되는 변형의 과정을 보인다. 이들의 시세계에는 그 지난한 싸움의 과정에서 겪는 여성의 몸이 그대로 씌어진다. 나아가 자신과 세계에 대한 성찰을 통한 사람들이 서로 소통하고 화해하는 가능한 미적 세계에 대한 지향점이 드러난다. 그것은 '여성적 글쓰기'를 통한 텍스트 내부에서 일어나는 혁명과 타자지향적인 모성성을 바탕으로 한 페미니즘으로 인하여 가능해졌다.

---

23) M.엘리아데, 이은봉 역, 『성과 속』, 한길사, 1998, pp.165~166.

이 절에서는 개별 시인이 지닌 현실인식의 방법과 미적 지향점을 중심으로 고찰하고자 한다. 고정희의 시는 전통적인 여성성과의 차별성을 강조하면서 '여성 해방'이라는 용어를 강조하는 급진적 페미니즘의 경향을 띠고 있다. 여기서 '급진적(radical)'이라는 용어는 여성 억압의 원인을 찾는 방식과 여성 억압이 모든 억압의 뿌리라고 보는 태도에서 연유해 붙여진 것이다. 고정희의 시는 '남성과의 협력을 거부하려는 태도'와 '여성은 근본적으로 남성과 다르고, 여성의 문화적인 행동·체험·가치 체계 또한 지배적인 가부장제 문화와는 조화를 이루기 어렵다'는 여성의 문화를 고집하는 경향을 나타내고 있다. 그러나 급진적 페미니즘이 여성들 내부의 계급적 차이에 대해 배려하지 않으며 그들이 내세우는 가부장제 개념이 몰역사적인 데 반해, 고정희는 여성이 어떠한 역사를 통해 오늘날에 이르렀는가 하는 문제에까지 탐구하는 텍스트의 확장을 보여주고 있다는 점에서 급진적 페미니즘과의 차이를 나타낸다.

고정희가 쓴 10권의 시집에는 그가 지닌 페미니즘의 흐름이 나타난다. 그는 서구의 자유주의 페미니즘을 단초로 수용하는 것으로 나타났다. 자유주의 페미니즘은 제 2의 물결이 일어나기 이전인 1960년대 말에서 1970년대 초에 이론화되었고 자본주의 사회가 인간의 본성을 이성에서 찾거나 모든 인간은 이성적 존재로서 동등하다는 식의 원론적 입장을 내세울 때 거기에 대해 문제를 제기한다. 사회제도가 말하는 '인간'이란 여성이 아닌 '남성'이라는 사실의 불합리성에 반기를 든다. 하지만 이들은 이러한 여성 차별이 사회의 구조적인 속성에서가 아니라 선거제도나 부수적 제도의 결함에서 비롯된 것이라고 본다.

점차적으로 고정희는 여성 문제를 단편적이고 현상적인 문제 제기의 수준을 넘어서서 사회 구조적인 관점에서 바라본다. 일부 여성의 해방이 아니라 여성 전체의 해방을 노래했다는 점에서 마르크스주의 페미니즘의 경향을 나타낸다고 할 수 있다. 마르크스주의 페미니즘은 궁극적으로 사적 소유와 계급 제도의 철폐를 추구한다. 고정희가 시를 통해 여성의 가사 노동과 생산 노동 참여, 평등성의 확보 등을 말하고 있지만, 그 텍스트가 나아가는 미적 지향점은 마르크스 페미니즘의 정치적 목표와 동일하지는 않은 것이다. 이런 관점에서 고정희의 시 텍스트가 반영하는 페미니즘은 서구의 도식적인 분류의 틀에 규정되지 않는 개별적 특수성을 지니고 있다. 그는 여성 억압과 가부장제가 어떻게 결합되어 있는가를 분석하고 여성들의 문화 조직을 결성하는 가운데 여성들이 억압에서 벗어날 수 있는 자유로운 사회로의 지향성을 가지고 있다. 여성이 어머니로서 딸과 자매로서 여성적 생명성을 실현하고 사회의 정당한 일원으로 살아갈 자유와 권리를 요구하는 것이다.

고정희의 시의 사상적 바탕은 여성을 인간의 범주로 인식해야한다는 기본적인 자유주의 페미니즘에서 출발하여 급진적 페미니즘과 마르크스주의 페미니즘의 이론에서 말하는 여성 해방의 원리에 따르는 것으로 나타난다. 그러나 실제로 그는 시 텍스트를 통해 자유와 평화를 회복하려는 기독교적 사랑의 표출 과정 중에 불가피하고 자연스레 페미니즘적 대안을 제시한 것으로 보인다. 이를 위해 그는 모순된 사회구조에 저항하고 변혁하는 주체적 삶을 시의 자장 속에 밀어 넣는다. 그러나 고정희는 그 모색의 과정 중에 민중(여성)이 춤추는 해방의 비전을 다 펼치지 못한 채 죽음에 이르고 만다.

최승자의 경우는 시몬느 드 보봐르의 『제2의 성』을 토대로 하는 실존주의 페미니즘 경향을 나타내고 있다. 실존주의 페미니즘에서는 여성이 '남성'이 아니기 때문에 '타자'로 존재하며 그 타자성으로 인해 억압당한다고 본다. 보봐르에 따르면 '인간 사회에서는 생명을 잉태하는 성이 아닌 생명을 앗아가는 성에 우위성이 있기 때문에 여성은 남성에 의해 열등한 존재로 취급 받는다'는 것이다. 남성은 여성에 관한 신화를 통해 여성을 효과적으로 통제하려고 한다. 여성을 자연처럼 변덕스러운 카멜레온이라고 파악한다거나 그 반대로 자기희생적인 여성을 이상화 혹은 우상화함으로써 여성의 본성을 애매모호한 것으로 파악한 것이 그 예이다.24)

최승자의 초기시에 나타나는 '세계부정과 종말 의식'은 세계 속에서 '타자'로 존재하는 자신의 '본질 없음'에 기인하고 있는 것을 알 수 있다. 그의 시에는 페미니즘을 전면에 내세우기보다는 절단되고 해체되며 죽어가는 몸의 언어를 통해 체제의 폭력성을 드러내고자 한다. "죽어서 꽉/ 꿈도 없이 꽉/ 부자도 빈자도 없이 꽉/ 주류도 비주류도 없이 꽉/ 극우도 극좌도 없이 꽉/ 에잇, 꽉 꽉 — 꽉!"(「꽉」)과 같은 시에서는 사회주의 페미니즘의 사유를 보여주지만 대체로 실존적 페미니즘이 주되게 나타난다. 앞의 장(2장)에서 논의한 것과 같이 페미니즘 양상은 성 정체성에 대한 기본적 인식을 공유하며 겹쳐지는 특성을 띠고 있다. 또한 페미니즘은 자유와 평등에 대한 본능적 갈구와 인간애와 같이 존재를 둘러싼 내 · 외부적 세계의 상황과 접촉 방식에 따라 변화하는 것이라고 할 수 있다.

최승자의 시는 점차적으로 '죽음과 사랑'이 공존하는 혼돈의 세계를 통과하여 마침내 그 세계의 원리를 구성하는 원형적 존재로 귀환하는 모습을 나타내고 있다. 특히 마지막 시집인 『연인들』에서 그는 실제적이고 현실적 체험에서 분리되어 추상적인 경향으로 나아간다. 즉, 페르

---

24) 시몬느 드 보봐르, 조홍식 역,『제2의 성』, 을유출판사, 1994 참조.

세포네와 에우리디케, 말쿠트, 웅녀 등으로의 환생하는 가이아gaia적 미학은 다분히 관념적인 신비주의와 결부된 것이다. 이는 실존주의 페미니즘이 제시하는 초월의 범주와 그 초월의 범주 자체도 지극히 남성적이라는 공격을 받는[25] 지점과 유사하게 나타난다.

최승자의 텍스트가 지향하는 모성적 시 · 공간의 미학은 시인 스스로가 말한 바대로 '제 4의 페미닌적 태도인 우주적 모성'으로 귀환한다. 이때의 페미닌 개념은 "남성, 여성을 구분할 것 없이, 이 지상 위의 사람들에게 존재하는 페미닌적 요소이다."[26] 이렇게 보면 그의 시가 출발 지점부터 줄기차게 밀고 나갔던 여성 자신의 성 정체성과 자아탐구의 노력, 그리고 시적 죽음을 통한 주체의 인식은 여성과 남성의 경계를 해체하는 탈경계적이고 다원주의적 담론 속에서 무장해제 되어버리는 결과로 나타난다.

다시 말해 최승자는 『연인들』의 세계로 진입하면서 획기적인 전환을 보여주는 것이다. 즉, 그간의 텍스트가 저항하고 폭로해온 가부장적이고 지배적인 담론으로부터 떨어져 나와 포스트모던 페미니즘이 말하는 탈중심주의나 다양성, 무분별한 상대주의로 빠질 위험을 내포하고 있는 것이다. 최승자가 창출하는 미적 지향점은 '가이아'적 여성성으로 나타나고 있다. 가이아는 그리스 신화에 나오는 대지의 여성으로, 지구가 자기 조절능력을 가진 초유기체임을 나타내는 상징적 단어이다. 그는 여성과의 동일선상에서 대지를 인식하고 여성적 특질을 우주적 생존 문제와 결부시킨다. 이는 생태학이 '자연 / 문명'으로 나누는 또 다른 이분법의 재현과 유사하며 '부드러움'이나 '돌봄'이라는 여성적 특질을 배양하는

25) 김미현, 『한국여성소설과 페미니즘』, 신구문화사, 1996. pp.20~22.
26) 최승자, 『연인들』, 문학동네, 1999. pp.85~86.

에코 페미니스트적 태도를 나타내는 것이다.

다시 말해, 최승자의 시에 나타난 페미니즘 시각은 실존주의 페미니즘과 포스트모던 페미니즘, 그리고 에코 페미니즘의 이론이 중복적으로 결합되어 있다. 그러나 현재점에서 그의 시에 내재한 미적 지향점을 추상적이고 탈경계적이며 생태학적인 페미니즘으로 단정할 수는 없다. 최승자는 생존한 시인이며 그의 텍스트는 열려 있는 구조이다. 그가 보여주는 현재적 텍스트가 가이아적 여성성을 지향하고 있다고 해서 '자연으로 돌아가자'는 복고주의적 여성성으로 파악하거나 유보적이고 절충적인 여성주의로 파악하는 것은 성급한 면이 있을 것이다. 그의 시를 관통해온 억압받는 자의 비명과 절규를 여성의 목소리를 지우려는 서구의 에코페미니즘의 이론27)만으로는 설명할 수 없기 때문이다.

김혜순의 시가 지닌 사유의 뿌리는 정신분석학적 페미니즘과 실존주의 페미니즘의 시각을 토대로 하며 점차 포스트모던 페미니즘으로 나아간다. 정신분석학적 페미니즘은 프로이트의 정신분석학에 많은 영향을 받으며 성숙한다. 그러나 프로이트가 남근 선망(penis-envy), 오이디푸스 콤플렉스 개념을 통해 여성을 결핍된 주체로 규정하고 여성의 생물학적 특수성을 열등함의 근거로 삼는 데는 비판을 가한다. 프로이트의 이론은 라캉과 크리스테바 등에 의해 정신분석학적 페미니즘의 틀을 형성하게 된다. 크리스테바가 논의하는 '코라Chora'의 언어는 김혜순에게 지대한 영향을 미치고 있다.28) 이때의 '코라'는 남성 언어 속에서 그것을 전복하는 주변 세력이다. 이는 선언어적·선오이디푸스적 단계에서

---

27) 페미니즘이 포스트모더니즘과 생태학, 현상학 등의 지배적인 서구 담론들과 결부하여 남녀 간의 사회문화적, 인지적 차이를 무시하고 정치적 의제를 비켜 무분별한 상대주의와 무비판적 다원주의, 탈중심적이고 계몽주의적 입장으로 전환하는 것은 부정적 측면이라고 생각한다.

28) 김혜순, 「코라」, 『실천문학』, 2006년 겨울호, pp.16~17.

어머니와의 융합을 통한 행복을 느꼈을 때의 음절 분화조차 이루어지지 않았던 시기의 언어로써, 단일한 플롯을 해체하여 텍스트의 의미를 파열시키는 것으로 나타난다. 정신분석학적 페미니즘은 정신의 내적인 역동성에 초점을 맞추고 있지만 여성 억압의 심리적인 측면에 치중함으로써 그 외적 조건을 도외시하고 여성의 도덕관을 '돌봄의 윤리'[29]로 파악하고 있는 점은 비판을 받고 있다. 그리고 앞서 살펴본 실존주의 페미니즘은 여성들 속에 보편적으로 내재해있는 '타자'로서의 제한점을 초월하도록 요청하는 한계가 있다.

김혜순의 시「함박눈」,「꽃만 말고」를 비롯한 수많은 텍스트는 남근중심주의의 상징인 아버지를 조롱하고 풍자하며 정전에 대한 비판을 서슴지 않는다. 그는 오이디푸스 이전의 단계, 즉 어머니와 자식의 관계가 가장 밀접한 시기에 대한 관심을 나타내고 있다. 그것은「딸을 낳던 기억」이나「암탉」등의 여러 시편에서처럼 분만의 상상력으로 이어진다. 그리고 그는 이성중심의 로고스가 아니라 에로스의 언어[30], 무의식의 언어로 자기 실존의 목소리를 흘려보낸다. 또한 김혜순의 텍스트는 포스트모던 페미니즘의 성격을 지니고 있다. 특히 미/추, 중심/주변, 죽음/삶, 남성/여성 등의 이항대립적 경계를 해체함으로써 차이와 상대성을 주장하고 총체화하는 이성 중심적 사고를 무너뜨리고 있다. 무엇보다 재현의 문제에 내포된 권력구조를 비판한다는 점에서 포스트모더니즘적 페미니즘은 새로운 페미니즘적 시각이라고 할 수 있다.

김혜순은 타자의 중요한 범주로 여성을 부각시킴으로써 지배적인 언어 질서에서 억압되어 온 여성성을 적극적으로 강조하는 방식을 취한다.

---

29) 조세핀 도노반, 김익두 · 이월영 역,『페미니즘 이론』, 1990. p.179.
30) 김혜순,『여성이 글을 쓴다는 것은』, 문학동네, 2002. pp.232~233.

또한 그는 포스트모더니즘의 공통적인 특징인 이항대립성과 자기동일적 정체성에 대한 비판을 가하는 형식을 자신의 시쓰기에도 적극적으로 적용하고 있다. 그리하여 자신은 자신을 떠난 또 다른 여성인 딸과 어머니, 혹은 낙랑공주나 유화부인, 바리데기 등의 화자로 거듭 태어난다. 그뿐만 아니라 암탉과 여우 등의 동물이나 물의 이미지로 해체되고 순환한다.

이와 같은 페미니즘을 바탕으로 한 김혜순의 시가 지향하는 미학은 미추와 죽음과 여성의 경계를 뛰어넘어 현실의 비루한 세계를 탈주하는 지점에 있는 것이다. 그 세계는 '바리데기의 땅'과 같이 한국 신화적 상상력의 공간으로 나타나고 있는 것을 볼 수 있다.

포스트모던 페미니즘은 포스트모던의 해체주의와 구주주의가 말하는 탈주체적 담론에 휩싸여 페미니즘의 역사가 어렵사리 복원한 '여성'을 말살하고 여성의 특수성을 다원성과 보편성의 담론 속에 함몰시킬 우려도 있다. 포스트모더니즘이 갖는 성별─회의주의적 입장은 젠더적 여성성을 '살짝 지나가 버릴(slip─slidin away)'[31] 문제로 치부할 소지가 있기 때문이다. 페미니즘시는 개별 여성에 대한 핍진성(verisimilitude)을 담보하며 좀 더 치열하게 논의의 지평을 넓혀야 할 것이다.

지금까지 살펴본 바와 같이 본고가 논의하는 세 시인은 '여성성' 자체를 남성중심적 사고 방식에 대한 도전장으로 삼는 점에서는 동일한 입장을 보이나, 도전 방법과 그 극복의 가능성에 대해서는 조금씩 차이를 보이며 서로 보완될 수 있는 다양한 목소리를 내고 있다.

고정희의 시는 여성억압기제를 고발하고 폭로하는 데 주력하였다. 그가

---

31) 안드레아스 후이센 외, 이소영 · 정정호 공편, 『페미니즘과 포스트모더니즘』, 한신문화사, 1992, p.330.

주장하는 여성 해방은 정치적이고 사회적인 '여성해방'을 중심에 놓고 있다. 최승자와 김혜순의 경우는 '남/여'의 대립적 이분법을 해체하고 지배적 담론 체계를 파열을 시도하는 새로운 페미니즘의 미학을 지니고 있다. 최승자가 자연과 모든 인간의 심성에 존재하는 여성성을 발견하고 우주적 존재로서의 모성성으로 귀환하는 반면 김혜순 시의 노마드적 주체는 시공간 너머 '다른 곳으로' '또 달리해서' '타자'로 향한다.

이와 같이 이들의 시는 페미니즘이라는 사상적 기반을 공유하지만 서구의 페미니즘 양상 이론이나 기존의 담론에 완벽하게 포획되지는 않는다. 시는 이데올로기나 제도의 이론적 틀로 선명하게 재단되고 분석되는 것은 아니기 때문일 것이다.

V.

결 론

이 논문은 고정희, 최승자, 김혜순의 시를 연구함으로써 그 미학적 원리와 문학사적 의의를 규명하는 것을 목적으로 하였다. 1970년대 후반에서 1980년대 초에 고정희, 최승자, 김혜순의 시를 중심으로 본격적으로 모습을 드러내기 시작한 한국 페미니즘시는 한국 시사詩史에서 획기적인 전환점을 마련하고 있는 것을 알 수 있었다.

이전 시기까지의 대다수 여성 시인의 텍스트가 유교적 가부장제이데올로기에 대한 순응성과 수동적이고 감상적인 인생 태도를 보여준 반면, 고정희, 최승자, 김혜순의 시는 여성의 성 정체성을 바탕으로 이성남근중심주의의 억압을 고발하면서 사회비판적 목소리와 내면의 자의식을 표출하기 시작했다. 이들의 시는 기존 사회에서 주변화되고 타자화되어온 '여성'을 제자리로 회복하고 여성의 언어, 몸으로 글쓰기를 통해 규범화된 시의 영역을 월경越境하고 있다. 이에 본고에서는 고정희, 최승자, 김혜순이 지닌 시적 혁명성에 주목하여 페미니즘 시학의 방법론으로 이들의 시를 분석하고자 했다.

우선 논문의 초점을 선명하게 하고 페미니즘시의 구성 원리를 제시하기 위해 페미니즘의 이론과 유형, 페미니즘비평에서 말하는 '여성적 글쓰기

(écriture féminine)' 등을 개괄적으로 살펴보았다. 다음 장에서는 고정희, 최승자, 김혜순의 순서로 개별 시인의 전체 시집을 통시적으로 고찰하였다. 각 작품은 유기적인 구조이므로 내용 분석과 형식적 연구를 병행하여 서술하였다. 여기서 더 나아가 세 시인의 시에 관한 심층적 연구를 토대로 한국 페미니즘시가 지닌 보편적 구성 원리와 언술적 기법, 특징 등을 발견하고자 했다.

고정희는 역사와 현실에 대한 성찰, 가부장제의 모순, 여성 해방과 인간 해방의 염원을 시로 형상화하고 있다. 초기의 시들은 해방신학을 모태로 고통 받는 민중의 편에서 그들의 구원을 모색하고 있다. 시 창작과 실천적 사회운동을 통해 억눌린 자들의 고통과 슬픔에 동참하여 자유와 평화를 외치는 것을 볼 수 있다.

고정희의 전투적인 목소리는 점차적으로 민중의 삶 중에서도 여성의 문제로 옮아간다. 「여성은 최후의 피압박 계급」과 같은 시나 『여성해방출사표』라는 시집이 말해주듯이 급진적 페미니즘을 토대로 하여 여성해방을 목표로 창작에 몰두한다. 가부장제를 비롯한 지배체제 아래 억눌린 어머니의 처참한 생애를 증언하고 고발하며 그 해방에 지향점을 두고 있다. 그에게 '어머니'란 오랜 역사와 현실 사회가 배제해온 '아브젝시옹'과 '벌거벗은 생명'으로 모든 여성을 포괄하는 이름이다. 고정희의 시는 통렬한 풍자와 패러디 등의 기법을 통해 권위적 대상을 조롱했으며 씻김굿 형식을 차용한 장시長詩의 구술적 방식으로 여성적 삶의 질곡을 말하고 있다.

최승자의 시는 현실의 억압적 구조를 개인적 체험으로 녹여서 고백적[32]으로 드러낸다. 자신과 세계가 벌이는 불화와 사투의 양상을 일인칭

---

32) 시는 시인의 경험 그 자체라는 '미적 연속성'으로 연결될 때, 시인과 화자의 동일시

시의 화자를 통해 말하지만 거기에는 여성이라는 대다수 공동체가 직면한 역사와 현실적 문제가 적나라하게 투영되어 나타난다.

최승자의 초기시는 철저한 세계 부정과 죽음의식으로 점철된다. 세계에 대한 절망과 부정정신은 비명과 냉소, 욕설, 비속어 등을 통해 시문법을 해체하며 과격하게 쏟아진다. 외부 세계와 내면적 자아까지 부정하고 해체하는 시 정신은 역설적으로 소통의 갈망이며 자기 정체성을 찾고자하는 끈질긴 노력이라고 할 수 있다. 마지막으로 발간한 시집 『연인들』에는 죽음을 통과하여 재생한 시인의 음성으로 가득하다. 여성과 남성을 초월하여 모든 인간의 심성에 내재한 여성성을 발견하고 가이아적 존재로서의 모성을 드러낸다. 이러한 인식의 전환은 에코 페미니즘과 상통하며 우주와 인간의 관계, 타자와 나와의 관계를 불가분하게 이어주는 철학적 안목을 제시한다.

김혜순은 최근까지 가장 활발하게 페미니즘시를 쓰고 있는 시인이다. 초기시부터 30여 년간 지속적으로 '몸으로 시쓰기(writing of body)' 방식을 통해 남성 중심적 사회구조와 이성적 언술형식의 이중의 벽을 해체하며 여성해방의 지평을 제시하고 있다.

김혜순의 시쓰기는 자신의 성 정체성을 일깨우고 출산하는 행위로 그려진다. 다시 말해 '어머니-되기'를 실현하는 것이다. 이때의 어머니는 모성 담론이 만들어 놓은 왜곡된 기호로서의 어머니가 아니라 구체적이고 근원적인 여성이며 열락(Jouissance)을 욕망하는 어머니이다.

김혜순은 가부장적 사회 속의 여성은 오랫동안 버려진 존재, 즉 바리데기임을 인식하고 가시적 세계의 경계 너머와 소통하는 디아스포라적

는 당연한 귀결이다. 이런 연속성의 원리에 입각해있는 시는 불가피하게 자전적이고 고백적일 수밖에 없다. 김준오, 『현대시와 장르 비평-김준오 유고집』, 문학과지성사, 2009. pp.311~326 참조.

상상력을 보여준다. 김혜순의 시에 나타나는 포스트모던 페미니즘은 미 美와 추醜, 삶과 죽음, 육체와 정신, 여성과 남성 등의 이분법을 해체하여 새로운 미학의 지평을 열어준다.

고정희, 최승자. 김혜순의 시는 여성의 성 정체성을 근간으로 하여 '여성적 글쓰기'의 특징을 공유하고 있다. 이들의 시세계가 드러내는 공통점적인 원리는 크게 세 가지의 층위로 정리할 수 있다. 첫 번째는 육체의 층위이다. 이들은 '몸'으로 체득한 세계를 여성의 언어로 쓰는 것이다. 이성과 권위주의에 의한 글쓰기가 아니라 타자를 지향하여 열린 몸의 글쓰기이다.

두 번째는 고정희, 최승자, 김혜순 시의 '여성적 글쓰기'의 층위에서 나타나는 공통점이다. 이들이 나타내는 언술은 비연속적이고 반복적이고 파편적이며 탈주체적이다. 합리적 진술이나 진리 설파 등을 목적으로 하지 않는다. 이들 언어는 규정하기 어려운 배열과 카오스를 생성한다. 주술적 웅얼거림과 고함소리, 절규 등이 다성적으로 섞여있고, 웃음과 울음이 교차하는 광기의 언어라고 볼 수 있다. 이들이 사용하는 똥, 오줌, 피, 고름 등의 양가적 시어들은 카니발적 이미지를 형상화한다. 형식적으로 규범화된 언어와 달리 이들의 언어는 비논리적이며 의미상 공백을 남겨놓는다. 이것은 상징계로 들어서기 전의 언어이며, '아버지의 법(Low of the Father)'이 미치지 않는 '전오이디푸스(preOdeipal) 단계'의 아이가 어머니와 교감하는 언어이다. 전통적 문학 양식(민요, 판소리)에 대한 패러디, 반어, 정전(캐논)에 대한 파기, 한국 신화 속의 여성적 원형에 대한 상상력 등이 빈번하게 일어난다. 이성남근중심사회에서 규범화된 언어, 통제된 언어를 떠나 비언어적 요소, 하위주체의 비주류적 언어까지 껴안고 굳어진 시의 범주를 부수며 시의 영토를 확장한다.

마지막으로 고정희, 최승자, 김혜순은 현실을 해석하고 인식하는 사유 체계를 공유하고 있다는 점이다. 페미니즘의 구체적 양상은 다르지만 여성의 성(젠더) 정체성을 인식하고 부조리한 현실과 남성 중심적 이데올로기에 저항한다. 그리고 새로운 존재, 실존적 상황으로 거듭 나고자 한다. 고정희, 최승자, 김혜순은 새로운 존재로 옮겨가는 이행과정에 있어 구조상의 공통점을 지니고 있다. 이들의 시적 화자들은 일상적이고 관습적인 존재의 '집'을 떠나게 된다. 이러한 출발은 가부장적 가족담론을 부정하는 의식이며 자아(주체)로부터의 이탈 또는 혁명을 의미한다고 할 수 있다. 코기토와 같은 자아관념을 해체하고 타인과의 관계를 성찰하게 한다. 다음으로 근대국가의 폭력성과 이데올로기에 저항하는 실존적 존재로 이행된다. 기본적으로 세계에서 버려진 '여성'이라는 인식과 상처 받은 삶을 극복하려는 연대적 방식이 시에 반영되어 있다.

　고정희, 최승자, 김혜순이 모색하는 미학적 세계는 세 개의 지점으로 나뉘어 나타난다. 고정희는 투쟁을 통해 민중(여성)해방의 공간을 지향하고자 한다. 그는 지배담론에 비판을 가하고 현 체제의 모순을 고발한다. 나아가 현실적 삶과 시를 통해 민중과 여성의 해방공간을 만들고자 치열하게 투쟁한다. 최승자의 시는 범우주적이고 생태적으로 모성이 복원되는 소통의 장을 지향한다. 이는 만물이 근원적으로 여성성을 지닌 채 순환한다는 철학을 기본으로 한다. 초기의 시에서 '무덤'으로 표상되어온 외부세계와 자아의 동시적 죽음을 통해 새로운 대우주적 존재로 재생하는 것이다. 김혜순은 이분법적 세계의 논리 자체로부터 탈주한다. 죽음과 삶을 넘나드는 바리데기 공간을 시적으로 창출하여 분만의 상상력으로 공존하며 공생한다. 그는 대화적이고 상호주체적인 페미니즘미학의 미덕을 실천하고자 한다.

요컨대 한국 페미니즘시는 가부장제와 같은 지배이데올로기에 의문을 제기하고 저항하며 전복을 시도하는 '여성적 글쓰기'의 형식으로 나타나고 있다. 죽음이 탄생의 이면인 것처럼 폭력적 이데올로기, 자유의 결핍과 같은 세계의 부정적 요소가 이들 시인으로 하여금 페미니즘시학을 배태하게 한 것으로 볼 수 있다.

'여성적 글쓰기' '몸으로 글쓰기'로 구성되는 페미니즘시는 여성의 성 정체성을 바탕으로 온몸으로 시를 밀고나가며 자신과 세계를 변모시키는 시학이다. 이는 근대미학을 해체하며 여성과 소수자, 하위 체계의 언어형식까지 껴안고 나아감으로써 시 영역을 개방하며 확장하고 있다. 이들 시는 다양한 변모의 과정을 거쳐 여성성이 실현되는 생명력 넘치는 세계, 억눌린 자와 상처받은 삶이 치유되는 인간성 복원의 장으로 나아간다.

참고문헌

1. 기본자료

고정희,『누가 홀로 술틀을 밟고 있는가』, 평민사, 1979.

_____,『실락원 기행』, 인문당, 1981.

_____,『초혼제』, 창작과비평사, 1983.

_____,『이 시대의 아벨』, 문학과지성사, 1983.

_____,『눈물꽃』, 실천문학사, 1986.

_____,『지리산의 봄』, 문학과지성사, 1987.

_____,『저 무덤 위에 푸른 잔디』, 창작과비평사, 1989.

_____,『광주의 눈물비』, 동아, 1990.

_____,『여성해방 출사표』, 동광출판사, 1990.

_____,『아름다운 사람 하나』, 푸른숲, 1991.

_____,『모든 사라지는 것들은 뒤에 여백을 남긴다』(유고시집), 창작과비평사, 1992.

김혜순,『또 다른 별에서』, 문학과지성사, 1981.

_____,『아버지가 세운 허수아비』, 문학과지성사, 1985.

_____, 『어느 별의 지옥』, 문학과지성사, 1988.

_____, 『우리들의 陰畵』, 문학과지성사, 1990.

_____, 『나의 우파니샤드, 서울』, 문학과지성사, 1994.

_____, 『불쌍한 사랑 기계』, 문학과지성사, 1997.

_____, 『달력 공장 공장장님 보세요』, 문학과지성사, 2000.

_____, 『한 잔의 붉은 거울』, 문학과지성사, 2004.

_____, 『당신의 첫』, 문학과지성사, 2008.

_____, 『슬픔치약 거울크림』, 문학과지성사, 2011.

최승자, 『이 시대의 사랑』, 문학과지성사, 1981.

_____, 『즐거운 일기』, 문학과지성사, 1984.

_____, 『기억의 집』, 문학과지성사, 1989.

_____, 『내 무덤 푸르고』, 문학과지성사, 1993.

_____, 『연인들』, 문학동네, 1999.

_____, 『쓸쓸해서 머나먼』, 문학과지성사, 2010.

_____, 『물위에 씌어진』, 천년의시작, 2011.

ㄹ. 단행본

강은교, 『젊은 시인에게 보내는 편지』, 문학동네, 2000.

강희근, 『시 읽기의 행복』, 을유문화사, 2000.

권영민, 『한국현대문학사』, 민음사, 1994.

김경수 외, 『페미니즘과 문학비평』, 고려원, 1994.

김경수, 『여성, 남성의 거울』, 문학과지성사, 2002.

김규항,『예수전』, 돌베개, 2009.

김미현,『한국여성소설과 페미니즘』, 신구문화사, 1996.

김승희,『남자들은 모른다』, 마음산책, 2001.

김열규 외 공역,『페미니즘과 문학』, 문예출판사, 1988.

김우창 · 김현 · 김주연,『한국여류문학전집 6』, 삼성출판사, 1967.

김욱동,『문학 생태학을 위하여』, 민음사, 1998.

김인환,『줄리아 크리스테바의 문학탐색』, 이화여자대학교출판부, 2003.

김정란,『거품 아래로 깊이』, 생각의나무, 1998.

_____,『한국현대여성시인』, 나남출판, 2001.

김준오,『시론』, 삼지원, 2002.

_____,『한국 현대 장르 비평 − 김준오 유고집』, 문학과지성사, 2009.

김해수,『알기 쉬운 자크 라깡』, 백의, 1994.

김 현,『문학사회학』, 민음사, 1983.

_____,『문학과 유토피아』, 문학과지성사, 1993.

김혜숙,『포스트모더니즘과 철학』, 이화여자대학교 출판부, 1994.

김혜순,『여성이 글을 쓴다는 것은』, 문학동네, 2002.

김혜영,『메두사의 거울』, 부산대학교출판부, 2005.

박현모,『몸의 정치』, 민음사, 1999.

백낙청 · 염무웅 편,『한국문학의 현단계 2』, 창작과비평사, 1983.

서동욱,『차이와 타자』, 문학과지성사, 2000.

성민엽 편,『오늘의 문제시인 시선』, 학원사, 1987.

송명희,『탈중심의 시학』, 새미, 1988.

_____,『문학과 성의 이데올로기』, 새미, 1994.

송지현,『다시 쓰는 여성과 문학』, 평민사, 1995.

신경원,『니체, 데리다, 이리가레의 여성』, 소나무, 2004.

신수정,『푸줏간에 걸린 고기』, 문학동네, 2003.

심진경,『여성, 문학을 가로지르다』, 문학과지성사, 2005.

신촌여성문학회,『한국 페미니즘의 시학』, 동화서적, 1996.

여홍상 편,『바흐친과 문화이론』, 문학과지성사, 1995.

이경수,『바벨의 후예들 폐허를 걷다』, 서정시학, 2006.

이광호,『위반의 시학』, 문학과지성사, 1993.

_____,『익명의 사랑』, 문학과지성사, 2009.

이남호 외,『한국문학이란 무엇인가』, 민음사, 2000.

이승훈,『포스트모더니즘 시론』, 세계사, 1991.

_____,『시론』, 고려원, 1992.

_____,『해체시론』, 새미, 1998.

_____,『라캉 거꾸로 읽기』, 월인, 2009.

유성호,『침묵의 파문』, 창비, 2002.

_____,『근대시의 모더니티와 종교적 상상력』, 소명출판, 2008.

이진경,『노마디즘 1』,『노마디즘 2』, 휴머니스트, 2002.

이혜숙,『여성과 사회』, 경상대학교출판부, 2005.

이홍탁,『여성사회학』, 법문사, 1986.

정순진,『한국문학과 여성주의 비평』, 국학자료원, 1992.

정영자,『한국현대여성문학론』, 지평, 1988.

_____,『한국여성시인연구』, 평민사, 1996.

정영훈,『최인훈 소설의 주체성과 글쓰기』, 태학사, 2008.

조동일,『한국문학통사 5』, 지식산업사, 1994.

조연현,『한국현대문학사』, 성우각, 1982.

조윤제,『한국문학사』, 탐구당, 1979.

조 형 외,『너의 침묵에 메마른 나의 입술 : 여성해방문학가 고정희의 삶
　　　과 글』, 또 하나의 문화, 1993.

진형준,『상상적인 것의 인간학』, 문학과지성사, 1992.

차봉희,『수용미학』, 문학과지성사, 1987.

최성실,『육체, 비평의 주사위』, 문학과지성사, 2003.

최용수,『아시아 무속과 춤 연구』, 민속원, 2005.

최현식,『말 속의 침묵』, 문학과지성사, 2002.

_____,『신화의 저편』, 소명출판, 2007.

최원식,『문학의 귀환』, 창작과비평사, 2001.

태혜숙,『탈식민주의 페미니즘』, 여이연, 2001.

한국여성문학학회 편,『한국 여성문학 연구의 현황과 전망』, 소명출판, 2008.

한국여성소설연구회,『페미니즘과 소설비평』, 한길사, 1995.

한국여성연구소,『새 여성학 강의』, 동녘, 2005.

한국영미문학 페미니즘학회,『페미니즘, 어제와 오늘』, 민음사, 2000,

함돈균,『얼굴 없는 노래』, 문학과지성사, 2009.

홍준기,『라깡과 현대철학』, 문학과지성사, 1999.

허영자 · 한영옥,『한국 여성시의 이해와 감상』, 문학 아카데미, 1997.

황필호,『이데올로기, 해방신학, 의식화 교육』, 종로서적, 1985.

황현산,『얼굴없는 희망』, 문학과지성사, 1990.

_____,『말과 시간의 깊이』, 문학과지성사, 2002.

3· 논문, 평론

강용애,「고정희 시 연구」, 숙명여자대학교 대학원, 석사논문, 2001.

고정희,「한국여성문학의 흐름」,『또하나의 문화』2호, 1986.

_____, 「소재주의를 넘어 새로운 인간성의 실현으로」, 『문학사상』, 1990. 2.

권오만, 「김혜순 시의 기법 읽기」, 『전농어문연구』 제10집, 서울시립대 국 어국문학과, 1998.

김경희, 「고정희, 그 이름의 高聖愛」, 『현대시학』, 1991. 8.

김명순, 「고정희의 페미니즘 시 연구-형식적 특성을 중심으로」, 동국대 예술대학원 석사논문, 2000.

김복순, 「페미니즘 미학의 기본 개념과 방법」, 『한국 여성문학 연구의 현 황과 전망』, 한국여성문학학회 편, 2008.

김성례, 「여성의 자기진술의 양식과 문체의 발견을 위하여」, 『또하나의 문 화』 제9호, 1992.

_____, 「수다로 이야기하기, 현재진행형, 더듬거림, 자서전적, 일회적이고 파편화된, 무형식의 글쓰기」, 『또하나의 문화』 제9호, 평민사, 1992.

김수이, 「최승자론-사랑과 죽음」, 『풍경 속의 빈 곳』, 문학동네, 2002.

김승희, 「상징 질서에 도전하는 여성시의 목소리, 그 전복의 전략들」, 『여 성문학연구』 2호, 한국여성문학학회, 1999.

_____, 「한국 현대 여성시의 고백시적 경향과 언술 특성」, 『한국 여성문 학 연구의 현황과 전망』, 소명출판, 2008.

김예림, 「지극한 고통과 지독한 사랑의 노래」, 『원우론집』 22권, 연세대학 교대학원, 1995.

김이듬, 「이 시대의 시인을 찾아서-최승자편」, 『서시』, 2007년 봄호.

_____, 「어머니 혹은 소녀로서의 야훼를 바라보며 걷기-김혜순 초청대담」, 『서시』, 2008년 겨울호.

김영옥, 「여성시 숲으로의 여행-김혜순 시읽기」, 현대시, 1996. 7.

김용희, 「죽음에 대한 시적 승리에 관하여」, 『평택대학교 논문집』 13집, 1999.

김정란, 「한국 여성문학의 흐름」, 『또 하나의 문화』, 제2호, 1986.

_____, 「Stabat Mater, 서 있는 성모들」, 『문학정신』, 1991. 9.

_____, 「하염없이 터져 흐르는……」, 『현대시』, 1996. 9.

김정환, 「고통과 일상성의 변증법」, 고정희, 『초혼제』, 문학과지성사, 1983.

김종태, 「노천명 시에 나타난 여성성의 발현」, 『한국현대문예비평연구』 28호, 한국현대문학비평학회, 2009.

김주연, 「고정희의 의지와 사랑」, 『현대시학』, 1991. 8.

김준오, 「현대시와 페미니즘」, 『문학과 비평』, 1991. 겨울호.

김진수, 「길이 끝난 곳에서 시작되는 길」, 『문학과사회』 통권46호, 1999. 5.

김한식, 「여류 문인 모윤숙과 왜곡된 모성」, 『겨레어문학』 40호, 겨레어문학회, 2008.

김 현, 「테러리즘의 문학」, 『문학과지성』, 1971년 여름호.

_____, 「행복한 여성성 : 순환하는 딸─김혜순의 시세계」, 『김현 문학전집6』, 문학과지성사, 1996.

_____, 「세 개의 변주」, 『젊은 시인들의 상상 세계』, 문학과지성사, 1999.

김현자, 「페미니즘적 관점에서 본 한국현대시 연구」, 『한국시의 감각과 미적 거리』, 문학과지성사, 1992.

김현자 · 이은정, 「한국문학과 여성Ⅰ─ 한국 여성시의 존재 탐구와 언술구조」, 『어문연구』 89호, 한국어문교육연구회, 1966.

_____, 「한국현대여성문학사─시」, 『한국시학연구』 제5호, 한국시학회, 2001.

김혜순, 「페미니즘과 여성시」, 『또하나의 문화』 제9호, 1992.

나병철, 「식민지 시대의 사회주의 서사와 여성 담론」, 『탈식민주의와 근대문학』, 문예출판사, 2004.

나희덕, 「시대의 염의(殮衣)를 마름질하는 손」, 『창작과 비평』 112호, 창
　　　작과비평사, 2001.

남진우, 「마녀와 고양이」, 『문학과사회』, 1988년 가을호.

_____, 「무서운 유희−김혜순의 시세계」, 김혜순, 『우리들의 음화』, 문학
　　　과지성사, 1995.

노승희, 「페미니즘 이론의 실천적 지평」, 『페미니즘 어제와 오늘』, 민음
　　　사, 2000.

노혜경, 「얼굴이 지워진 여자들−90년대 여성시의 화자에 관하여」, 『현대시』,
　　　1997. 8.

또하나의 문화, 「여자로 말하기」, 『또하나의 문화』 제9호, 1992.

박경화, 「탈식민주의와 페미니즘」, 『탈식민주의 이론과 쟁점』, 문학과지
　　　성사, 2005.

박유미, 「고정희 시의 화자 연구」, 전남대학교 대학원 석사학위논문, 2003.

박일형, 「함께 읽고 새로 써본 식수의 '메두사의 웃음'」, 『또하나의 문화』
　　　제9호, 1992.

박정애, 「창조된 '여류'와 그들의 '이원적 착란'」, 『한국문학의 연구』 20호,
　　　한국문학연구학회, 2003.

_____, 「'여류'의 기원과 정체성−1950〜1960년대 여성문학을 중심으로」,
　　　인하대 박사논문, 2003.

박혜경, 「여성해방에서 통일로 이끄는 굿판」, 『저 무덤 위에 푸른 잔디』,
　　　창작과비평사, 1989.

_____, 「식인의 현실과 그 언어적 대응−김혜순의 시세계」, 『상처와 응시』,
　　　문학과지성사, 1997.

_____, 「엘렌 씩수의 『출구』에 나타난 프로이드 뒤집어 읽기 II」, 『한국
　　　프랑스학논집』 제26집, 1999.

박화성, 「여류작가가 되기까지의 고심담」, 『신여성』, 1935. 12.

박희경, 「모성 담론에 부재하는 어머니」, 『페미니즘 연구』, 동녘, 2006.

변신원, 「페미니즘 비평」, 『시문학』, 1991. 5.

서진영, 「페미니즘과 여성적 글쓰기」, 『20세기 한국시의 사적 조명』, 한국
　　　　현대시학회, 태학사, 2003.

성민엽, 「갈망하는 자의 슬픔과 기쁨」, 고정희, 『지리산의 봄』, 문학과지
　　　　성사, 1987.

송명희, 「고정희와 페미니즘 시」, 『비평문학』 제9호, 1995.

신경아, 「1990년대 모성의 변화: 희생의 화신에서 욕구를 가진 인간으로」,
　　　　『모성의 담론과 현실, 어머니의 삶, 정체성』, 나남출판, 2000.

신경아 · 조옥라, 「21세기 가족과 모성의 변화」 제1호, 『여성연구논총』,
　　　　성신여대 한국여성연구소편, 2000.

신기훈, 「1950년대 후반 여류시에서 '여성주체'의 문제 ─ 김남조 · 박영숙 ·
　　　　김숙자를 중심으로」, 『문학과언어』 제26집, 2004.

심진경, 「문단의 '여류'와 '여류문단' ─ 식민지 시대 여성작가의 형성과정」,
　　　　『한국여성문학연구의 현황과 전망』, 소명출판, 2008.

안광함, 「문예시평 ─ 두 가지 문제를 가지고」, 『비판』, 1933. 1.

안미현, 「기억과 여성의 몸, 여성적 글쓰기」, 『독일어문학』 제38집, 한국
　　　　독일어문학회 편, 2007.

안회남, 「소설가 박화성론」, 『여성』, 1938. 2.

엄경희, 「여성시에 대한 기대지평의 전환」, 『이화어문논집』 13권, 1994.

오생근, 「육체의 시대와 육체의 시학」, 『동서문학』, 1997. 여름호.

유성호, 「고정희 시에 나타난 종교의식과 현실인식」, 『한국문예비평연구』
　　　　창간호, 한국현대문예비평학회, 1997.

유인실, 「고정희 시의 모성 연구」, 전북대학교 대학원 석사논문, 2007.

유재천, 「김수영과의 가상 대담」, 『출판저널』, 1999. 2.

_____, 「시와 문화」, 『배달말』 25집, 1999.

유재천·어건주, 「로뜨만 기호계의 분석적 수용」, 『세계문학비교연구』 19호, 세계문학비교학회 편, 2007.

윤 향, 「고정희 페미니즘 시 연구」, 성균관대 교육대학원, 석사논문, 2003.

이경수, 「타자성의 얼굴」, 『작가와비평』 2호, 2004.

_____, 「여성적 글쓰기와 대중성의 문제에 대한 시론」, 『대중서사연구』 제13호, 대중서사학회, 2005.

이광호, 「몸살의 시, 배설의 생태학—우리 시대, 몸의 시학」, 『환멸의 신화』, 민음사, 1995.

_____, 「소용돌이치는 만다라—김혜순·이광호 대담」, 『문학과사회』, 1997년 여름호.

_____, 「세기말의 비망록」, 최승자, 『내 무덤, 푸르고』, 문학과지성사, 2003.

_____, 「나, 그녀, 당신, 그리고 첫」, 김혜순, 『당신의 첫』, 문학과지성사, 2008.

이명호, 「히스테리적 육체, 몸으로 글쓰기」, 『여성과사회』 15호, 한국여성연구소편, 2004.

이무영, 「여류작가개평」, 『신가정』, 1934. 2.

이봉지, 「엘렌 식수와 여성적 글쓰기」, 『세계의 문학』, 2001, 겨울호.

_____, 「엘렌 식수와 여성주체성의 문제」, 『한국프랑스학논집』 제47집, 한국프랑스학회, 2004.

이상경, 「여성작가 소설에 나타난 여성성의 탐구」, 『한국문학연구』 19호, 동국대학교 한국문학연구소, 1997.

이상희, 「사랑과 죽음의 전문가」, 『현대시세계』, 1991. 10.

이성숙, 「영국 페미니즘과 제국주의」, 『여성과 역사』 창간호, 한국여성사학회, 2004.

이세옥,「고정희 시에 나타난 페미니즘 양상 연구」, 경기대 교육대학원 석
사논문, 2004.

이승이,「고정희 페미니즘시 연구」, 목원대학교 대학원 석사논문, 1997.

이유림,「현대 여성시의 여성의식 연구— 김승희 · 김혜순 · 최승자를 중심
으로」, 계명대 교육대학원 석사논문, 2009.

이은선,「고정희 시세계 연구—여성주의적 관점으로」, 한남대 교육대학원
석사논문, 2006.

이인성,「'그녀, 요나'의 붉은 상상」, 김혜순,『한 잔의 붉은 거울』, 문학과
지성사, 2004.

이재복,「몸과 프랙탈의 언어—김혜순론」,『현대시학』, 2001. 1.

이주영,「김혜순 시의 몸 이미지에 대한 고찰」, 중앙대학교 대학원 석사논
문, 2000.

장석주,「죽음 · 아버지 · 자궁, 그리고 글쓰기—최승자」,『문학과사회』제
25호, 1994.

장은하,「1980년대 페미니즘 시 연구—최승자, 고정희를 중심으로」, 건국
대학교 대학원 석사논문, 2001.

전수련,「한국 여성시에 나타난 몸 이미지 분석—김정란, 김혜순, 최승자의
시를 중심으로」, 동국대학교 문화예술대학원 석사논문, 1999.

정과리,「방법적 비극, 그리고—최승자의 시 세계」, 최승자,『즐거운 일기』,
문학과지성사, 1984.

_____,「자신을 부르는 소리」, 고정희,『여성해방출사표』, 동광출판사, 1990.

_____,「망가진 이중나선」, 김혜순,『불쌍한 사랑 기계』, 문학과지성사, 1997.

정끝별,「여성주의시의 흐름과 쟁점」,『문학사상』, 1996. 6.

_____,「여성성의 발견과 '여성적 글쓰기'의 전략」,『여성문학연구』5호,
한국 여성문학학회 편, 2001.

정복임, 「고정희 시의 탈식민주의적 연구」, 단국대학교 대학원 박사논문, 2008.

정영훈, 「최인훈 소설에 나타난 여성 인식」, 『한국근대문학연구』 제7권, 한국근대문학회 편, 2006.

정혜경, 「쥘리아 크리스테바의 페미니즘 이론」, 『현상과 인식』, 1988년 겨울호.

정효구, 「최승자론―죽음과 상처의 시」, 『현대시학』, 1991. 5.

_____, 「고정희론―살림의 시, 불의 상상력」, 『현대시학』, 1991. 10.

_____, 「해방 후 50년의 한국 여성시」, 『시와 시학』, 1995년 봄호.

조동구, 「풍자와 언어실험」, 『현대문학의 연구』, 한국문학연구학회 편, 1996.

_____, 「한국 현대시와 아방가르드」, 『배달말』 23집, 배달말학회 편, 1998.

조주현, 「생명 정치, 벌거벗은 생명, 페미니스트 윤리」, 『한국여성학』 제24권, 한국여성학회 편, 2008.

지은경, 「최승자 시 연구―실존의식과 페미니즘을 중심으로」, 명지대 대학원 박사논문, 2008.

최승자, 「시인이 쓰는 시 이야기―긴 여행 끝의 한 출발점에서」, 『연인들』, 문학동네, 1999.

최　영, 「서구 페미니스트 문학비평과 한국의 여성문학」, 『21세기 문예이론』, 문학사상사, 2007.

최현식, 「추보(醜甫)씨의 비가 혹은 연가」, 『신생』, 2009년 봄호.

홍준기, 「홀로코스트와 전체주의 분석」, 『라깡과 현대정신분석』 제10호, 한국 라깡과 현대정신분석학회 편, 2008.

황현산, 「딸의 사막과 어머니의 서울」, 『말과 시간의 깊이』, 문학과지성사, 2002,

4. 국외논저

가스통 바슐라르, 곽광수 역, 『공간의 시학』, 동문선, 2003.

구스타보 구티에레즈, 성염 역, 『해방신학』, 분도출판사, 1977.

노스럽 프라이, 임철규 역, 『비평의 해부』, 한길사, 2000.

노엘 맥아피, 이부순 역, 『경계에 선 줄리아 크리스테바』, 앨피, 2007.

데보라 카메론, 이기우 역, 『페미니즘과 언어이론』, 한국문화사, 1995.

데이비드 메이시, 허경 역, 『라캉 이론의 신화와 진실』, 민음사, 2001.

들뢰즈 · 가타리, 조한경 역, 『소수집단의 문학을 위하여』, 문학과지성사,
　　　　　1992.

＿＿＿＿＿＿＿, 최병관 역, 『앙띠 오디푸스』, 민음사, 1994.

레나 린트호프, 이란표 역, 『페미니즘 문학 이론』, 인간사랑, 1998.

레나타 살레클 외, 김소연 외 공역, 『성관계는 없다』, 비, 2005.

테오도르 아도르노, 김유동 역, 『미니마 모랄리아』, 길, 2005.

로즈마리 통 외, 이소영 외 역, 『자연, 여성, 환경』, 한신문화사, 2000.

롤랑 바르트, 김희영 역, 『사랑의 단상』, 동문선, 2004.

＿＿＿＿＿, 김웅권 역, 『S/Z』, 동문선, 2006.

루돌프 마이어, 장남준 역, 『세계 상실의 문학』, 홍성사, 1981.

루스 이리가레, 이은민 역, 『하나이지 않은 성』, 동문선, 2000.

＿＿＿＿＿＿, 박정오 역, 『나, 너, 우리 : 差異의 文化를 위하여』, 동문선,
　　　　　1996.

린다 노클린, 정연심 역, 『절단된 신체와 모더니티』, 조형교육, 1997.

마르그리트 뒤라스, 오중자 역, 『페미니즘을 생각한다』, 정우사, 1995.

＿＿＿＿＿＿＿, 고종석 역, 『이게 다예요』, 문학동네, 1996.

마리아 미스 · 반다나 시바, 손덕수 · 이난아 역, 『에코페미니즘』, 창작과
　　비평사, 2000.

마르틴 부버, 표재명 역, 『나와 너』, 문예출판사, 2001.

마르틴 하이데거, 이인석 역, 『죽음의 철학』, 청람, 2004.

＿＿＿＿＿＿＿＿＿, 이기상 역, 『존재와 시간』, 까치, 1999.

막스 피카르트, 최승자 역, 『침묵의 세계』, 까치, 1985.

메기 험, 심정순 · 염경숙 역, 『페미니즘 이론 사전』, 삼신각, 1995.

메리 울스톤크래프트 외, 한국영미문학페미니즘학회 역, 『페미니즘』, 민
　　음사, 2000.

모리스 블랑쇼, 박혜영 역, 『문학의 공간』, 책세상, 1990.

모리스 블랑쇼 · 장 뤽 낭시, 박준상 역, 『밝힐 수 없는 공동체, 마주한 공동
　　체』, 문학과지성사, 2005.

미르치아 엘리아데, 이은봉 역, 『성과 속』, 한길사, 1998.

미셸 푸코, 황정미 역, 『미셸 푸코, 섹슈얼리티의 정치와 페미니즘』, 새물
　　결, 1995.

＿＿＿＿＿＿, 이혜숙 · 이영목 역, 『성의 역사3』, 나남출판, 1990.

미카엘 리파떼르, 유재천 역, 『시의 기호학』, 민음사, 1993.

미하일 바흐친, 전승희 역, 『장편소설과 민중언어』, 창작과비평사, 1998.

＿＿＿＿＿＿＿＿＿, 이덕형 · 최건영 역, 『프랑수아 라블레의 작품과 중세 및
　　르네상스의 민중문화』, 아카넷, 2001.

발터 벤야민, 박설호 역, 『베를린의 유년 시절』, 솔, 1992.

＿＿＿＿＿＿＿, 민성완 역, 『발터 벤야민의 문예이론』, 민음사, 2005.

버지니아 울프, 유진 역, 『버지니아 울프, 그리운 사람』, 하늘연못, 1999.

＿＿＿＿＿＿＿＿＿, 이미애 역, 『자기만의 방』, 민음사, 2006.

브루스 핑크, 김서영 역, 『에크리 읽기』, 비, 2007.

_____, 맹정현 역,『라캉과 정신의학』, 민음사, 2002.

블라디미르 일리치 울리야노프 레닌 · 슬라보예 지젝, 정영목 역,『지젝이 만난 레닌』, 교양인, 2008.

스테판 말라르메, 황현산 역,『시집』, 문학과지성사, 2005.

슬라미스 화이어스톤, 김예숙 역,『성의 변증법』, 풀빛, 1983.

시몬느 드 보봐르, 조홍식 역,『제2의 성』, 을유문화사, 1994.

실비아 플라스, 윤준 · 이현숙 역,『거상』, 청하, 1986.

_____, 김선형 역,『실비아 플라스의 일기』, 문예출판사, 2004.

아드리엔느 리치, 김인성 역,『더 이상 어머니는 없다』, 평민사, 1995.

아사다 아키라, 이정우 역,『구조주의와 포스트구조주의』, 새길, 1995.

안드레아스 후이센 외, 이소영 · 정정호 공편,『페미니즘과 포스트모더니즘』, 한신문화사, 1992.

앙드레 뷔르기에르 외, 정철웅 역,『가족의 역사』, 이학사, 2001.

앤 로잘린드 존스 외, 김효 외 역,『여성해방문학의 논리』, 창비, 1990.

에드가 앨런 포, 김진경 역,『도둑맞은 편지』, 문학과지성사, 1997.

에드문트 후설, 이종훈 역,『시간의식』, 한길사, 2000.

에른스트 블로흐, 박설호 역,『희망의 원리』, 1993.

엘레인 쇼월터, 김열규 외 공역,『페미니즘과 문학』, 문예출판사, 1988.

엘렌 식수, 박혜영 역,『메두사의 웃음 출구』, 동문선, 2004.

엘리자베스 라이트, 박찬부 외 역,『페미니즘과 정신분석학 사전』, 한신문화사, 1997.

엠마누엘 레비나스, 강영안 역,『시간과 타자』, 문예출판사, 1996.

_____, 김교신 역,『모리스 블랑쇼에 대하여』, 동문선, 2003.

옥타비오 파스, 윤호병,『낭만주의에서 아방가르드까지의 현대시론』, 현대미학사, 1995

_____, 김홍근 · 김은중 역, 『활과 리라』, 솔, 1998.

울리히 하세 · 윌리엄 라지, 최영석 역, 『침묵에 다가가기』, 앨피, 2008.

월터 J. 옹, 이기우 · 임명진 역, 『구술문화와 문자문화』, 문예출판사, 1995.

_____, 이영걸 역, 『언어의 현존』, 탐구당, 1985.

유리 로트만, 유재천 역, 『예술 텍스트의 구조』, 고려원, 1991.

자크 데리다, 김성도 역, 『그라마톨로지』, 민음사, 1996.

_____, 김웅권 역, 『그라마톨로지에 대하여』, 동문선, 2004.

자크 라캉, 권택영 역, 『욕망 이론』, 문예출판사, 1994.

장 폴 샤르트르, 정명환 역, 『문학이란 무엇인가』, 민음사, 1998.

제인 프리드먼, 이박혜경 역, 『페미니즘』, 이후, 2002.

제임스 러브록, 『The Revenge of Gaia』, Penguin Books, 2006.

_____, 이한음 역, 『가이아의 복수 』, 세종서적, 2008.

조르조 아감벤, 박진우 역, 『호모 사케르』, 새물결, 2008.

조르주 바타유, 조한경 역, 『에로티즘』, 민음사, 1999.

조세핀 도노반, 김익두 · 이월영 역, 『페미니즘 이론』, 문예출판사, 1993.

존 레웰린, 서우석 · 김세중 역, 『데리다의 해체주의』, 문학과지성사, 1988.

주디스 버틀러, 조현준 역, 『젠더 트러블』, 문학동네, 2000.

_____, 김윤상 역, 『의미를 체현하는 육체』, 인간사랑, 2003.

줄리아 크리스테바 외, 김열규 역, 『페미니즘과 문학』, 문예출판사, 1988.

줄리아 크리스테바, 김인환 역, 『시적 언어의 혁명』, 동문선, 2000.

_____, 김인환 역, 『검은 태양』, 동문선, 2004.

_____, 서인원 역, 『공포의 권력』, 동문선, 2001.

지그문트 프로이트, 임홍빈, 홍혜경 역, 『새로운 정신분석 강의』, 열린책
들, 1997.

_____, 김정일 역, 『성욕에 관한 세 편의 에세이』, 열린책들,
1998.

_____, 윤회기 · 박찬부 공역,『정신분석학의 근본 개념』, 열린책들, 2003.

질 들뢰즈, 권영숙 역,『들뢰즈와 푸코』, 새길, 1995.

_____, 이정임 역,『철학이란 무엇인가』, 현대미학사, 1995.

_____, 하태환,『감각의 논리』, 민음사, 2008,

캐롤 길리간, 허란주 역,『심리이론과 여성의 발달』, 철학과현실사, 1994.

캐롤린 라마자노글루, 김정선 역,『페미니즘 무엇이 문제인가』, 문예출판사, 1997.

캐서린 스팀프슨, 윤지관 · 이동하 · 김영희 역,『20세기 문학비평』, 까치, 1984.

크리스 위든, 이화영미문학회 역,『포스트구조주의와 페미니즘비평』, 한신문화사, 1994.

크리스틴 디 스테파노, 정광숙 역,『페미니즘과 포스트모더니즘』, 한신문화사, 1992.

클로드 레비-스트로스, 박옥줄 역,『슬픈 열대』, 한길사, 1998.

K. K. 루스벤, 김경수 역,『페미니스트 문학비평』, 문학과비평사, 1989.

패트리샤 힐 콜린스, 박미선 · 주해연 역,『흑인 페미니즘 사상』, 여이연, 2009.

팸 모리스, 강희원 역,『문학과 페미니즘』, 문예출판사, 1997.

프라야 카츠-스토커, 강금숙 역,『페미니즘과 문학』, 문예출판사, 1995.

프리드리히 니체, 이진우 역,『비극의 탄생. 반시대적 고찰』, 책세상, 2005.

헬레나 미키, 김경수 역,『페미니스트 시학』, 고려원, 1992.

∴ 김이듬

2001년 계간 『포에지』(나남출판사)로 등단하여 다섯 권의 시집 『별 모양의 얼룩』(2005, 천년의시작), 『명랑하라 팜 파탈』(2007, 문학과지성사), 『말할 수 없는 애인』(2011, 문학과지성사), 『베를린, 달렘의 노래』(2013, 서정시학), 『히스테리아』(2014, 문학과지성사)와 장편소설 『블러드 시스터즈』(2011, 문학동네)를 발간했다. 제1회 시와세계작품상(2010)과 제7회 김달진창원문학상(2011), 제7회 2014 좋은시상을 수상했다.

부산대 독문과를 졸업하고 경상대 국문과에서 박사학위를 취득했다. 경상대, 진주산업대, 순천대 대학원 등에 출강하였으며 2012년 한국문화예술위원회 파견작가로 선정되어 독일베를린자유대학에서 한 학기 간 생활했다. 2013년 6월 한 · 일 시인교류세미나, 2013년 12월 스웨덴 스톡홀름 국제시페스티벌에 참가했다. 진주KBS라디오 '김이듬 선(選) 현대시 산책'을 진행하였고 현재 경상대학교에 출강 중이다.

한국 현대 페미니즘시 연구

초판 1쇄 인쇄일	2015년 4월 26일
초판 1쇄 발행일	2015년 4월 27일

지은이	김이듬
펴낸이	정구형
편집장	김효은
편집/디자인	김진솔 우정민 박재원
마케팅	정찬용 정진이
영업관리	한선희 이선건
책임편집	우정민
표지디자인	박재원
인쇄처	월드문화사
펴낸곳	국학자료원 새미 (주)
	등록일 2005 03 15 제25100-2005-000008호
	서울특별시 강동구 성안로 13 (성내동, 현영빌딩 2층)
	Tel 442-4623 Fax 6499-3082
	www.kookhak.co.kr
	kookhak2001@hanmail.net

ISBN	979-11-954640-9-8 *93000
가격	16,000원

'2015년 예술연구서적발간지원사업' 선정
서울문화재단의 지원을 받아 발간하는 Color Book 시리즈 - 예술은색 / Silver Book

후원 : 서울특별시 서울문화재단